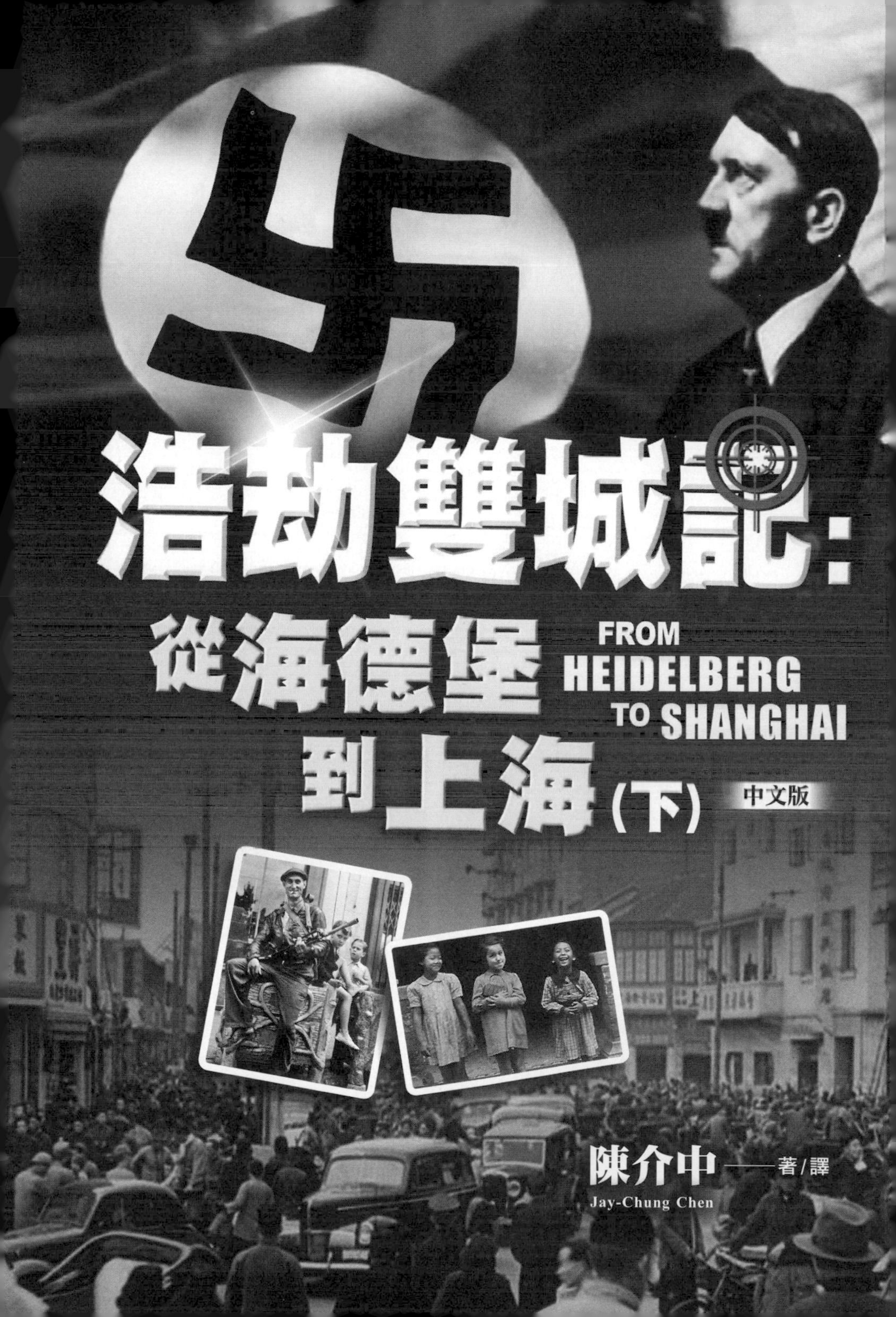
浩劫雙城記：
從海德堡到上海（下）
FROM HEIDELBERG TO SHANGHAI
中文版
陳介中——著／譯
Jay-Chung Chen

重要聲明

《從海德堡到上海》是虛構的文學作品，除了歷史及公眾人物外，書中所有的人物，事件和對話都來自作者的想像，而不可當成事實。

當歷史人物和公眾人物出現在書中時，所有和他們有關的情況、事件和對話都是虛構，絕不是在描述真實事件，或是改變本書為虛構的本質。在所有其他的考慮下，如與現今或已死去的個人有雷同之處，則純屬巧合。

人物誌 006

第三部 身在戰火蔓延時 009

目錄

Contents

人物誌

山姆・李　美軍情報軍官，戰略服務處外勤特工

安娜・布門撒　山姆的青梅竹馬戀人，海德堡大學同學

馬修・西蒙　海德堡大學同學，山姆好友

葛蓓蕾・蘭伯特　海德堡大學同學，嫁給馬修

沃夫岡・科納斯　海德堡大學同學

莎莉・霍夫曼　海德堡大學同學，嫁給沃夫岡

海蒂・斯珏勒　去海德堡學音樂的小姑娘，安娜好友

羅爾夫・斯玨勒 柏林居民，海蒂父親，憎恨納粹

卡洛琳・斯玨勒 羅爾夫妻子，海蒂母親，柏林著名美女

阿克塞・戈茨 羅爾夫的化名

葛麗塔 斯玨勒家中女僕

阿伯特・斯皮爾 納粹軍備部部長，羅爾夫好友

赫爾曼・戈林 德國空軍總司令，納粹二號首領，卡洛琳前男友

海因里希・希姆勒 納粹黨軍軍頭，納粹三號首領

漢斯・馮・利普曼 安娜丈夫，納粹原子彈科學家

香黛兒・卡里達 馬修前女友

海倫・馮・霍德巴克 羅爾夫前女友

迪特・厄哈德 德軍情報官，山姆的柏林臥底

奧爾加・亨特・菲利波夫 蘇聯秘密警察駐巴黎代表

比爾・唐納文 將軍，美國戰略服務處主任

武藤元一郎 日本帝國將軍，裕仁天皇心腹

武藤晴子 山姆的耶魯大學同學，日本駐柏林使館法律參贊

東條英機 日本帝國內閣總理大臣

大島浩 日本駐柏林大使

禾田一郎 日本皇宮警衛師隊長，武藤元一郎副官

田中健二 日本皇宮警衛師隊長

吉美翔子 上海國際猶太聯合救濟總署負責人

第三部：
身在戰火蔓延時

第十一章：里昂的武裝抵抗

法國國家鐵路公司（法鐵）的第一八六次列車是一個特殊的專門列車，在鐵路運輸行業裡，被稱為「一八六專列」。法鐵公司裡的人，會簡稱它「一八六」。

它是個運貨的特別專列，是德國在巴黎的佔領軍總部和法鐵簽訂了一紙合同，指定為德國軍部運輸特殊軍用貨物所需的專列，貨物是從敦克爾克運到里昂郊外的維勒班尼。

法鐵指派了一名高級官員馬修・西蒙擔任列車長。他在敦克爾克火車站的貨運辦公室，出示了所有必要的文件，包括他公司的派遣令，德國軍事佔領當局的批准文件，以及蓋世太保的背書，這些文件都是合乎規定和按適當的程序事先就被審核過了。

就像是停在貨運火車場的一八六專列一樣，火車頭正發出嘶嘶的蒸汽汽笛聲，似乎是不耐煩的急於出發離開，馬修同樣也在焦急的等待著，他需要取得貨運車場辦公室的批准，讓他準時出發，現在只剩下了三十分鐘。

像所有的貨運列車一樣，「一八六專列」包括了許多節貨運車廂，俗稱「車皮」，以及一個「守車」，它是列車長的辦公室，可以和列車前方牽引的機車（俗稱火車頭）通話。守車通常是在列車的最後一節車廂。可是目前它是插掛在第六輛和第七輛車皮之間。

守車的後面還有八輛貨車車皮。在停有許多貨運列車和幾乎空無一人的貨車場裡，沒有人注意到這種不尋常的安排。

另一個不尋常的事情是，在前六個貨車車廂裡，每個都有好幾大罐白色油漆和幾把油漆刷子。

存放在鐵路倉庫裡的敦克爾克武器，包括了三種主要類型和彈藥，衝鋒槍、步槍、重型機槍。另外還有手榴彈、炸藥等等。通過馬修的精心安排，確保所有裝載搬運的工人都是法鐵公司裡反納粹抵抗組織中的成員。他們分成八組，將不同種類和不同數量的軍火，裝載到八個不同的貨車車廂。

雖然這些工人並沒有提出任何問題，但他們都心知肚明是怎麼回事。一方面他們很尊重馬修個人，另一方面，他們都得到了馬修分配的豐厚賞金。

馬修敏銳的意識到敦克爾克武器對反納粹抵抗活動的重要性。這些武器將徹底改變他們的行動，從被動和非致命性的消極抵抗，改變成為積極的主動攻擊，導致德國士兵的傷亡。

同時這也是組織武裝抵抗的關鍵時刻，因為所有跡象都表明盟軍將要進攻歐洲大陸，只是時間問題，並且只會提早發生，而不是延後。

馬修對自己的未來也很敏感，他知道在分發武器之後，他肯定會成為蓋世太保的通緝犯，德國安全部隊也會毫不留情的追捕他，他很可能會活不下來，對此他無能為力，做為一個愛國者，也只能聽天由命了。

但是他突然想到，要最後一次見到他的妻子，葛蓓蕾。

馬修是專列的車長，負責貨物的安全和運行計劃。通常情況下，列車長會在列車尾部的守車裡，在列車前方牽引機車的駕駛人員，是在他的指揮控制之下。他們通過列車內部電話進行指令傳達和溝通。

牽引機車上通常有四名工作人員：一名負責機車控制和觀察路軌上信號跟蹤信號的工程師，他是牽引機車的正駕駛員，俗稱火車頭司機。一名監控牽引機車儀器的副工程師，或副司機，以及兩名負責將燃煤鏟入鍋爐的司爐。要確保這次行動的成功，以及提高他們的生還機會，馬修需要非常小心的挑選參加這次行動的同夥。

費玨瑞克・洛貝克和亨利・莫佩被選為他的司機和副司機。他還雇傭了德萊尼兄弟，丹尼和阿伯特，一對經驗豐富的司爐，同時也有傳聞說他們曾格殺過德國納粹。這四個人都是法國共產黨指揮的抵抗納粹的地下組織成員，也是這次專列一八六的行車小組成員。

法鐵公司裡最大的工會組織就是「布爾什維克法共工會」，馬修是法鐵公司的管理層，他本人不是工會組織的成員，但是他很同情許多布爾什維克的理念，並贏得了許多工會成員們的尊敬。

馬修認為這次的任務將是一個重要的轉捩點，標誌著戰敗的法國開始起來，武裝抵抗的開始。

馬修和他的司機洛貝克來到了貨車場辦公室裡，一邊喝著咖啡，一邊等待最後一個簽名，這時一位德國陸軍中士軍曹，彼得・司徒本，走了進來。小組成員們都和他很熟悉，他們經常以「朋友和敵人」的混合方式迎接他。

「你的同事在哪裡？」馬修問。

司徒本沒有回答他的問題，相反的，他問說：「你是誰？」

「法鐵機車部的馬修・西蒙，一八六的列車長。」

司徒本的態度立即改變了：「對不起，西蒙先生，我不知道他們指派了一位法鐵的高級官員來擔任列車長。」

馬修說：「如果你考慮到貨物來源，你就會明白了。我再問你，你的同事在哪裡？」

「我不知道他在哪裡。但是他知道一八六在十五分鐘後就要出發了。我相信他會在那之前到這兒。」

馬修說：「你們兩個需要在這些文件上簽字，以便我們在出發前把它們交給調度室。即使你的朋友現在就出現，我們也會是晚點出發，真是豈有此理！」

「火車總是會晚點，沒什麼大不了的。」司徒本中士說。

馬修生氣了，提高了聲音說：「這對一八六來說是件大事！軍事佔領當局已下令，不允許這專列破壞，或被攻擊。我們需要在第二天天亮前到達目的地。在抵抗組織發起任何破壞行動之前，我們必須完成這段旅程。」

司徒本說：「我的同事遲到不是我的錯，我能做什麼呢？」

「你可以做兩件事中的一件：你自己簽字，或者和我一起去司令官辦公室。」

司機費玨瑞克・洛貝克插嘴說：「司徒本，據我所知，如果一八六發生了任何事，那都將是你的錯。你老闆的老闆是你們德國軍隊裡的大頭頭，他授權西蒙先生，改變行程和路線以確保安全通行。司令官會搧你一耳光，然後我會把這個信封給來接替你的人。」

每當德軍雇傭法鐵貨運火車運送軍用貨物時，就有少數的德國資深陸軍軍曹會被指派在貨運列車上執行武裝護送任務。

這是一個根深柢固的傳統：當貴重貨物在火車上時，貨主的代表將在現場陪同貨物同行。法鐵公司要求這些德國陸軍軍曹根據提貨單，檢查車廂裡的貨物，確認貨物和數量無誤。這些文件成為出發文件的一部分，是派遣辦事處簽發最終出發許可證的基礎。

在對每輛貨車的文件進行核實和簽字後，法鐵人員會立即密封貨車車門，在到達目的地後，由接貨人代表，打開密封的車門。這是需要長時間以及人力，才能完成的程序。

為了節省時間，更重要的是，為了避免貨主代表，也就是德國陸軍軍曹製造麻煩，列車長經常要說服他們，接受他的口頭保證，就簽署文件。畢竟，列車長對貨物的完整性要負責任。

當然，送給這些軍曹們一個內容豐富的信封，成為了他們積極合作的推動力。由於這種賄賂制度，武裝護送任務在德國陸軍的資深軍曹中受到追捧。

「腐敗」一直是秘密的地下活動中最有效的武器之一，法國的抵抗活動也不例外。有時，它會取得驚人的成果。因為沒有進一步的消息，司徒本中士開始簽署文件。

馬修提醒他：「一八六有十四輛貨車車廂和一個守車，你需要在十五張紙上簽字。」

「西蒙先生，你能保證你已經核實了每輛貨車裡的貨物嗎？」

「中士，別跟我開完笑，我比任何人，包括你在內，都有更大的責任保持貨物的完整性。」

一名辦公室工作人員把十五張簽字的文件拿到了調度室，馬修立刻下令開始密封貨車車門。

當調度室發送電報到維勒班尼火車站的收貨辦公室時，訊息內容是：一八六專列有六輛貨車車廂和一個守車。

最後，費玨瑞克·洛貝克帶了兩大壺熱咖啡和一袋三明治，還有馬修和軍曹離開了調度室。

司徒本問道：「我的水果白蘭地酒呢？」

洛貝克說：「在我包裡。」

日落之前，一聲長長的汽笛聲響起，一八六專列開始緩慢的移動。離開敦克爾克後，火車加速了，但它是行駛在往東北方向去比利時的路軌上，而不是在往里昂方向的南行路軌上。

馬修的計劃是：一八六要在白天，也就是日落前，穿越比利時和盧森堡，以避免盟軍空中巡邏和攻擊。

一八六是德國軍事當局指定的有最優先權的特殊列車，在布魯塞爾和黎季火車站，他們不需要減速或停車，而是高速通過。然後火車向南轉，一個多小時後，它進入了盧森堡。

當火車進入法國，開往梅茨和南茜的時候，最後一縷陽光已經消逝，完全的黑暗已經來到了法國北部的平原。這是一個沒有月亮的夜晚，唯一的光亮來自火車頭的前燈，照亮了前方無止無休的鐵軌，不斷地被車頭吞噬。

司機洛貝克拿著一杯咖啡和一個三明治，臉上帶著冷笑，好奇的看著司徒本中士，他正坐在折疊帆布椅上，一邊喝著摻了德國白蘭地酒的咖啡，一邊說：

「我認為西蒙先生非常聰明，他選擇白天穿過比利時和盧森堡，盟國軍機不在這兩個國家進行空中巡邏。然後我們向南去了法國，但是已經進入夜晚，也是沒有空中巡邏。」

司爐丹尼・德萊尼說：「你別忘了，還有反納粹的抵抗組織。他們會發起破壞行動。」

「但西蒙斯先生說，抵抗組織沒有足夠時間組織起來，發起破壞行動。」

丹尼靠近了德國軍曹說：「抵抗份子也是很聰明的，即使就在你附近，你也看不到他們。你有沒有想過西蒙先生也可能是抵抗運動的一份子嗎？」

「不，他不能。他是法鐵的高級官員。」

丹尼・德萊尼冷笑說：「那又怎麼樣？有許多高級官員都成為叛徒。即使在德國，社會高層也有叛徒。你知道嗎？」

司徒本沉默了，但是司爐阿伯特・德萊尼說：「嘿，中士，也許我弟弟丹尼也是抵抗份子。」

突然，司徒本中士覺得很冷，他要了更多的咖啡。在南茜火車站的南方，司機洛貝克高聲喊說：「前方紅燈！」他開始剎車，副手亨利．莫佩打開對講機通知守車裡的馬修：「前方道岔組有紅燈。」

一八六緩慢的接近鐵路道岔，一位穿著法鐵切換員制服的工人站在那，左右揮動著一盞紅色的火車燈籠。

列車停住後，洛貝克對司徒本說：「你需要告訴切換員，我們是一八六專列。」

切換員走近火車頭的駕駛室，喊道：「你是什麼車？要去哪裡？」

司徒本大喊：「我們是一八六專列，是特別通行。你沒接到通知嗎？」

切換員是個上了年歲的老頭，他把手放在前額上說：

「啊！是的，一八六專列是要去里昂的。對不起，我忘了。讓我切換過去。」

老頭小跑回到道岔旁，把控制扛杆切換過去。他回來說：「扛杆切換，鎖住了。你們可以繼續前進。」

洛貝克喊道：「老亨利，你這個老色鬼！你怎麼還活著呢！」

老頭回喊：「費珏瑞克？是你在駕駛一八六嗎？你為什麼要走這條老

路？現在沒人用它了，小心點。」

「謝了。你照顧好自己！喝白蘭地酒，還有和女人鬼混都要節制一點，別把老命玩完了。」

洛貝克鬆開了剎車，然後把高溫和高壓蒸汽閥門打開，送進活塞室。蒸汽機發出一陣陣的嘶嘶聲，釋放出一團白色蒸汽，吞沒了火車頭。

司徒本說：「你認識這位鐵道切換員嗎？他看起來太老了，不適合做你的朋友。」

「我從小就認識他。多年前老亨利曾和我父親在一起工作。好了，我們現在可以放鬆了，沒有人會知道我們是在這個軌道上。盟軍空中巡邏隊和抵抗組織永遠不會想到我們是在這裡。」

司徒本中士說：「那樣的話，我就再喝點加了白蘭地的咖啡。」

火車頭裡有一張椅子是專門為德國軍隊派出的護送人員準備的，司徒本就在這張舒適的帆布椅上睡著了，從他睡眠中平穩的呼嚕聲和臉上的笑容，可想而知這位德國軍曹是在甜美的夢中。

但是有人在他臉上狠狠的打了一巴掌，他猛然醒來，頭暈腦脹，不知發生了什麼事。但他的訓練和直覺告訴他，他的處境可能非常糟糕，甚至可能是生死攸關。他幾乎是自然的反應喊道：

「你這個混蛋法國佬是在幹什麼？」得來的反應是另一記巴掌又沉重地打在他臉上。

司徒本還是繼續他含糊不清的話：「這真是見鬼了……」結果又是一記反手巴掌打在他臉上。

終於他完全清醒了。但是首先他發現自己全裸，已經完全脫光了衣服，身上什麼都沒有，連襪子都沒了。他明白了，他喝的咖啡裡，除了加了白蘭地酒之外，一定也下了藥。換句話說，整件事都是有計劃的要傷害他。毫無疑問，這些人一定是抵抗組織的成員。

他唯一的希望就是在守車裡的列車長，至少可以拖延時間，在發生更嚴重的事故之前，就到達目的地。他說：「我需要和列車長說話，請你把電話接上。」

站在他前面的那個人說：「這不太可能，因為他現在很忙。也許我能為你做些事。」

司徒本注意到他的制服和內衣褲都堆在地上，他的武器衝鋒槍放在他的衣服上，他心愛的毛瑟手槍則在司爐丹尼・德萊尼的手裡。

「我提醒你，我是第三帝國委任的中士軍曹，」司徒本說，「你對我所做的侵犯是非常嚴重的罪行。但是，如果你現在就把我的衣服和武器還給我，我們到了目的地後，我答應會放你一馬，不追究你。」

他前面的人突然大笑起來：「太好了，原來你是個很慷慨的納粹。司徒本軍曹，你好好仔細看看我，認識我嗎？還記得我們以前在哪裡見過面嗎？」

司徒本認出他是火車的副司機，亨利・莫佩。自從司徒本去到敦克爾克車站的貨場辦公室後，莫佩就一句話也沒說。他只記得，他的一雙充滿仇恨的眼睛不時的盯著他。司徒本並不驚訝，因為很多法國人都是這樣看他的。

司徒本說：「你是副司機，我想我們以前沒見過面。」

亨利・莫佩提醒他：「還記得大約一年半以前，在一個軍事法庭嗎？」

突然，司徒本的臉色變得蒼白，但是他仍然保持沉默，顯然是要拖延時間。莫佩繼續說：

「你強姦了我的妻子，當她報警時，你殺了她。警察逮捕了你，指控你強姦和謀殺我妻子。儘管有壓倒性的證據和證人的證詞，你們的德國軍事法庭駁回了所有的指控。法庭沒有伸張正義，只是在保護自己人。也許這是理所當然，因為你們是戰勝國。」

司徒本低聲說：「法庭判我無罪。」

「當然了。有人會相信一群納粹軍官會將強姦和謀殺一名法國婦女的納粹同僚定罪嗎？」

沒有人說話，只有呼嘯的風和車輪發出無休止而有節奏的振動噪音，充斥著敞開的機車駕駛室。

司徒本繼續的低聲說：「法院認定你妻子是自願的。」

他注意到，儘管他是赤身裸體，且有一名持槍的司爐看著他，他還是相對不受約束。他的手和腳沒有被綁住，也沒有戴上手銬。

莫佩戴上了一副皮手套，他說：

「司徒本軍曹，我妻子已經死了。但是你仍然在侮辱她，暗示你和她有一段戀情。這是個謊言，我們法國人最尊重愛情，把男女相悅的情感看成最寶貴的人性。但是我們也討厭有關愛情的謊言，你會受到懲罰的。」

司徒本緊張地說：「你打算幹什麼？別讓你的罪行變得比現在更嚴重。」

「我先把你的幾顆牙齒敲掉。」莫佩說。

慢慢地，莫佩把手掌握成了拳頭，然後以閃電般的速度出拳猛擊他的臉，司徒本哀叫一聲後，立刻被打下了三顆牙齒，還出現了一個裂唇。

這一擊把軍曹從帆布椅上打了下來，但是他沒有摔倒，因為掛在他脖子上的套索把他拉了起來。司徒本在絞索上掙扎，他無法呼吸。他以為自己正在被法國抵抗份子以絞刑處死。但是他被放回在椅子上。

莫佩爾遞給他一個寫字板，上面有一張白紙。他說：

「你現在仔細聽，如果你不想再忍受痛苦，就寫下我說的。」

「你想要我寫什麼？」

「第一，姓名、軍銜和你的軍人序號。然後你寫上，『我強姦並殺害了莎拉・莫佩』，然後寫下法庭上指控你的五個女人的名字，再寫上『我也強姦了這些女人』，最後簽名並註明日期。」

「我為什麼要這樣做？」司徒本還是不放棄對抗。「如果我同意寫，你會放我走嗎？」

莫佩轉過身來，看著丹尼・德萊尼，大喊：「開槍打他的右腳！」

丹尼說：「那將是我的榮幸！」然後就開槍。

「你現在對寫作感興趣了嗎？」莫佩問。

司徒本用微弱但仍然是頑抗的聲音回答：「我警告你。你可能會為此被槍斃。」

「哦，你說的對，這是毫無疑問的。」莫佩平靜地說。「丹尼，把他的膝蓋打掉。」

丹尼又一槍打中了司徒本的右膝。又一聲慘叫後，他昏倒了。這次他恢復知覺後，就開始寫了，顫抖的手寫成了破碎的信件。莫佩把那張紙放在胸前的口袋裡。

就像火車頭燈照亮的無盡鐵軌，以及風聲和輪軌相互作用發出的單調噪音一樣，司徒本的噩夢還在繼續。現在他是一個身心都幾乎完全破碎了的人，他明白將會發生在他身上的事，莫佩在徹底折磨他之後，就要取他的命，來替他的妻子報仇，而不在乎任何後果。

他唯一的希望是，如果有人在下一站通知蓋世太保，要求見此專列的德軍護送人員，他需要時間。

他問莫佩：「你要殺了我，不是嗎？」

「非常聰明，你終於明白了。你覺得死在我手裡，感覺如何？」莫佩說。

司徒本沒有回答這個問題。相反的，他問：「你不怕後果嗎？」

「你這個可憐的納粹，你還是不明白。有人告訴你如何來征服我們，如何壓制我們的抵抗運動。所以你就執行了各種嚴厲的報復行動，包括強姦婦女和殺害無辜的人質。如果我們不在乎這些後果，你將會怎麼辦？我現在關心的，就是要殺了你，要讓你的死，比你帶給我妻子和我的痛苦，更要加倍。」

這是他一生中，第一次對自己的命運感到絕望。他聽到莫佩說：

「你昏倒後我檢查過你的東西，你有兩張女人的照片。她們是你的妻子和女兒嗎？」

司徒本還是沉默，所以莫佩就繼續說：

「她們看來是好女人，尤其是你妻子，穿著那件泳衣很迷人。我告訴你她們會遭遇到什麼。不到兩年，盟軍就會攻佔你們的柏林。你所親愛的領袖希特勒會被捉拿，猶太人會把他和其他納粹的高級官員，送進他們為猶太人所建造的殺戮營裡，去聞那毒氣。」

司徒本本能的回答說：「你說的事絕不可能發生。」

「那他為什麼要建造大西洋長城？為什麼每一個德國軍人，包括你自己，都害怕被派往東線戰場？俄國老毛子要來了，他們要把你們的雅利安女人玩死了。」

隔了一會兒，莫佩又繼續說：「告訴你。戰後，我將去柏林，我有你的駕照，上面有你的地址，我也有你妻子和女兒的照片，所以我可以去找她們。」

「你是打算強姦並殺了她。這就是你想要的嗎？我妻子和我的所作所為毫無關係，所以別牽連她，就對我報仇吧。也許法國人不夠男人，所以你只會傷害敵人的女人。」

「不，」莫佩說，「你不必為此擔心。眾所周知，我們法國人愛漂亮的女人。我會給她送花、食物、白蘭地、巧克力、香煙，當然還有我們著名的法國香水。想想看。飽受戰爭蹂躪的柏林居民，他們的生活條件是何等的困難。最有可能的是，你的女人會渴望食物和男人的陪伴，因為你現在不在她身邊。我可以想像她會是一個饑餓的女人，我不是在說她想要吃的食物。我將像天使一樣，不僅會帶給她食物，還會滿足她的其他需要。」

司徒本軍曹自信而自豪的說：「這是不可能發生的。我妻子是個愛國的德國女人，她全心全意地愛我。」

「這個我可以相信，但是她會很沮喪，因為你會死去的，讓她空守香閨，沒有人可以讓她宣洩她的愛。」莫佩說。

「那麼她將是一個忠誠的德國戰爭遺孀，她的舉止將會非常得體。」司徒本說。

在短暫的思考之後，莫佩繼續說：「這也許是有可能的。但是需要有一個條件，那就是，如果你是個英雄為國犧牲。但是如果你是一個逃兵，或者是德國的叛徒。你認為你妻子會讓我帶她上床，讓我蹂躪她嗎？還是她會慾火焚身，主動脫衣來服侍我？」

「但是我不是逃兵，更不用說是叛徒了。」司徒本的語氣開始失去信心。

「別擔心那部分。我們很快就會讓你變成一個逃兵和叛徒。你知道，你妻子從照片上看起來很迷人的。我敢打賭她很喜歡男人。我真的很期待和她做愛。你對被征服國家的女人有很多經驗，所以你可以理解我會有多興奮。」莫佩滿臉笑容的說。

司徒本很安靜，但莫佩還是有話說：「你知道，我們法國人很知道如何取悅女人。我們不像你，我們不會強姦她們，我們會給她們帶來快樂。別擔心，當我穿刺她，深深的進入她身體時，是因為她想讓我這樣做。我會給她帶來她從未經歷過的魚水之歡高潮。她會認為你的性行為只是很幼稚的小打小鬧。你妻子會尖叫嗎？你所有的鄰居都會聽到她的歡呼，他們會明白你妻子終於得到了做女人的幸福。」

司徒本只是帶著仇恨盯著莫佩，跟莫佩早先盯著他的眼神一樣。然後他又聽到了莫佩的聲音：「但是最後，我會告訴她你對我妻子做了什麼，她會因為你而受到懲罰。我會把我的一些布爾什維克紅軍同志帶到她那裡。我確信他們會以另一種方式享受你妻子。我還聽說，他們喜歡和母女進行三人同樂，尤其是當她們齊聲尖叫時，聲音越大越好。」

司徒本完全崩潰了：「你為什麼不直接殺了我呢？」

「耐心點。我會的。但是我不想讓你在無知中死去，所以我會告訴你整個故事。這些敦克爾克武器不會進入德軍在里昂的倉庫。它們將被分配到不同的抵抗組織中。所有人都會被告知，這是德國軍曹，彼得・司徒本，成為叛徒後，將一八六專列送給了法國的抵抗組織。很快的，你就會被宣傳成為一位納粹軍人改邪歸正，變成了法國抵抗運動的英雄。我們還會把你剛剛親筆寫的供詞，刊登在地下報紙上，也會把一份寄給你妻子。有一個傳言說，德軍軍曹，司徒本中士，良心發現，最終成為一個反納粹分子，加入了抵抗運動。」莫佩一口氣把未來的計劃說出來。

司徒本感到絕望，無力的掙扎說：「那是個謊言。」

「毫無疑問，當然這是個謊言，但它是我們抵抗行動的一部分。我還必須承認，我們已經從你們納粹那裡，學到了如何製造和宣傳謊言來傷害敵人的方法。不幸的是，你是我們的工具。現在你可以看到我們面臨的問題了。

在我們殺了你之後，我們必須確保你的屍體找不到。否則，蓋世太保很快就會把事情搞清楚的。」

司徒本說：「把我埋在某個地方，戰後你可以告訴我的家人。」

「不，我們不能這樣做。眾所周知，埋藏的屍體是可以找到一具。甚至你腐爛了後，饑餓的野狗也會發現你，當作午餐把你吃了。所以我們必須確保你，完全從這個世界上消失。」

莫佩停了一會兒，讓司徒本要面臨的命運沉入他的腦子，他現在要面臨的命運。接著他就繼續說：

「讓你的身體消失，唯一滴水不漏，百分之百可靠的方法就是把你燒成灰，然後再將它和其他灰燼混合。司徒本中士就徹底消失，不再存在。這樣德國當局和你的妻子才會永遠相信，你叛逃到敵人陣營，一定是用一個新的身分生活著。」

顯然，司徒本終於放棄了掙扎，接受了他的命運：

「所以，在你殺了我之後，你會把我的屍體帶到一個有火葬設施的殯儀館？」

「當然不是。這對安全來說太危險了。你看到我們火車頭的鍋爐了嗎？那是個高溫燃燒器，我們會把你放在那裡頭，你變成了灰以後，將會和煤灰混在一起。像俗話說的，你最終會成灰塵而回到地球。」

在長時間的沉默之後，司徒本好奇的問：「你在等什麼？你為什麼不開槍殺我？」

「是的，我馬上就要開槍了。但在此之前，我需要告訴你我將對你實施的懲罰。首先，我會開槍，但是不會殺了你。我要把你的命根子打掉，因為你用它來穿刺我妻子。其次，你看到爐子裡的鋼條了嗎？我們用它來穿刺燃燒中的煤塊。現在已經被燒得火紅，我會把它塞進你的屁眼裡。像我妻子一樣，讓你體驗當一個邪惡的東西穿刺你，進到你身體裡時是什麼感覺。然後我才要把你放進火爐裡。」

莫佩一聲不響，眼睛裡帶著強烈的仇恨盯著他。

司徒本終於明白了這個受害者的丈夫對他的意圖。這不是威脅，而是就要執行的計劃。當意識到即將到來的痛苦和折磨時，淚水開始從這位職業軍人的眼裡流出來。他嗚咽著說：

「我求你了，我現在知道，我在你妻子身上犯了不可贖的罪。上帝保佑，現在就殺了我。」

「司徒本，一切都太晚了。我們的抵抗組織很難找到彈藥。我只被分配了一顆子彈來射殺你。但我需要用它來打掉你的老二。所以，對不起了，我得把你活活燒死。但別擔心。我會從你這混蛋身上拔出鋼條，先打斷你四肢的每根骨頭，讓你毫無任何阻力的被放進鍋爐裡。」

完全不像一個驕傲的第三帝國戰士，司徒本哀嚎著：「我求你的仁慈，上帝保佑，現在就殺了我。」

「當你強姦和殺害我妻子的時候，你有沒有想到上帝的仁慈？」莫佩問司徒本，然後拿出手槍瞄準，扣動了扳機。

在南西市的南方，火車經過盧塞爾小鎮，洛貝克降低了火車的速度，準備在下一站維蘇爾過後向西的急轉彎。一八六專列比原定計劃提前了，但由於夜深無人注意，列車照例被調到離車站最遠的軌道通過。洛貝克打開了輔助前照燈，照亮了火車前方，兩位司機都很緊張。

洛貝克喊道：「莫佩，你的視力更好，睜大眼睛。」

突然，莫佩爾喊道：「前方二十碼，岔道組在左邊。」

在軌道交叉路口，左邊的支線是一條廢棄的舊鐵軌。右邊的軌道，向西彎曲，是目前使用的鐵路。岔道組被鎖在往右邊的支線，所有的火車都會被轉向西邊的支線，也就是目前的常規路線。洛貝克踩下剎車，火車就在道岔處停了下來。

「我去見馬修，打開岔道組，」洛貝克說。

「丹尼，帶上司徒本的衝鋒槍，跟我來當保鏢。亨利，如果你看到或聽到任何可疑的事情，馬上就快走。我會跳上後面的車廂。阿伯特，你記住，除了我們以外，不能讓任何人登機車駕駛室。別猶豫，使用司徒本或是你自己的手槍。」

當洛貝克和司爐丹尼・德萊尼下地時，馬修拿著香黛兒的鑰匙和一罐潤滑機油，還有一罐潤滑脂跑過來迎接他們。馬修和洛貝克選擇了鑰匙，打開了岔道組的鎖。他們仔細檢查了道岔，確保列車會轉到左邊的軌道上。他們很清楚，經過多年的忽視和積累的鐵銹，火車會有脫軌的潛在危險。

在大量使用潤滑機油和配套的潤滑脂後，馬修慢慢的將控制杠杆推換到了另一邊。洛貝克向莫佩發出啟動前進的信號，火車開始非常緩慢的向前移動，在這兩個人警惕的目光下，車輪翻滾過交叉路口，駛向左邊的軌道。

「看來道岔和鐵軌都能挺住。但是以這樣的速度走，會用去太多時間。」馬修對洛貝克說。

「時間上，我們是可以的。實際上，我擔心來接收的人會不會準時。」

馬修改變了話題：「莫佩是怎麼對付司徒本的？」

丹尼・德萊尼打斷了他說：「一切都完全按他所說的做了，包括把他的老二給打掉了。」

「真的嗎？我以為他只是想在殺死司徒本之前，用言語折磨他一下。莫佩以前曾是一名教師。」

「你知道嗎，有一段時間，他很沮喪，我以為他會自殺。」洛貝克說。

「但是計劃格殺司徒本的事改變了他。這讓他成為一名優秀的抵抗戰士，也許是有點冷血，但是這對我們有好處。」

「正是這場該死的戰爭改變了莫佩。」馬修說。

「這場戰爭也改變了你，馬修。你現在是一個很有效的抵抗運動領袖。沒有人會相信你曾是一個文雅的知識份子，喜歡詩歌和藝術。」

當最後一輛車廂駛過了道岔時，馬修對洛貝克說：

「我希望火車在保持安全下盡可能的快，你需要在我們計劃的地點停下來，但是只要停足夠的時間，讓丹尼和我將車廂分開，打開車門。不管接收的人是否在現場，我們立刻離開。仔細觀察我的信號。」

當馬修和丹尼爬上最後一節車廂時，洛貝克跑回道機車控制室。一八六專列啟動並加速前進。它在距道岔十四公里的地方停車。馬修和丹尼跳下最後一輛車廂，看見三個人從黑暗中走了出來。

丹尼把他的衝鋒槍對準他們，馬修喊道：

「喂，前面的朋友，請確認一下你的身分！」

「我是金・穆林，帶著朋友們。你是誰？」

「馬修・西蒙，帶著禮物。」

兩組人互相熱烈的握手，馬修說：「見到你真高興！最後，我們是做到了。」

穆林的兩個朋友是英國特種作戰執行機構的特工，他們用手電筒發出信號，大約二十多人走出黑暗，開始卸下武器箱。很快，最後一輛車廂脫離了。

馬修，穆林和丹尼跳上了下一節車廂，火車就又開始移動了。他們停留了不到兩分鐘，馬修希望以後的卸貨速度一樣有效率。

在一八六專列到達靠近瑞士邊境的法國東部城鎮貝桑松之前，又停下來兩次，留下了車廂和武器給當地的抵抗組織。

貝桑松是抵抗組織活躍的地區，納粹安全部隊已經進入過圍剿了多次，也處決了幾百個抵抗戰士。同時盟軍轟炸機也曾兩次襲擊附近的軍事目標。馬修對這個城鎮很熟悉，因為他曾參與過法鐵在這裡收購纜車鐵路的任務。一八六專列繼續在減少它牽引的貨運車廂輛。

在到達目的地之前，又停了五站。每次，金‧穆林都認識來接收武器的人。在完成最後一次卸貨之前，當地的抵抗戰士幫助馬修和他的同夥把剩下的貨車車廂頂部漆成白色。最後一輛貨車車廂脫離了專列，穆林、抵抗組織和英國特工們一起離開了。

「馬修，我的朋友，現在我們真的做到了，」穆林說。「如果我們贏得戰爭，歷史將記錄我們的成就。好好照顧自己，再見了！」

他們齊聲喊道：「法蘭西萬歲！」

一八六專列是在靠近波利吉小鎮以北的鐵路道岔返回到正常運行的路線。在短暫的黎明前黑暗中，馬修和他的工作人員到達了維勒班尼，停在德國軍事情報局的倉庫月台。他們將很快被通緝，成為逃犯。

洛貝克，莫佩和德萊尼兄弟分散開，去到不同的方向。

馬修帶著所有的文件，交給了夜班值班員。

他是一位德軍士官，問說：「你剛到嗎？」

「是的，我是一八六專列的列車長。這是文件和我的法鐵工作證。」

「從哪裡來的？」

「敦克爾克。」

他在昏暗的燈光下數著遠處月台上的貨車：「六輛貨車和一輛守車，就這些嗎？」

「文件上有寫著，不是嗎？」

「你是運什麼貨？從北方開來這麼少的車廂，肯定是很重要的東西。」

「不知道裡面是什麼東西。是的，我相信一定是很重要的。」

值班人員在一張標準收據上簽字蓋章，然後把它交給馬修。

天亮前，馬修住進里昂市中心，一條狹窄的小巷裡的一家老舊旅館。它是由一個朋友，也是抵抗份子經營的，所以他不需要登記。

馬修筋疲力盡。他在過去的二十四小時沒有睡覺。但是洗完熱水澡後，他仍然完全清醒。

黎明後不久，四架美國P-47霹靂式戰鬥轟炸機飛過里昂，它們是配置了對地面攻擊的武器裝備，每架飛機都攜帶了五百磅炸彈和五英吋火箭。他們的任務是尋找並摧毀白色車頂的貨車。這些目標很容易找到，他們把所有的彈藥軍火都投下，把白色車頂的貨運車徹底的粉碎。

空襲過後，馬修終於睡著了。他醒來時聽到緊急的敲門聲。他的老朋友，旅館的經營者，端著一杯熱氣騰騰的熱咖啡和一張紙在門口。

「哦，是你，菲力浦。有什麼問題嗎？」馬修問。

「喝下這杯咖啡，趕快清醒過來。我需要轉移你。」

「發生了什麼事？」馬修問，他喝了一口菲利浦的出奇美味咖啡。

菲力浦把那張紙遞給他說：「現在到處都是這張紙。」

這是蓋世太保辦公室發佈的官方公告：他們在找一個叫馬修・西蒙的人，他受雇於法國國家鐵路公司。西蒙先生失蹤了，當局懷疑他參與了非法走私活動。他最近的身分證照片非常顯眼的印出來在公告上。

「菲力浦，我終於登上了蓋世太保的通緝名單！你應該祝賀我。」

「這是認真的，馬修。你是個通緝犯，即使這不是逮捕令，我還是需要把你送到更隱秘的地方。」

「是的，這家旅館進出的人太多，出紕漏的機會太大了。」

「在接下來的二十四小時內問題不大，你可以住在閣樓裡。在緊急情況下，你不必經過樓下的門廳就可以到達外面的小巷。你現在想去哪裡？」

「我得回巴黎去。」

「你認為這是明智的嗎？」菲力浦問。「蓋世太保可能已經監視了你住的公寓。」

「我幾乎可以肯定他們已經派了人了，所以我需要新的身分證件。一位老朋友推薦我一個藏身之處，我可以暫時在那裡待一陣子。」

「你做了什麼事？讓蓋世太保發佈這份公告。我會處理好你的新證件。我想這會需要一周的時間。」

維勒班尼是里昂大都會的一個區，除了有德國軍隊的貨物集散中心外，還有儲藏大量物資的倉庫。此外，德國佔領軍駐法國南部的總司令部，以及蓋世太保的地區辦事處，都位於同一區附近。馬修的前女友香黛兒・卡里達，她兒時的好友珍奈・拉莫緹，在離蓋世太保辦公室不遠的一個街區，開了一家名為「天鵝」的高級餐廳。

傍晚時分，日落之後，在群星升起之前，一隻巨大的白天鵝霓虹燈亮了起來，天鵝的頭和脖子開始來回移動。天鵝餐廳已經開始忙碌，儘管大多數的桌子都被占了，迎賓小姐還是繼續的領著客人進來，看來這又將是一個客滿的夜晚。

有相當多的客人是德國人，從他們的制服來看，其中有一些高級軍官。菲力浦，一位經驗豐富的反納粹抵抗戰士，認為天鵝餐廳是馬修最好的藏身之地。蓋世太保的任何官員都不會想到，會有反納粹抵抗戰士隱藏在這種地方。況且沒有人，不管是反納粹份子還是一般罪犯，都不敢在犯罪現場附近逗留。

天鵝餐廳的電話鈴響了，迎賓小姐拿起了電話：「晚上好。這裡是維勒班尼的天鵝餐廳，需要我幫忙嗎？」

「香黛兒・卡里達小姐希望和珍奈・拉莫緹夫人說話。」一個男人的聲音說。

珍奈在幾分鐘後接了電話：「我是拉莫緹。」

男人說：「我想預訂星期四晚上八點三十七分，五個人的晚餐。」

珍奈的心臟跳了一下。香黛兒曾提到「星期四，晚上八點三十七分」是識別馬修的密碼，如果馬修打電話來，他可能會是遇到了大麻煩，需要幫助。她回答說：

「謝謝。我需要查一下。星期四我們會很忙。你有紙和鉛筆嗎？十分鐘後，請打電話到這個號碼。」

留下了號碼，她馬上就回到樓上的辦公室，很快的戴上帽子和圍巾，從側門離開，溜進一條小巷。穿過街道，她開始奔跑。她在一家小酒吧的入口處停了下來，匆匆看了一眼，推開門，跑向女廁所。在那裡，一個公用電話響了。

珍奈的呼吸急促，她拿起電話說：「你是香黛兒的朋友嗎？」

「是的，妳呢？」

「是的，一個老朋友。你從哪裡來的？你想要什麼？」

「我是從巴黎來的，需要妳幫助我隱藏一周左右。」

「在天鵝餐廳的左邊有一條小巷，裡頭有一棟房子，前面是個深棕色的木門，門牌是十七號。今晚十一點三十五分到那裡。」

珍奈很慶幸，自己的名字沒有被提及。這人一定是個有經驗的抵抗份子。菲力浦開著一輛破舊的雪鐵龍汽車把馬修送到了維勒班尼。他在離天鵝餐廳一條街的地方停了下來。

馬修沿著大街走到了餐廳左邊的小巷，那是一條狹窄的小路，普通汽車無法通行，他找到門牌十七號的房子。在確認沒有人監視他之後，就隱藏在對面的暗處。他在那裡待了半個多小時，在晚上十一點三十五分，走到對面敲了敲門。

一個聲音立刻回答：「是誰？」

「來自巴黎的馬修。」

門打開了讓他進來，隨後就立刻又關上了。裡面是一片漆黑，一支手電筒的亮光照在他的臉上。

同一個聲音說：「你變化不大，只是老了一點。難怪香黛兒還是為你瘋狂。」

一隻柔軟的手引導他穿過黑暗的道路網，又穿過了幾間密室。

「里昂建築物之間的秘密通道很有名，」馬修評論說，「這對逃犯有利，對德國的安全人員不利。這就像是希臘神話中的迷宮。太不可思議了。」

「好吧，你就相信它，它可以拯救你的生命。」

「我可能會活下來，但如果沒有人來找我，我會餓死的。我完全迷路了。」

「所以你要對我好一點，我會來救你的。」

「是的，夫人。我聽妳的擺佈。」

「太好了，但是你別忘了。」

馬修開始喜歡這個看不見的女人。據香黛兒說，她的丈夫是被處決的反納粹抵抗份子。儘管她的餐館是為德國人和當地的納粹合作者提供服務，但是她也可能秘密地繼續她已故丈夫的活動，無論如何，他必須小心謹慎。

在通道的盡頭，她用鑰匙打開了一扇門，把他領進了一個小房間，裡面有一個起居室和浴室，顯然是一個臨時的藏身之處。房間內有兩扇小窗戶對著後巷，珍奈在開燈前關上窗簾。馬修終於看到了她的臉。他立刻認出了她。

「我記得妳，你總是和香黛兒在一起。現在妳已經成長為一個美麗的女人了。」

珍奈說：「香黛兒警告過我，你的甜言蜜語能力有增無減，要我小心，提高警覺。」

「香黛兒從來沒有錯過任何一個說我壞話的機會。這地方在哪裡？我完全迷失了。」

「實際上，這就在天鵝餐廳的正上方。我們的辦公室和公寓在二樓。這個藏身處是從我的臥室和走廊隔出來的。香黛兒叫它是秘密情人的愛巢。」

「很有趣。這個房間是為妳還是為妳丈夫建造的？」

「我丈夫死後，我才開了天鵝餐廳，然後我搬到了樓上。這能回答你的問題嗎？」

「答案很清楚，也讓人想像。妳以前很害羞，總是躲在香黛兒的身後。你現在看起來不一樣了，大膽點。順便問一下，我聞到了食物的味道。這裡有食物嗎？我從早餐起就沒吃過東西。」

珍奈過來抓住了他的胳膊：「對不起，我以為你可能餓了，所以讓廚房送來了一頓晚餐。但是只顧著和你說話，就完全忘記了。現在，來吃吧。」

她把他帶到廚房旁邊的小餐廳。桌上有一頓豐盛的晚餐和一瓶葡萄酒。馬修停止說話，集中注意力在食物和酒上，珍奈帶著好奇的表情和一絲期待的目光看著他。飯後，珍奈把盤子洗乾淨，放進袋子裡。

她牽著馬修的手，帶他穿過一扇偽裝的門，走進一間大公寓的步入式衣櫥。這就是珍奈住的地方。這間公寓很寬敞，裝飾得非常雅致。

她把馬修帶到客廳，坐下，倒了酒。馬修發現她有著迷人的魅力，她有著迷霧般的藍眼睛，淡黃色的頭髮，一個輕鬆的微笑，以及一種毫不掩飾的舉止。她穿著一套時髦的古銅絲套裝，襯托出她蒼白的夏日棕褐色。

「你喜歡你現在看到的東西嗎？」她在換話題之前問道。「在電話裡，你說你需要幫助。我還能為你做些什麼？」

「像妳這樣漂亮的女士可以為我做很多事情。說真的，香黛兒告訴了妳多少事情？」

「很多。我覺得她很喜歡你對她的報復。」珍奈接著說，「不管怎麼樣，她告訴了我，鐵路道岔鑰匙的事，是從她父親那裡取得的。還有敦克爾克武器的事。我也看到了蓋世太保找你的公告。昨天早上的空襲就是因為你，對吧？」

馬修沒有回答她的問題，而是說：「你看，我是個逃犯。我需要一個地方藏身，等待我的新身分證件。大概需要一個星期，你能給我在維勒班尼找個地方嗎？」

「太棒了。德國人永遠不會想到逃犯敢躲在蓋世太保總部的隔壁。」

「你是說我應該躲在這幢樓裡嗎？」

「是的。白天，你可以待在秘密情人的房間裡。晚上，歡迎你到我的公寓來。」

馬修說：「為了她的安全，請不要讓香黛兒知道，我是在妳的地方。」

「別擔心，我不會的。」

「珍奈，我希望我躲在這裡不會給妳帶來任何麻煩，」馬修說。「我真的很感激妳的好意。」

「只要沒人知道你在這裡，我們都會安全的。馬修，我丈夫最大的願望就是為反納粹抵抗組織找武器。他因策劃劫持國防軍彈藥車而被納粹逮捕並處決。如果他知道你完成的事，他會很激動的。」

「是的，香黛兒告訴我了。她還表示妳在繼續妳丈夫的工作。妳是個很勇敢的女人。我想吻你，可以嗎？」

珍奈沒有獻出面頰，而是面對著他，獻出了嘴唇：

「我第一次見到你的時候就想吻你。現在我要感謝你的敦克爾克武器。

所以這是一個感謝之吻。別想到別處去了。」

這時，馬修覺得珍奈是他遇過最性感的人，她的思考方式和她居住的方式都非常迷人。他說：「你一定是個很好的情人。」

「好情人是後天養成的，不是天生的。我現在正在努力。」

他們開始接吻，起初是試探性的，慢慢的更加熱情起來。

「這是個好主意嗎？」馬修低聲說。

「你是什麼意思？」

「妳不是入侵了香黛兒的領地了嗎？」

「會沒事的，」珍奈說。「她有她的丈夫，現在輪到我來照顧你了。香黛兒告訴我，你和你妻子有了問題，你可能在尋找女性的安慰。是嗎？」

「我離開了她。她的納粹老闆在公開追求她，不管怎麼樣，她又發現她的一個老朋友更令她興奮。」

「她和他們上床了嗎？」

「她否認。但是情況變得很糟糕，所以我離開了她。」

「你想要和她離婚嗎？」

「為什麼？按照目前的情況，蓋世太保很可能會讓我們永遠分離。」

「當我們尋找婚外情的時候，與其說我們是在尋找另一個人，不如說我們是在尋找另一個自我。另一方面，你可能仍然非常愛你的妻子。」

「你這是什麼？愛情問題專家嗎？」

「香黛兒沒有告訴你嗎？我在索邦大學是主修心理學和社會學。」

「哇！你為什麼不繼續你的專業呢？」

「聰明人！你為什麼會這麼想？誰會是一個更有效的抵抗戰士，一個性感的餐館老闆，還是一個學究，有書生氣的讀心者？」

「當然，兩者的結合會是最致命的。」馬修回答，他把珍奈拉進他熱情的擁抱中。

希特勒是在一九四二年發佈了他的第四十號「元首指令」，要求建立一道「大西洋長城」，在歐洲大陸和斯堪地納維亞半島沿岸，建立一座廣泛的海岸防禦系統和防禦工事，用來防禦從英國發起的進攻。

當盟軍入侵的可能性越來越大時，陸軍元帥厄溫・隆美爾被派去擔任總指揮，首要任務就是改善大西洋長城的防禦系統。他主要關心的是：盟軍的海軍和空軍所擁有的壓倒性優勢。

隆美爾說服了德國最高司令部，在大西洋沿岸的防禦工事裡，安裝更多更強大的海岸長程大炮。此外，有最好的訓練、裝備，以及有經驗的陸軍步兵和裝甲師，應該駐紮和隱藏在內陸，以便快速集結發動反擊。最後，他建議，「秘密武器」的部署應立即進行，以防在運輸過程時被發現和攻擊。在這裡，隆美爾的防禦概念是在盟軍的集中點，引爆原子彈。

在二十世紀三〇年代，德國研製出了三十八釐米的海軍戰艦大炮，射程可達到五十五公里以上。當盟軍艦艇攜帶著登陸部隊接近歐洲大陸，從離岸五十公里開始，就將面對巨大而致命的挑戰。

盟軍參謀總部明白，這是必須要避免的威脅，情報人員已經從臥底的間諜，以及反納粹的抵抗組織中獲得了有關的詳細情報。

德國最高司令部採納了隆美爾元帥的有力論據，決定部署德軍最精銳的第二十六步兵師，加上五一一重型裝甲營的三個坦克連增援，每個連配置了十五輛虎式二型的重型坦克戰車和一輛裝甲指揮車。德國將全力以赴，保衛大西洋長城，滴水不漏。

德國軍事情報局的情報官，阿克塞・戈茨被派往柏林執行任務。在第二十六師和增援的裝甲部隊擬定了換防計劃後，相關的信息被戈茨取得後，秘密的傳送到葡萄牙的里斯本，再轉送到了倫敦。

戈茨是極少數的美國戰略服務處特工，深度的潛伏在德國的軍事情報局。巴黎的二十三小組電台收到了緊急的任務通知，要求摧毀或破壞三個移動中的軍事目標。與之前的任務不同，倫敦給出了目標的詳細移動計劃。它們將在夜間由貨運列車運送，以防被盟軍白天的偵察巡邏飛行發現。

此外，德軍又增加了讓人意想不到的動作，部署步兵和裝甲部隊的火車將不從德國北部直接運往法國大西洋海岸地區。

相反，火車將沿著法國和瑞士的邊境，一個多山的地區，先到達法國南部，然後再轉向，開往大西洋沿岸地區的目的地。這條路線是由阿克塞・戈茨，美國戰略服務處的臥底所提出的。

德國最高司令部採用了這條路線，他們希望使用這條非常規路線，能夠將潛在的破壞者所需的準備時間剝奪，而無法發起攻擊來突襲他們。德國最高司令部最擔心的兩個問題是盟軍的空軍和抵抗運動的破壞。

由於空襲需要清晰的能見度，夜幕成為最有效的防禦方法。雖然也會造成不便，但肯定不是一場災難。在破壞方面，對策是增加安全部隊和裝備。火車脫軌是法國鐵路工人在抵抗運動中選擇的方法。

然而，後果卻大不相同。德國人會設法在地面平坦的農業地區迅速修好了鐵軌，因為所需的修理材料，相對容易取得。但是，當列車高速下坡時，如果鐵軌被破壞，就會有不同的結果。

最有可能的是，它會導致整列火車脫軌，大量的貨物散落在山腰下。敦克爾克武器成功分發到各抵抗組織後，抵抗活動的性質發生了根本性的變化。發行秘密新聞出版物的活動已成為第二要務。各組織不再需要等待發起破壞行動的機會；相反，他們現在可以主動選擇目標和時間，在必要時刻使用武力，進行攻擊。

其中一個更有效的組織是活躍在法國中部和南部的所謂「馬奎斯」。在政治上，馬奎斯是非常多樣化的；該組織包括右翼民族主義者、社會主義者、共產黨人和無政府主義者。然而，馬奎斯已經成為法國抵抗運動的標誌象徵。

當馬修躲在天鵝餐廳，或者更確切的說，是在珍奈・拉莫緹的臥室裡時，她詳細的描述了她參加的抵抗組織，他們討論了馬修回到巴黎後將會發生的可能。

馬修認為蓋世太保特工們最終會逮捕他，他的抵抗組織，二十三小組也將被摧毀。珍奈敦促他考慮加入她的組織，也許有一天會成為他們的領導者。

毫無疑問，他們在一起的一周對珍奈產生了深刻的影響。馬修的知識，人品、能力以及他的領袖魅力，都超乎她去世的丈夫，她為之心動。雖然他們在言語之間會有戲謔式的談情說愛，做為一個學心理的人，珍奈十分明白，馬修還是深愛著他的妻子。

為了吸引馬修參加她的抵抗組織，以及下意識裡，想要他忘記他的妻子，珍奈釋出了愛情，用她美豔和誘人的身體把馬修帶入了忘我的世界。

珍奈是跟隨她的父親和已故的丈夫參加了一個非官方的軍事俱樂部，它曾有悠久而多彩的歷史。

當法國戰敗被德國佔領，俱樂部就成為反納粹的抵抗組織。他們也接受了馬修和金・穆林分發的敦克爾克軍火武器。組織成員已經對馬修有了一定的認識，也有好評。

在里昂中心區的一個貧民窟裡，有許多無名的小巷子、老房子和商店，菲力浦發現一個老猶太人藏身其中。

米歇爾・伯恩斯丁曾經是一名圖書管理員，現在他是偽造虛假文件的大師。他以前的客戶大多是尋求出境證件的猶太人。現在他專門為抵抗運動工作。

按照承諾，伯恩斯丁在一周內為馬修偽造了一套完整的身分證件。手邊有了文件，馬修依依不捨的離開了珍奈，開始了他回巴黎的旅程。他乘當地的短程火車，多次轉車，向北而行。

經過了長時間，他到達了在巴黎西南方約七十英哩的奧蘭市，莫妮卡在火車站等他。從那裡，兩人乘坐平底船沿著盧瓦爾河到巴黎。

在路上，馬修告訴莫妮卡關於敦克爾克武器分配的事，莫妮卡告訴他蓋世太保是如何突襲了他的公寓，現在是日夜都有人在監視。

莫妮卡在十三區的唐人街附近找到了一個新地方，一家舊旅館，讓他暫住。所有的抵抗組織成員都感受到被監視的壓力越來越大，馬修很擔心他的二十三小組，成員們都說，他們感覺到，蓋世太保特工就將追捕他們，也許會是早一點，而不是晚一點。

馬修意識到德國安全部門終於弄清楚了敦克爾克武器的問題。給了他們充分的理由，要徹底的消滅抵抗組織，因為德國軍隊負擔不起，大西洋長城背後有任何武裝對抗行動。他決定不去看他的妻子葛蓓蕾，但是他確實需要見山姆。

一周後，他們在馬修現在住的附近一家中國餐館見面。

馬修留著小鬍子，戴著圍巾和軟呢帽。山姆幾乎認不出他來。

「發生了什麼事？」打招呼後馬修問他。「我以為你是被派到柏林去執行另一項撤離任務的。」

「是的。我在等另一個同事確認目標。但是我突然被召回到倫敦。」

「是為了什麼事？你能說說嗎？」馬修好奇地問。

「不行，但是我能告訴你，這場戰爭的性質正在改變。我們現在正進入戰爭的最後階段。我不知道你所見到的，但就我自己而言，我能感覺到許多納粹分子正在意識到這是結束的開始。他們中的許多人正在為自己做安排。希特勒想要的不再是他們的首要任務，事情變得混亂了。」

「是的，非常好，」馬修同意說。「山姆，你知道二十三小組的情況嗎？」

「有人認為，蓋世太保隨時都可能把它毀滅掉。我們需要討論立即採取的行動，以便將損失降到最低。」

「倫敦知道我們將要有麻煩了嗎？」

「首先，倫敦的美國戰略服務處和英國特種作戰執行機構都認為你是他們最大的英雄。通過你一個巧妙的行動，你幫助他們解決了如何武裝抵抗組織的問題。副作用是你幫助納粹下定了決心，必須摧毀抵抗組織，包括你的二十三小組。」

「對不起，我無能為力。但是世界上沒有完美的事。你建議我們現在該怎麼辦？」

「倫敦知道你遇到了大麻煩，」山姆說。「他們同意你應該解散你的小組。」

「看來這是拯救我們所有人的唯一途徑。他媽的，真是洩氣。」馬修的聲音裡充滿了悲傷。

「別難過。蓋世太保之所以要毀滅你，是因為你很有效。他們不能不摧毀你。馬修，你應該感到驕傲。你下一步要做什麼？你現在肯定不能回到你在法國鐵道公司的老工作了。」

「不僅如此，我還得離開巴黎。我計劃去里昂加入他們的抵抗組織，我在那裡有關係，他們會歡迎我的。」

「你有仔細的思考過嗎？你確定，那是你能適應的嗎？」

「如果我能在加入後幹一件大事，這會對我有所幫助。會確保我在小組中的地位。」

山姆說：「可能會有這樣的機會。」

他接著詳細描述了美國戰略服務處要求的破壞任務。

馬修很興奮，他說：「你告訴美國戰略服務處，我們不僅要破壞德國軍隊，還要發動軍事攻擊來摧毀他們。這將是一個理想的行動，把法國的反納粹抵抗組織轉化為軍事行動小組，在打擊德國的軍事力量上，會更有效。但在戰術問題上我們需要幫助。也許你可以說服美國戰略服務處派幾個特工來。」

「沒問題。美國戰略服務處一直在熱切地等待這樣的機會。據情報顯示，這列火車將沿法瑞邊境的鐵路線運輸。你最近在敦克爾克武器分發所得的經驗，將是這次行動的理想前奏。」

馬修感覺很好，山姆又問：「有沒有可能，會有更多的小組加入你們的行動？」

「當然，但是我們需要解決一些內部的矛盾問題。在德國軍隊開始行動之前還有一段時間，這將給我足夠的時間，把我們自己組織起來。」

山姆很高興：「我很高興二十三小組將會成為一個更強大的群體而重

生。我來負責破壞海岸大炮的行動。你只需要專注於你的新團隊和德軍第二十六步兵師和它的坦克車，把他們通通幹掉。」

「好吧，你我分工，就這麼辦。」馬修回答說。「現在，葛蓓蕾怎麼辦？」

「我跟她說過，我們可能需要先行解散，小組才能保住所有的成員。但是她想繼續操作無線電台，直到最後一刻。她說很多人都依賴她。既使是共產黨的抵抗組織，也會不時的來找她幫忙。」

「她同意了被撤離到英國去嗎？」馬修問。

「不，她和她丈夫一樣頑固。就像你一樣，她說如果她必須死，她會死在法國。」

「你和她上床了嗎？」馬修問。

「馬修，她是你的妻子。我怎麼能去睡她？」

「她愛你，她不會抵抗你的。如果你仍然對安娜抱有幻想，那你是頭腦發昏，忘了她吧。很明顯，她是那種快樂地和納粹做愛的猶太女人。」

「馬修，你不知道安娜的真實情況。無論如何，我認為葛蓓蕾仍然很愛你。」

「山姆，如果你還不睡我的妻子，你就會讓德國人殺了她，所以請你在為時已晚之前，救救她。」

第十二章：巴黎的呼喊：法蘭西萬歲！

伯克有時被稱為海上的伯克，它是法國北部的一個小城鎮，位於阿堤河的北面，面朝英吉利海峽，有一大片沙灘和草地沙丘。然而，伯克小鎮的海岸沙灘，已經因修建大西洋長城的防禦工事而被完全破壞了。

由於靠近英國，伯克被認為是盟軍可能登陸的地點之一，因此，大面積的海灘被改建成為阻擋坦克車的地雷區。

由於地雷區和目標距離很近，山姆・李和他的美國戰略服務處團隊行動員金・皮爾艾文和諾蘭・馬可辛計劃在黑夜中偷走六枚反坦克地雷。因曾經受過裝卸德軍武器裝備的特殊訓練，他們在執行盜竊任務時，很快就解除了地雷的引爆裝置，拿著地雷消失在夜色中。阿堤河也流經一個叫杜倫的小鎮，這引起了山姆的注意。

在市中心，有兩座並排的橋橫跨在河上，一座鐵路橋和一座公路橋。根據提供給山姆的情報，載有海岸大炮的貨運列車預定在午夜十二點三十分在杜倫小鎮通過大橋，前往諾曼第的大西洋長城防禦工事。

美國戰略服務處特工的任務是使火車脫軌，如果可能的話，摧毀裝載的海岸大炮。偷來的反坦克地雷將被用作爆炸物，準備在列車通過鐵路橋時引爆，造成列車脫軌。橋上的警衛人員增加，表示將有重要的火車通過。

通常，會有一名士兵駐紮在橋邊的警衛室裡，裡頭的電話是直接通到警衛連隊的值班室。從鐵路橋到警衛連總部的距離，約為十五分鐘的車程。現在鐵路橋的兩端又各多派了一名士兵守衛。

黃昏時分，來了一輛滿載士兵的卡車在公路橋停下，士兵們分佈在橋上站崗。在天黑後會實施宵禁，公路橋上沒有行人，同時橋上的士兵可以確保沒有抵抗戰士從公路橋上攻擊火車。當出現任何異常現象時，士兵們是現場監視者，同時也是發出警報的衛兵。

夜晚多雲，沒有月亮，橋樑是在完全黑暗中。山姆、諾蘭・馬可辛和比利時抵抗軍戰士伊莉莎白緩慢而安靜的向北端的橋樑警衛室伏地爬去。當聽到兩個衛兵的談話時，他們停了下來。另一名美國戰略服務處特工，金・皮爾艾文和二十三小組的亨利，悄悄的爬近橋南的警衛室。

兩組人在等著，時間過得太慢了。午夜過後十五分鐘，兩個警衛室的現場電話開始響起來。就在士兵們向連長報告一切正常的時候，發生了一件不尋常的事情。

橋北警衛室裡的兩個衛兵都聽到一個女人在喊：

「請幫幫我！」他們大吃一驚，因為哭泣的聲音是德語。

然後，他們犯了第一個錯誤：一個衛兵開始走向那聲音。

天很黑，所以他打開了手電筒。當他找到那女人時，把手電筒照在她身上，注意到她臉上帶著微笑，當看到她手上拿著消音器的手槍時，伊莉莎白開槍擊中他的臉。

另一個警衛犯了第二個錯誤，他沒有打電話向連部值班員報告，而決定先去看看發生了什麼事，當他走出警衛室時，諾蘭・馬可辛正在等他。又一次無聲手槍的槍擊，產生了另一個死亡的衛兵。

山姆提著他的包，從水泥橋基後走出來，跑到橋上的鐵軌，在距橋頭約五十公尺處的鋼軌下放置了兩個反坦克地雷。他將兩個美國戰略服務處為他特製的起爆器牢固的捆綁在地雷上，山姆將電線滾筒軸的電線連接到起爆器上，再用儀器檢查電路的電阻，顯示正常值，線路沒有斷線，確保了電路的連通性。

當他接上電源時，電流將會傳輸到起爆器中的雷管。然後，他對整個裝置進行了偽裝。慢慢的，非常小心的，山姆走下了鐵路橋，讓電線從滾筒軸上滾出來。他和諾蘭・馬可辛，以及伊莉莎白在大約七十公尺外的一塊巨石後面會合，開始等待。

運送大口徑海岸大炮的貨車專列是從德國西北部的不萊梅市出發，牽引它的是德國火車頭中馬力最強大的機車，總共牽引著十一個平板車，共是十一個海岸大炮和足夠裝載三輛貨車的炮彈。為了安全，軍方指派了一個步兵加強排，共有四十名全副武裝的士兵做為護車隊。

此外，在機車前部和後部的守車之後，還各增加了一輛平板貨車，每輛平板車上有兩個由沙袋保護的雙管重機槍巢。雖然它們的主要功能是防空，但是也可以很容易的水平射擊。他們的存在是為了讓抵抗戰士在發動任何攻擊前三思而後行。

離開不萊梅市後，火車主要在夜間行駛，避開盟軍的空中巡邏。白天，它被調到偏僻的軌道上，並進行了很好的偽裝。從比利時到法國，終於到達了它的最後一程，下一個目的地就是諾曼地的沿海地區。現在正要接近前面的杜倫橋。列車司機注意到他們很準時，他很快的拉了兩下汽笛繩子，發出兩次尖銳的聲音。

這是警告火車正在接近一座橋，橋樑一直有潛在的危險，是可能被攻擊的區域。汽笛聲也提醒了山姆和他的人，目標正在接近。

在離橋二十碼遠的地方，司機看到了一個士兵的側影，機車前燈照亮了他。他可以看出那個士兵肩上挎著一支步槍，戴著頭盔，和往常一樣揮舞著一盞點燃的鐵路燈。

司機拉動剎車手柄，以降低火車過橋的速度。但是在前方，司機以為會看到另一個守橋衛兵在橋的另一端，但是沒有看見。隨即兩次爆炸的聲音接連不斷地從火車後部傳來，那是金·皮爾艾文向裝載著機關槍的平板車扔了兩枚手榴彈。

山姆立即扭轉起爆器的電源，一股高壓電流傳入到雷管，將威力強大的反坦克地雷引爆，火車前方的鐵軌被扭曲，也脫離了橋面。

司機高喊：「鐵軌斷裂！」然後將剎車手柄拉到底，鎖住了旋轉中的車輪。

但是這列火車的沉重負荷，在高速行駛時的動量非常的大，無法阻止它向前的運動，火車滑下了鐵軌，還是繼續向前衝，一直到了鐵軌斷裂扭曲的地方，列車才慢了下來，但是後面的車節仍然向前推擠，造成部分平板車和車廂滑落到橋樑結構上，以不同的傾斜角度掛在那裡。其餘的貨車因為慣性，繼續向前推進，當一切終於停下來時，列車像火柴棍一樣，以不同的角度躺著。火車上許多全副武裝的士兵，要麼在殘骸中被壓碎，要麼被扔進河裡。

在寂靜恢復之前，金·皮爾艾文和其他二十三小組的成員用衝鋒槍開火，殺死了橋南警衛室的兩名德國士兵。最後一次爆炸是反坦克地雷將橋後的路軌徹底破壞，阻止了任何來救援的機車從南側把剩下的貨車從殘骸中拖出來。

凌晨三點三十分，一個電話從杜倫小鎮的一家花店打到巴黎第十一區的另一家花店，電話在第二個鈴聲響起時被接聽，另一端的聲音傳遞了一個簡單的信息：「康乃馨已經到了。」然後電話就掛斷了。

一隻手輕輕地搖了搖一個小男孩，他起來，騎著自行車從花店的後門出去。當時還是宵禁，街上空無一人，年輕的男孩騎得飛快，他到了一家肉店邊上的室外樓梯，爬上二樓，在門下塞了一個信封，敲了兩下門，然後就又騎著自行車回去。

二樓的窗簾是緊閉的，但是在裡面的葛蓓蕾完全清醒了。她拿起信封，坐在發報機前面，她首先發出了識別信號，然後發出信息：「康乃馨已經到了。」在收到確認後，葛蓓蕾才上床睡覺，她很快就睡著了，甚至還做了一個春夢。

天還沒有亮時，多佛機場已經充滿了震耳欲聾的引擎轟鳴聲。盟軍的一個P-47霹靂式戰鬥轟炸機中隊在前一天晚上到達，已經為他們的任務做好了準備。

滿載的飛機正在跑道上滑行並加速。他們一個接一個的起飛升空，編隊向東飛去。不久之後，空襲警報在杜倫小鎮響起了。P-47中隊隊長宣佈目標已可目視，四架戰鬥機沿鐵路方向越過杜倫橋，進入戰鬥隊形。當他們返回時，飛機降低了高度，機翼下的火箭清晰可見。

最右方的飛機是第一個離開編隊，開始向鐵橋俯衝，在最後一刻，兩枚火箭彈向平板車上的海岸大炮發射，在飛機拉起時，大炮爆炸了。戰鬥機一個接一個，有系統的攻擊火車。被毀的大炮殘骸從橋上掉下來，碰到河上時濺起了很大的水花。

運輸炮彈的貨車在幾次攻擊後爆炸，和鐵橋的一部分一起掉進了河裡。

十五分鐘後，空襲就結束了。列車和鐵橋都消失了。由於宵禁，天亮前不能外出，但是杜倫小鎮的居民意識到發生了一件大事。

天剛剛有點亮時，就有不少人來到橋下，發現橋下有一列破碎的軍事列車。即使是德國人甚至是強大德國軍隊，都不知道該怎麼辦。

這時，空襲警報才響起，人群開始散開，但他們沒有走多遠。他們目睹了盟軍飛機編隊到達目標，有系統的摧毀了海岸大炮列車，最後摧毀了鐵橋本身。曾經令人恐懼的德國空軍已經無處可尋，而且沒有一發子彈射向盟軍的飛機。

隨後，盟軍戰機在城市上空低空編隊飛行，居民們歡呼雀躍。許多人爬上屋頂，揮舞著三色法國國旗。這是納粹入侵後他們第一次感到希望。看到盟軍毫無挑戰的空襲，德國軍用列車的殘骸，倒塌的橋樑，以及漂浮在河中的德國士兵屍體，杜倫的居民明白，這不僅是德國佔領法國的結束開始，也是希特勒結束的開始。他曾經宣稱納粹帝國將持續一千年。現在，卻在他們眼前開始消失了。

許多人認為杜倫事件是歐洲大陸戰爭的分水嶺，第三帝國強大的戰爭機器最終被置於防禦狀態，即使在大西洋長城的牆內，它也未能對盟軍協調一致的攻擊發起挑戰。有關這一事件的描述出現在許多地下抵抗運動的報刊上，包括在德國境內的報紙。在柏林，一位女讀者看到了這篇報導，並注意到襲擊是由美國戰略服務處的一位美國人率領的。她喃喃自語的說：「他現在去了法國嗎？」

由於金·穆林的努力，大多數的法國抵抗運動組織已經統一起來了。這些組織是由穆林與法國內部武裝力量，在自由法國的亨利·吉拉德將軍和查理斯·戴高樂將軍的領導之下，協調成功的。其中之一是曾有悠久而多彩歷史的非官方的軍事俱樂部，總部是在里昂，現在改名為「自由法國第二十三獨立戰鬥旅」，目前馬修被任命為指揮官。穆盧斯是法國東部的一個城市，靠近瑞士和德國的邊界。

這個城市以兩個大型的博物館而聞名，每年來此參觀他們的汽車和鐵路博物館的遊客很多，作為一個鐵路專業人，馬修對這一地區非常熟悉。普魯士在普法戰爭中獲勝後，穆盧斯作為阿爾薩斯·洛林領土的一部分，就被吞併到德意志帝國。

阿爾薩斯的公民曾經不明智的慶祝過法國軍隊的出現，現在他們就要面臨德國的報復，一些公民被判處死刑。一九一八年第一次世界大戰結束，法國軍隊再次進入了阿爾薩斯。根據凡爾賽條約，德國將該地區又歸還給法國。但是自一九四〇年法國戰敗以來，它一直被德國軍隊佔領。

在穆盧斯的南部不遠處，有一個叫貝爾福的小鎮。第一次世界大戰期間，這座城鎮曾經遭到德國軍隊的轟炸，現在則有反納粹的抵抗組織在這一帶活動。馬修在經過仔細的偵察和計劃後決定，他要摧毀德軍的任務就在這裡進行。

德軍第二十六步兵師和五一一裝甲營奉命在馬格堡附近集結，開往法國。他們是被重新部署為主要的戰略預備部隊，來對抗盟軍將發起對納粹佔領的歐洲進攻。德國參謀總部預計，盟軍登陸點將在法國的大西洋海岸。由於虎式二型坦克的重量，以及部分的運輸路線是在崎嶇的高山地區，牽引裝運的火車機車馬力就非比一般。德國要求法鐵提供一輛輔助機車，加強牽引力。

出於安全考慮，運輸步兵師的火車將以兩小時的間隔，跟隨坦克火車。這項距離將在列車經過的每個車站嚴格管控。列車大部分時間是在夜間行駛，白天則躲在遙遠的鐵軌上偽裝起來。坦克列車離開了德國的斯圖卡進入法國，到達斯玨斯堡的貨車場。它立即被調到一個偏遠的地方，在那裡有一輛法鐵的機車已經等候了兩天。

按照德國安全部門的指示，法國機車只准有三名工作人員：一名機車司機，以及兩名司爐。德國將派出一名副司機，以及一名武裝軍曹，加入機車駕駛室。法鐵派出的司機是費玨瑞克・洛貝克，其中一名司爐是丹尼・德萊尼。他們沒有在敦克爾克武器事件中暴露身分，因為他們用了假名。

另一名司爐是馬修・西蒙，他用偽造的阿伯特・德萊尼身分證。他們已經向斯玨斯堡鐵路貨車場調度辦公室報到，所有的文件都經過了檢查。馬修必須確保沒有人認出他，所以他偽裝了自已。蓋世太保的一名官員還簡單的詢問了他們，然後才和德國的派出人員見面。

德國人首先登上法鐵的機車，進行搜查，尋找隱藏的武器。在德國坦克列車到達之前，法鐵的機車已經準備就緒，機組人員已經檢查完畢，水和煤也已滿載。

法國機車將插入德國機車的後方，具有完整的電氣和氣動連接。法國機車的作用只是在山區地形中提供額外的牽引和制動力，保持在較大的爬坡和下坡時，能夠維持一定的速度。但是蒸汽機的動力控制和氣動制動控制將保留給前面的德國機車，由他們直接操作控制。法國機車上的德國副司機是負責監視儀器，並與前方的德國機車人員進行溝通。

根據法鐵的派令，法國機車只是在斯珏斯堡和里昂之間被需要。德國的坦克列車在午夜前到達斯珏斯堡貨車場，法國機車立即被插入到德國機車後面，所有連接完成了檢驗。坦克列車在午夜準時出發。向南行駛的坦克列車開始爬坡，雖然坡度不大，但是一直在持續上升。

經過了穆盧斯小鎮之後，斜坡繼續上升，並且坡度明顯增大。蒸汽機輸出的動力越來越大，但火車的速度卻在下降。當它進入一條長隧道時，地形變得平坦，火車又一次加速了。但是下一個上坡很陡，兩輛機車的鍋爐在最高溫度下燃燒，蒸汽在最高壓力下工作，兩部機車緊張的把運送坦克的平板火車拉上山坡。火車正駛進朱拉山脈，爬升的很慢，就像是人在慢跑的速度。

馬修看了丹尼一眼，點了點頭。當德國軍曹不注意時，丹尼把一把手槍遞給馬修，並把另一把手槍放在自己的口袋裡。在到達貝爾福車站之前，一道紅色的亮光拱起，射入黑暗的天空。

所有的人都嚇了一跳，德國副司機變得緊張起來，他問說：

「那是什麼？你知道發生了什麼嗎？」

「德軍的山地部隊在這裡進行夜間訓練，」洛貝克回答說。「他們有時候會發射信號彈。」

實際上，這是馬修的獨立旅戰士發射的信號彈，通知馬修，前方的鐵路道岔已經按計劃做了手腳，現在他們應該即刻離開火車。在貝爾福火車站之後，鐵路線會開始進入長距離的下坡，然後就是一片平原地。那裡有一條備用軌道，是用來停放待修的火車頭，或是等待零件的客貨車廂。在這條備用軌道的盡頭，有一小片樹林，然後就是一個垂直下墜兩百公尺的懸崖。

轉入備用軌道的道岔一直是鎖著的，但是馬修的舊日女友香黛兒，為他取到了鑰匙。現在，過來的列車將會進入備用軌道上。坦克列車很吃力的，慢慢的到達了貝爾福車站，馬修又往爐子裡放了一鏟煤後，放下了鏟子。他用德語問軍曹：

「你臨死前會高呼希特勒萬歲嗎？」

德國軍曹對一個法國機車司爐會說這麼流利的德語感到驚訝：「哦！你的德語說得很好。」

德國軍曹突然明白他已經陷入了抵抗組織設下的陷阱，但為時已晚，槍管已經頂在他的兩眼之間。

馬修說：「如果你是一名優秀的德國士兵，你就快喊吧！」

「希特勒萬歲！請不要開槍。」軍曹低聲的說。馬修扣下了扳機。

槍聲驚動了德國副司機，他轉過頭看，丹尼開了一槍，擊斃了他。

洛貝克從工具箱裡拿出一把大扳手，砸壞了鋼制的氣動管閥，聽到壓縮空氣逸出的嘶嘶聲。他還打碎了電氣連接，切斷了主機車和其他車輛之間的所有連接。每輛平板貨車的制動器由氣動系統連接，它是用機車輸出的壓力變化來控制。整個系統是串聯的，這表示列車上任何地方的一個連接斷開，都會使整個系統失去功能。

火車很慢的到達了山坡地形的頂點，跟著就要開始下坡了。

馬修、費玨瑞克和丹尼全神注視著左邊的門。當他們看到有亮光快閃了三次，他們就從緩慢行駛中的火車上走了下來。當整列火車經過了地形高峰頂點後，開始從陡坡下行，以分鐘為單位加速。

當車速達到每小時五十公里時，司機輕輕的拉下剎車杆，當他注意到車速仍在快速增加時，他把剎車手柄拉到底，並對副司機喊道：

「檢查剎車氣壓！」

副司機回報說：「根本沒有壓力，系統一定是有了大洩漏。」

「切換到輔助系統。」

「已經完成，但是也沒有壓力。」

此時車速迅速增加，接近每小時八十公里。司機命令：「現在啟動緊急電力制動！」

「電力系統啟動完成，沒有電壓。所有的連接都消失了！」

此時司機明白火車的控制系統已經被徹底的破壞了：「使用緊急無線電呼叫總部。要求清除前方軌道，宣佈我們已經失控，並且負載極重。」

車輪與軌道接觸的震動音響變了，顯然火車已被切換到另一條軌道上了。強大的機車前燈照亮了超速行駛的列車前方，鐵軌上長著許多小樹和灌木，顯然，這是一條廢棄的鐵軌，已經有一段時間沒有使用了。

當「軌道終點」的標誌出現時，控制室的人更加驚訝。火車正以高速駛向一個小柵欄，上面寫著「終點」。沉重的火車頭以其所有的衝力把路標粉碎成小塊，脫軌後繼續前進，摧枯拉朽的犁過樹林，然後跳越懸崖。機車控制室的人注意到他們的火車騰空而起，突然一切都變得非常安靜。

當火車和它運載的四十五輛重級虎式二型坦克車，在空中垂直墜落兩百公尺後撞上地面，引起的連續爆炸聲，在朱拉山脈及河谷中震盪迴響。聲音裡向法國人們帶來了一個重要的信息，傳遍了各地。

馬修・西蒙、費玨瑞克・洛貝克和丹尼・德萊尼的真實身分是抵抗組織的成員，現在都完全暴露了。但是他們顧不了這麼多，他們必須馬上返回到來時經過的隧道，那裡還有一個重要的任務在等待著。

他們把一輛隱藏在附近灌木叢中的小型手推車抬到鐵軌上，手推車，也被稱為泵車，是由一個杠杆作為驅動，把杠杆手臂向下推，然後向上拉，來轉動車輪，此外，還有一個手動的剎車系統。

由於返回隧道的路線是在一個很長的向下斜坡，因此重力是在驅動著手推車向前行，並且速度還相當的快。當馬修到達隧道時，他在黑暗中看到少數幾個二十三獨立旅的戰士。

有人向他報告，其他的人馬已經按照他的指示，做好了準備；有六十多名全副武裝的戰士，隱藏在黑暗中。目前，隧道兩端有四名德國衛兵在擔任警械任務，但是已經在他們的控制之下。

最新的情報顯示，這列運兵車共有二十節客車車廂，每輛車廂裡擠滿了約三百多名全副武裝的士兵，另外還有五輛車廂用來運輸裝備和補給。其他重型裝備已隨五一一裝甲營先行運送，現在是散落在懸崖下的殘骸裡。

馬修心中思考，即將到來的德國精銳部隊，第二十六步兵師，會不會也將遭遇到同樣的命運，被他摧毀。

移動列車的振動可以通過金屬軌道傳輸很長的距離，一名士兵一直是躺在地上，把耳朵貼在鐵軌上，他突然站了起來大聲喊道：「火車來了！」

在隧道周圍的獨立旅戰士們，在十多分鐘後才聽到火車吃力的爬坡聲音，德國機車頭緩慢的牽引著超長的運兵列車，向隧道前進。

馬修注意到火車上所有的窗戶都是黑暗的，士兵們是在睡覺，或者是把窗簾關得很緊，他們中會有人想到即將來臨的命運嗎？當火車進入隧道時，洛貝克對馬修說：

「如果什麼事都沒有發生，火車完好無損的從隧道裡出來，蓋世太保特工們就會把我們當野狗一樣的追殺。」

馬修回答說：「再等幾分鐘，我們就會知道上帝是選擇了我們法國人，還是德國納粹。」

馬修屏住了呼吸。在明亮的機車頭燈下，機車上的人注意到隧道裡有些不尋常的東西，許多木製物品，如木柴做的廢棄物，都散放在鐵軌的兩側，還有一些破傢俱，乾樹枝，甚至一些床墊都散佈在那裡。

正當機務員們開始感到不安時，他們看到了隧道的盡頭，終於要離開這條讓人感到奇怪的隧道了。但是就在此時，隧道口處發生了爆炸。鐵軌被扭曲了，但由於火車行駛緩慢，緊急刹車使火車停了下來。沒有出軌。

火車本身沒有損壞，燈還亮著，馬修又開始呼吸了。他從擴音器裡聽到冷靜的命令：

「全體人員注意，攜帶隨身武器，走出火車，離開隧道，立即疏散！」

這些士兵們到底是受過良好的訓練，經過戰場的洗禮，他們有條不紊的聽從指揮，沒有任何驚慌，疏散過程井然有序。士兵們下了火車，發現隧道裡的電力中斷，沒有指示緊急出口的標誌。

他們開始用手電筒尋找緊急出口。士兵們繼續從火車裡出來，隧道變得擁擠起來。雖然車廂內的燈光照亮了隧道，但是非常昏暗。煤油的氣味充滿了隧道，手電筒的燈光顯示煤油正從隧道天花板的通風管道中冒出來，把易燃液體撒得到處都是，浸透了所有的木頭、乾樹枝、床墊以及士兵身上的制服。

「這是個火場陷阱！快跑……」一個士兵的聲音喊道。

但是那聲音被隧道裡一連串的爆炸聲打斷，到處開始著火，火勢很快的漫延到車廂裡，士兵們的紀律開始瓦解，那些沒有被爆炸殺死或受傷的人互相掙扎推擠，向隧道口奔跑，也有不少人衝向緊急出口，當發現出口從外面擋住時，他們開始用衝鋒槍對著出口門射擊，然後從毀壞的門裡跑了出來，但是面對著他們的是敦克爾克的衝鋒槍和手榴彈。

那些跑到隧道口的德國兵，面對的是二十三獨立旅的戰士和他們的自動武器。朱拉山脈已經變成了一片殺戮之地。

德國士兵的傷亡人數達到了數千人，只有少數士兵倖存下來。

這個信息很快地傳遍了法國和世界各地。這對於所有反納粹的人來說，帶來了史無前例的士氣鼓舞。但是希特勒，可想而知，則是義憤填膺。他要求駐防在法國南部的德軍立即發動壓倒性的進攻，徹底摧毀該地區的抵抗力量，特別是自由法國的第二十三獨立戰鬥旅，必需要消滅。

但是德軍參謀本部提出反對，說他們需要時間熟悉山區地形，同時要收集足夠的情報。最重要的是，德軍可能會遭遇盟軍的空襲。自由法國的武裝部隊現在已經正式成為盟軍的一部分，他們受到盟軍空中巡邏的保護。

最近的德國空軍戰鬥機群基地是在德國南部，距離太遠，沒有足夠的燃料提供有效的覆蓋範圍，以及進行空戰。但是希特勒不耐煩，要求納粹黨軍首領希姆勒，命令他的武裝黨衛軍來完成這項任務。

於是一個營的納粹黨軍，大約五百人，乘坐卡車和輕型裝甲車，往朱拉山脈的路上出發，目的地是第二十六步兵師遭遇埋伏的隧道。五百納粹黨軍中，大約有一半的人是在履行蓋世太保的職責，特別是軍官，他們從來沒有任何真正的外野戰鬥經驗。當一半的卡車經過一個橋樑後，獨立旅的偵察隊將橋樑炸毀，於是一營的黨軍就被一分為二，分別滯留在河的兩岸。

文官出身的指揮官不知道如何是好，獨立旅的狙擊手在遠處開始了他們的射擊，納粹黨軍在朱拉山脈裡的噩夢也開始了。

現在由英國特種作戰執行機構，以及美國戰略服務處，聯合支援的自由法國第二十三獨立戰鬥旅，已經發展成為一支非常有效和有持續後勤支持的軍事戰鬥力量。他們的經常活動還包括了戰場新聞發佈，在秘密的地下報章雜誌上，刊登他們對德軍發動的遊擊戰照片。

其中有一張照片顯示，第二十三獨立旅的遊擊戰士們站在一輛顯然是被砸碎的德軍虎式二型坦克前，其長筒坦克大炮彎曲成為一個可笑的形狀。

這給讀者們一個很大的想像空間，獨立旅的遊擊戰士們是用什麼方法，把世界上最可怕，最凶悍的德國虎式二型坦克大炮，扭曲成如此形狀。然而，對法國人民來說，最值得驕傲的時刻，是他們看到被摧毀的德國坦克旁邊的旗幟。

與三色法國國旗並列的是洛林十字旗，這是法國愛國主義的象徵。有人建議將洛林十字勳章作為戴高樂領導的自由法國軍隊的標誌，作為對納粹十字的回應。

洛林十字架被展示在自由法國軍艦的旗幟和自由法國飛機的機身上。後來，解放勳章上會刻上洛林十字架。

在馬修的領導下，自由法蘭西的第二十三獨立戰鬥旅，終於發展成為一支強大的武裝抵抗力量。

美國戰略服務處和英國特種作戰執行機構都開始定期供應物資和派遣訓練人員，以進一步提高其作戰能力。改裝後的美軍B-24解放者重型轟炸機，定期為馬修執行空投任務，包括物資和人員。

其中有抵抗戰士以前從未用過的特種武器。一項是M18無後座力炮，它是一種輕型管式火炮，設計用於在點火時，讓發射氣體從武器後端逸出，產生向前推力，而不產生後坐力。

除此之外，因為壓力較低，可以使用較薄的炮管來進一步降低火炮的重量。無後座力炮的口徑是五十七毫米，是肩射的反坦克武器，但也可以從更穩定的三腳架上發射。

另一種特殊武器是火箭筒，一種輕便式的反坦克火箭發射器，它使用固體推進劑發射高爆炸性彈頭，用來摧毀裝甲車輛，機關槍陣地，或防禦工事。雖然它對德軍的重型坦克車，因裝甲鋼板的厚度大，沒有效果，但是一個熟練的射手能擊中坦克車的履帶，造成脫鏈，使坦克車失去機動性，因而失去它的功能。

很長一段時間後，坦克車內的人員會要離開，於是擊斃他們的機會就出現了。但對於輕裝甲車輛或卡車來說，火箭筒是致命的。

另一種特殊武器是改進後的美國步兵標準步槍，零點三零口徑的半自動步槍。提供給狙擊手使用的是加裝了望遠鏡和火光抑制器，以及消音器，所以槍管顯得很長。它成為在遠距離隱秘射擊納粹的有效武器，抵抗戰士視為非常珍貴的武器。它使任何暴露的目標失去安全，包括正在執行警衛任務的德國士兵，或是乘坐無保護車輛的德軍軍官，都會成為隱藏在遠距離的狙擊手目標。

最受歡迎的目標是三名德國士兵在城市人行道上結隊行走，狙擊手可以在遠距離，甚至幾條馬路之外，只需要瞄準好目標，連續扣動扳機三次，沒有槍聲和火光，一秒鐘內三個目標全部倒地。同時沒有人會知道子彈是從哪裡來的。

很快的在社會上，一個地下聯絡網路就形成了。任何人看到一個潛在的納粹目標時，就會把信息寫在一張紙上，然後把它扔到特定的報紙和香煙亭或特定的市場攤位，訊息就會傳到狙擊手那兒。

對他們來說，最值得驕傲的時刻是射中一名高速移動中的德國傳令兵，他們是騎著摩托車，攜帶著重要的軍事情報和命令，高速但靈活的穿行在大街小巷裡。德國傳令兵身上的文件是抵抗戰士能夠擄獲的最高戰利品，它是抵抗組織最有價值的情報來源，也是盟軍情報部門最希望得到的。

不久，輪式裝甲車取代了摩托車，狙擊手的步槍傷不到傳令兵。但是抵抗戰士改用「烘烤」法來對抗。他們將裝甲車的輪胎擊穿，讓它暫不能動，然後投擲「莫洛托夫雞尾酒」，那是一瓶可燃液體用一塊點燃的破布包住，當它破碎時，可燃液體被點燃，並且會黏在裝甲車上，「烘烤」車內的人。當德國士兵開門下車時，就成為在等待中的狙擊手目標。最終，任何裝甲車都有可能被持有火箭筒的抵抗戰士伏擊。

在法國南部，穿制服的德國人已不再安全了。抵抗運動的性質已經改變了。法國人民不再抵抗納粹對他們的侵略，取代他們的是自由法國的武裝部隊。

在以前，大多數抵抗行動都是被動的，在有利的機會出現時，才會有行動。例如，在黑夜裡的小巷內，碰到一個單獨的納粹士兵，就是一個典型的例子。但是現在，抵抗組織會主動選擇目標，發起攻擊的地點和時間。

行動的規模越來越大，是類似於軍事行動，而不是隨機的個人行動。幾年來，納粹佔領軍會進行報復行動，圍捕無辜的人，燒毀他們的村莊，劫持人質，殺害婦女和兒童。納粹是要老百姓明白，他們會為抵抗行為付出巨大的代價。

每次的暗殺，德國人都會拿一百名人質作報復。但是讓蓋世太保困惑的是，抵抗行動仍在繼續。最近，蓋世太保的一個小組包圍了一個村莊，計劃進行報復行動。當來到時，他們發現村子裡的人都疏散了。相反的，一些武裝良好的抵抗戰士出現，並開始交火。蓋世太保發電請求支援，一隊全副武裝的黨軍士兵，乘坐五輛卡車和輕型裝甲車，匆匆趕到村莊。他們被裝備重型機槍和火箭筒的抵抗戰士伏擊。

德國人的損失慘重，終於明白了這是一次精心策劃的抵抗組織軍事行動。越來越多的襲擊發生在德國佔領軍的部隊和設施，包括戒備森嚴的機關辦公室，甚至軍營。

馬修得到了情報，希特勒同意了德國參謀本部的建議，為了打擊活躍在法國南部的武裝抵抗組織，必須將德國的空軍戰鬥機群，調動到法國執行空中保護任務，來確保德軍不受盟軍戰鬥轟炸機的空中攻擊。

空軍司令赫爾曼・戈林下令德國空軍第二十五和第五十戰鬥機聯隊，總共三十架德國最好，最新型的福克伍夫一九〇式戰鬥機和支援部隊，重新部署到里昂郊外的空軍基地。

馬修很清楚，如果沒有英國皇家空軍的蚊式戰機和美國的霹靂式戰機的空中支援，抵抗組織的處境將有困難。他需要計劃應對的方法，而且要快點執行。機場的防禦及安全有了顯著的加強，防空火炮的數量增加兩倍，兩個步兵連，約有三百人，調進基地增防，加強了機場的安全，另外機場的防禦範圍直徑進一步擴大了五百公尺，夜間巡邏的次數也增了一倍。整個機場現在被鐵絲網和觀察塔包圍著。基地指揮官發佈了一項明確的命令：

「不允許敵人進入機場。如有任何違反，都要受軍事法庭審判。」

兩周後三十架福克伍夫一九〇式戰鬥機群，於下午晚些時候抵達里昂郊外的機場，周邊地區的熟悉飛行定於次日中午開始。

天亮後不久，地面人員開始忙碌起來。直到黃昏時分，地勤人員才完成了福克伍夫一九〇式戰鬥機的停機安排。它們是分成兩排，機尾對機尾一字排開，距離辦公樓和機庫大樓大約五十公尺。這是戰鬥機的標準備戰停機，其中任何一架戰鬥機因故無法移動時，都不會影響其他飛機進入跑道起飛。

馬修是在午夜過後，來到了一座遠離機場的低矮小山，他和他的兩名偵查員，已經在這附近勘察了多次，挑選了五個地方。山上有許多小樹林和灌木，可以隱藏他們的無後座力炮。炮位和停機地點距離大約兩公里，正好在他們的火力射程之內。馬修很小心的把他的隊員分成五組，每一組分配一支無後座力炮，任務是在兩分鐘內，集中射擊六架德國戰鬥機。馬修率領的突擊隊隊員們已經模擬訓練了多次，在兩分鐘內完成多次「瞄準、射擊和裝彈」的反覆動作，只要馬修下令，摧毀三十架德國戰機應該是舉手之勞。但是他們必需要等天亮。

早上六點三十分，天空陽光明媚，目標清晰可見，已經進入了突擊隊無後座力炮的瞄準器，馬修下令開火。一九〇式戰鬥機不是坦克或裝甲車，五十七毫米的高爆炮彈，摧枯拉朽的徹底摧毀了德國戰機，不到十分鐘，三十架飛機就變成一堆巨大的火球。

曾幾何時，曾經讓人不寒而慄的強大德國空軍，走進了戰敗者的下場。一度曾叱吒在歐洲戰場的天空，所向披靡的德國第二十五和第五十戰鬥機聯隊，也在瞬間化為飛灰，煙消雲散。在法國，反納粹的地下報刊大篇幅的登載，有關自由法國第二十三獨立戰鬥旅在反納粹戰爭的豐功偉績，帶給法國人民無比的鼓舞和信心，最後的勝利已經指日可待。偶爾在大街小巷，或是無人注意的市區，會出現標語，如：「光復國土，雪恥報仇」，「進軍柏林，活捉希特勒」等等。

但是法國人民不理解的是，德國參謀本部發出了警告，自由法國第二十三獨立戰鬥旅的存在，已經直接造成了對防守大西洋長城的最大威脅。希特勒下令消滅這一個內部威脅，是蓋世太保的首要任務，必須動員所有的人力和物力資源，完成任務。

山姆・李在歐洲的近幾個月內成功的完成了幾項任務，全都是大困難度和關鍵性的任務。包括了吸收一位重要德國軍事情報局的情報官，以及後來出現危機時，將他全家從柏林撤離到英國。

他也成功的把投誠到蘇聯地下組織的德國雷達專家，撤離到英國。完成了從德國人手中「拐騙」得來的敦克爾克軍火武器，分發給法國的抵抗組織。他摧毀了由德國運往大西洋長城的海岸大炮專列火車，同時配合馬修，將德軍最精銳的第二十六步兵師消滅在朱拉山脈的隧道裡。

任何如此成功的外勤行動員，都會被調回到總部，分配到一個辦公桌位置上，消磨剩餘的時間，直到戰爭結束。這不僅是為了獎勵他傑出的成就，也是為了他個人的安全。在一般的情況下，一個在敵後的特工，與對方的安全人員有了長期和廣泛的糾纏後，有關的訊息和資料就會慢慢的被收集起來，也會被分析和調查，最後是會暴露而被捕。這是在間諜活動中常見的結果。

山姆有一種難以捉摸的感覺，儘管他無法確定具體的情況，但是德國安全部門正在接近他的感覺卻非常的強烈。無論如何，他現在期待著，總部會給他更長的休息時間。可是不然，總部要他以歐洲週刊的記者，山姆・馬丁的身分留在巴黎，他需要在巴黎建立居住記錄，因為他很快又要去柏林，再次執行重要的撤離任務。

針對柏林的蓋世太保特工，在巴黎的工作背景和記錄非常重要。與此同時，總部要求山姆在巴黎的時候，把眼睛和耳朵睜得大大的。山姆情不自禁地想著柏林的任務，他急於想知道安娜的近況。

葛蓓蕾可以看得出，山姆是全神貫注於他即將去柏林的任務，以及可能與安娜會面的機會。他還是認為戰爭是導致葛蓓蕾和馬修婚姻破裂的原因，並且馬修會在戰爭結束後，回到他妻子身邊。然而山姆開始對葛蓓蕾有了感情。

有一天，山姆在回憶海德堡的往日時光時，告訴葛蓓蕾，她比安娜漂亮，他還補充說，他不僅僅是指外表的美，而是指內在美和性格。葛蓓蕾第一次意識到山姆可能覺得安娜缺少某些重要的內涵，她擔心山姆可能會誤解了安娜，更可能是安娜故意隱瞞了她的某些性格。

晚飯後，山姆和葛蓓蕾手牽手沿著綠樹成蔭的聖蜜雪兒塞納河畔大道散步，他們經過了好幾英哩長的河邊舊書店。山姆經常來這裡找書，偶爾也來買舊郵票。他把葛蓓蕾帶到河邊的酒吧，邊喝著白蘭地和威士忌邊看河中行駛的玻璃船。

山姆喝著威士忌說：「就在這裡，安娜曾經告訴我一個秘密。」

「真的嗎？她說的是什麼？」

「她告訴我說：『我覺得葛蓓蕾喜歡你。』當時，我不相信她。」

「好吧，那不是我告訴她的話。我沒有說『我喜歡你』，我說的是，『我愛你』，這不一樣。」

山姆放開了葛蓓蕾的手，緊緊地摟住她的腰。她轉過頭朝他微笑，山姆吻了她。

「葛蓓蕾，」他說，「我想知道她為什麼改了這個詞。我不明白。」

「也許你不像你想像的那樣理解她。無論如何，如果你不在意的話，我想告訴你一些關於她的事情。但不在這個酒吧。我想去別的地方，」葛蓓蕾說。

「你想去哪裡？」

「馬貝夫街上的莫拉加酒店，離這兒不遠。你記得那個地方嗎？」

山姆回答說：「當然。那是安娜和我一起度過最後一晚的地方。」

「那是她把自己獻給你的地方嗎？」

「我也想告訴你一個秘密，」葛蓓蕾繼續說。「莫拉加酒店將是最合適說這秘密的地方。」

作為抵抗組織秘密電台的操作員，葛蓓蕾知道山姆隨時都會被召回倫敦。如果他第二天就必須離開，她不應該感到驚訝。剩下的時間很短了，她必須立刻行動。他們離開河邊的酒吧，走到協和廣場，然後沿著香榭麗舍大街走向凱旋門。在馬貝夫街左轉，到了莫拉加酒店。葛蓓蕾預訂了山姆和安娜住的同一個房間。

他問：「這是同一個房間。是偶然的，還是妳要的？」

「當然是我要的。安娜告訴我，你們是睡在那一個房間。」

山姆似乎很激動，葛蓓蕾把他帶到一張前面有桌子的沙發上。她緊緊地抱著他說：

「你聽著，我知道你要去柏林執行任務，你有機會見到安娜。我想告訴你一些關於她的事情，這樣當你遇到她時，你就不會感到震驚和失望。」

「所以妳的秘密對她不利，或者至少會影響我對她的感覺。妳是什麼時候知道的？」

「很久以前，但馬修和我沒跟你提過，」葛蓓蕾回答。「我們擔心你會因為我的嫉妒而不相信。」

山姆握著葛蓓蕾的手說：「在我的工作中，已經沒有什麼能使我震驚了。妳說吧，我在聽。」

「讓我先問你，當安娜沒有按照承諾跟你到美國的時候，她說了有什麼理由嗎？」

「她說家裡暫時需要她。她沒有詳細說明。」

「後來你和她聯繫了嗎？」葛蓓蕾問。

「是的。我們互相通信。她的信裡充滿了她平常的活潑和熱情，甚至還問道：『你還是裸睡嗎？』當然，有時候在字裡行間會出現一絲悲傷。」

「啊，所以你是光著身子睡覺，我以為只有法國男人裸睡。你們兩個多久通一次信？」

「開始的時候，幾乎是每週。漸漸地，變得越來越少了，」山姆回答。

「我想我們都很忙，我當時在耶魯法學院念書，功課很重。想想看，她的最後一封信就是在她婚禮前一天寫的。」

「當時，你有沒有覺得安娜的婚禮是一個突然的決定？」葛蓓蕾問。

「是的。那封充滿激情的最後情書讓我震驚。信上也暗示這場婚姻是出於某種原因的突然決定。」

「你知道她婚後，曾從柏林來參加我們的婚禮。她給我的印象是，她仍然深愛著你，非常想念你。這是在她自己的婚禮之後。」葛蓓蕾說。「不過，我們還有來自柏林的其他朋友。據他們說，安娜正在和另一個男人約會。山姆，當時我就有別的看法，但是我沒有繼續跟進。」

「你不必道歉，我知道你在忙著馬修。」

葛蓓蕾溫柔地吻了他。「認真點，山姆，我說的是你。」

山姆嚴肅地說：「是的。我突然想到，也許我對安娜的愛只是我的一廂情願，是一條單行道。」

「你知道我參加了安娜的婚禮，因為她是我最好的朋友，她要我做伴娘。我也很想問她你的情況。」

「她說了什麼嗎？」

「她的回答讓我吃驚。她指出這是她的婚禮，我不應該談論她過去的愛情。那是歷史，她補充說。」

山姆沉默了。

「作為安娜最好的朋友之一，讓我這麼說，」葛蓓蕾說。「在海德堡，我們之中就有一些人，注意到安娜在不同的場合，有不同的個性。她的婚禮非常隆重，會讓所有女人都羨慕。這絕對不是突發事件，而是需要長期規劃的事件。」

令她吃驚的是，山姆很平靜。他說：「這只說明我是個笨人。我真希望我能像妳和馬修一樣聰明。」

「山姆，每個人都認為你是我們海德堡大學最聰明的學生，你可能是被愛情蒙蔽了雙眼。而且，安娜對你的愛，在當時可能是真誠的。」

他說：「我現在能說的是，我希望她能告訴我她的新愛，而不是那封『從未改變過』的信。」

「我再問你一個問題，」葛蓓蕾說。「安娜有沒有和你討論過『愛的條件』？」

「我不記得她說過這樣的話，『愛的條件』，這是怎麼一回事？」

「我相信是她發明的。這是意味著男女相愛的必要條件。她和你談過勞倫斯的名著嗎？」

「是的，她有。事實上，就是在這房間裡。她說是妳帶給她的那本名著《查泰萊夫人的情人》，讓她對這本書感興趣。」

「她對這本書的主題有什麼看法？」

「安娜同意勞倫斯對人性的描述，為了男人和女人之間持久的愛，必需要有肉體上的親密。她甚至問我，如果因為某種原因我們不能在一起一段時間，或者很長一段時間，我們之間的愛情會改變嗎？」

「你是怎麼回答她？」葛蓓蕾問。

「我對她說，沒有什麼會改變的，至少對我來說，我會等她。妳想知道我們其餘的談話內容嗎？我不妨把一切都告訴你吧！」

葛蓓蕾吻了他說：「如果你不覺得很痛苦的話，你就說說吧。」

「她說，如果有人佔有了她，進入了她的身體，我還會愛她，想要她回來嗎？安娜甚至說，還有其他的好女人，比如葛蓓蕾和海蒂也會同樣的愛我。我告訴安娜，我對她的愛和照顧她的承諾是永恆的。不管發生了什麼，都不會改變。只要她還愛我，我就會天涯海角的找她，把她帶回來。」

葛蓓蕾哭了：「每個人都說你是個英雄，我覺得你是個傻瓜。但是我愛你。」

山姆吻了她。「我知道。你對我既仁慈又慷慨。」

「但你還是拒絕和我睡覺。」

山姆反駁道：「你們倆什麼時候離婚？」

「馬修拒絕和我離婚。」葛蓓蕾抗議說。

「是的，因為他仍深深的愛著妳，我不能替我最好的朋友戴綠帽。」

「那我來問問你，馬修離開巴黎後，你和他聯繫過嗎？」

「我見過他幾次，討論抵抗活動的事。」

「所以你一定知道他豐富多彩的愛情生活了。」葛蓓蕾說。

「你的意思是說馬修和莫妮卡上床了，是嗎？」山姆回答。

「莫妮卡只是他上床時陪伴他的布爾什維克。他還有其他的愛人。」

「嗯，我一點也不驚訝。馬修現在是個大英雄了，」山姆說。「他肯定有很多女性崇拜者。也許妳應該和他一起，保護屬於妳的男人。」

「別忘了是他拋棄了我。順便說一下，奧加・亨特・菲利波夫夫人想見你，感謝你的武器。當她失去了奧托・內特曼博士的監護權時，她的處境一定很艱難。」

「她沒有失去他。我和內特曼長談之後，她就把他留給了我。我猜想，她告訴其他人，是內特曼博士失蹤了。」

「她讓你不費吹灰之力就得到了內特曼，那麼你是如何向她表達了你的謝意呢？」葛蓓蕾問。

山姆沒有回答她的問題，而是說：「我確保馬修在和穆林分發武器時，滿足了她的要求。」

「你們給了她三百支衝鋒槍和彈藥，儘管他們只要求兩百支。而且你還幫她保住了她的領導地位，剷除了內部的威脅。現在她想用她的肉體來報答你，要你做她的入幕之賓。你們男人都一樣。你見過馬修的其他女人嗎？」

「葛蓓蕾，妳是在嫉妒妳丈夫嗎？妳指的是誰？」

「莫妮卡告訴我，馬修和他的老情人香黛兒，還有她的好友珍奈，都上了床。你不願意給別的男人戴綠帽子，香黛兒的老公是維希政府的高官，也是個納粹的傀儡。莫妮卡說，因此馬修認為，讓他當烏龜是愛國行為。你同意嗎？」

「有點荒謬，但是我相信馬修會很爽的。」山姆回答。

「莫妮卡還告訴我，珍奈是個寡婦，她老公是反納粹的抵抗份子，因為去偷盜軍火，被處死。她說馬修分配敦克爾克武器，完成了她老公的遺志，就用她的身體報答馬修。你說他是不是豔福不淺？怪不得都不想回巴黎了。」

「我聽說，馬修的舊女友香黛兒，還有新的愛慕者珍奈，都成為馬修領導的第二十三獨立旅的臥底，說來她們也是在為馬修賣命，馬修只是替她們解除一點寂寞。所以不要太指責他了。」

「我不想和你爭論，你們兩個大男人都是一個鼻孔出氣。」葛蓓蕾說。

「不說他了，我想告訴你我前幾天晚上做的夢。是關於你和我的。你想聽嗎？」

「當然。整晚都是我們的。」山姆說。

葛蓓蕾描述了她的夢：

「在我的夢中，一男一女來到了海岸附近的溫泉酒店。他們沒有在酒店櫃檯辦理入住手續，而是走到一個有綠樹繁花的花園裡。它的後面是酒店，前面是碧藍的海灣，海面上有許多晶瑩的綠色小島點綴著。女人身穿一套黑色的西服，穿著一雙相配的黑色高跟鞋，手裡拿著一把紅色的陽傘。男人穿了一套休閒服。

「他們走在花園裡的小路上，先是牽著手，後來就互相摟抱著。他們走到水邊，太陽光從紅色的陽傘上反射出來，把女人的臉頰染成了彩色。她放下了雨傘，赤裸雪白的胳膊摟住了男人的脖子。

「海浪一波又一波的衝擊著岸邊，他們開始熱情的親吻。當他們入住時，我才意識到那個男人是你，那個女人是我。酒店房間裡有一個巨大的浴缸，充滿了溫泉的熱水，浴室的落地窗面對著海灣，只有那些碧綠的小島，看見我們脫衣走進了浴缸，全身浸在溫泉的熱水裡。

「當我們的體溫隨著升高時，我們站起來，你把我放在浴缸旁邊的氣墊上，你的手毫不費力的在我的皮膚上滑動，觸動了全身每個角落的神經。你火熱的嘴唇在我的乳頭上舞動，而你持續著，永無休止的甜言蜜語，在我耳邊低聲的愛撫著我。

「我的心隨著那蕩漾的節奏起伏著，無法形容的欲望在我體內升起。像電流流過我的身體，讓我全身酥麻，呼吸急促。你吻了我的脖子、眉毛、頭髮，最後停在了我的嘴唇，就像一片廣大的乾旱地突然被雨水濕潤了，喚醒了所有的生命。

「我彎下身來，把雙腿搭在你肩上，向你發出了進入的邀請。你在我身體裡點起了一把火，點燃了我的每一個細胞，然後再用舒緩的水，將它們熄滅。你把我徹底的蹂躪了，只給我留下最後一口氣，讓我全身發抖。當一切都平靜後，我聽到自己對你說，『我不在乎我們以後是否會幸福的生活在一起。我只想擁有你這一瞬間。』然後夢結束，我醒了。」

當葛蓓蕾講述完她的夢，山姆非常感動。她問：「我的夢想會實現嗎？」

「我愛你，」山姆回答。「我會讓你的夢想成真。」

他們很快就脫下了對方的衣服。當葛蓓蕾把手放在山姆的胸口上時，她的心臟跳動得太快了，她覺得可能會爆裂。他們開始熱吻。葛蓓蕾用力把他推到床上，她的手指緊握著他的胸部和腹部的肌肉。兩個赤裸的身體交織在一起，山姆的手輕撫著她光滑的背部，然後向下移動。葛蓓蕾顫抖著吸了口氣：

「山姆，請快點。」

她躺在床上，張開了她的身體和靈魂，獻給他。葛蓓蕾和山姆終於在經歷了這麼長久的渴望和壓抑，擁有了對方。但是他們都不知道，在這艱難的環境中，澆灌和培育了沉睡中的愛情幼苗，會不會有任何的未來。唯一的是他們的愛情，終於在對方的身體上和靈魂裡得到了表達。時間似乎停止了，在長長的安靜裡，只有微風吹過的聲音在夜裡蕩漾。葛蓓蕾先說話：

「謝謝你，救了我。」

「我應該先謝謝妳，」山姆說。「妳終於解脫了我內心的枷鎖。」

葛蓓蕾知道他是在說安娜，但是她說：「我擔心你會拒絕愛我，我終於讓你屈服了。」

「實際上，從我第一次在海德堡見到妳時，我就一直想要妳。」

「真的嗎？你從來沒對我說過。」

山姆說：「那是一個年輕人的幻想。妳告訴我妳的夢，所以我也告訴妳我的幻想。」

「雖然你一直守著你的秘密，但我還是很喜歡。我一直在焦慮，我是不是一廂情願。」

葛蓓蕾坐在床上，她的手和嘴唇輕輕的撫摸著山姆的身體。他們的欲望又被激起了。但是這次他們並不著急。更慢，更和諧，非常溫柔。就像喝一杯陳年的好酒，他們享受著彼此身體的芳香。

葛蓓蕾繼續緊緊地抱著山姆，想要觸摸他身體的每一角落。做愛的樂趣讓葛蓓蕾處於極端幸福的狀態。山姆撫摸著她，在她耳邊低語著一個個的愛情故事。葛蓓蕾已經不能自已了：

「哦！山姆，我愛你！帶我走吧！」

他們沉睡了，緊緊地抱住對方，暫時忘記了所有的煩惱，尋找自己的美夢。天亮時，葛蓓蕾醒來，踮著腳尖去浴室淋浴。她穿上酒店的浴袍走出浴室，發現山姆仍在熟睡。她對自己笑了笑，知道他一定是很累了。葛蓓蕾脫下浴衣，坐在梳粧檯前。房間被冉冉升起的太陽照得通明，她發現鏡子裡的景象讓自己很驚訝。她面前的女人看起來年輕了，臉上的顏色煥然一新，是一個美麗絕倫的婦人。

「妳真漂亮。」後面的一個聲音說。

葛蓓蕾從鏡子裡看到山姆站在她身後：「早安！你累了嗎？」

「我身上的每一塊肌肉都筋疲力盡，每一根骨頭都散了。」

「山姆，你昨晚太貪心了。」

山姆指著鏡子說：「看看妳自己，我是男人，怎麼可能不貪心要妳呢？」

「我擔心你，山姆。過度勞累對你不好。」

他看著葛蓓蕾驕傲的展示出的赤裸身體，山姆沉思了一會兒：

「我只想讓妳記住我，戰爭結束後，妳和馬修將團聚，從此幸福地生活在一起。安娜和她的丈夫，如果他們在戰爭中倖存下來，他們的未來也是會在一起。而我會留下對海德堡和巴黎的回憶。我會快樂地生活，回憶這些時刻。請不要忘記我們曾經在一起，有過得很開心的一段日子。」

山姆眼中出現了淚水，葛蓓蕾意識到山姆已經愛上了她。

「哦，山姆，我永遠不會忘記你，我將永遠記住你昨晚給我的愛情。這只是我們的開始，我不會讓這把火熄滅，它將永遠燃燒著。」

山姆吻了她的胸部。慢慢地，他向下移動，再一次把葛蓓蕾帶進了夢幻。她抬起頭，在鏡子裡看到他們交織在一起的影像。這是一幅畫，那迷人的女性表情，成為十八世紀的經典。葛蓓蕾又一次被帶進了虛幻世界。

他們成了真正的情人，在接下來的兩天裡，山姆和葛蓓蕾在一起過著蜜月一般的生活。第三天，山姆接到命令，返回里斯本。他們整晚都充滿激情的做愛。

葛蓓蕾說：「山姆，我知道你為什麼這麼努力，拚命似的做一切取悅我的事情。」

「真的嗎？葛蓓蕾，告訴我為什麼？」

「是你的虛榮心，」葛蓓蕾繼續說，「你想讓我知道你在床上，有比馬修更好的功夫。」

「那麼，妳的結論是什麼？」

「我拒絕把你們做比較。但是，山姆，你在這張床上，和兩個女人做過愛，告訴我你的結論。」

「妳有什麼疑問嗎？當然，所有人都會認為，妳是一個更好的人。」

「不，這不是我要問的。我想讓你告訴我，誰是更好的情人？法國人還是德國人？」

山姆很安靜，不說話，只是繼續撫摸她的身體。

葛蓓蕾堅持說：「來吧，告訴我，山姆！」

「妳看看我現在的身體狀況，妳當然是個更好的情人。」

「告訴我理由，我想知道細節，為什麼我是個更好的情人。」

「妳會把我包住，力量很大，」他說。「感覺真好，就像帶我上了天堂一樣。」

葛蓓蕾臉上露出了笑容：「真的嗎？」

「是真的，的確如此。現在妳能告訴我，妳對美國人和法國人的比較結論嗎？」

葛蓓蕾繼續微笑著：「不能，我需要保密。」

山姆歎口氣說：「看來我還需要更加努力的討好妳，可憐的我！」

過了一會兒，葛蓓蕾的笑容變得淘氣了：「你想讓我再帶你去一次天堂嗎？」

山姆再次進入她，這一次，強力的包圍還帶有節奏，配合著山姆的推送，天堂到了更高的層次，夢幻的境界持續了更長的時間。

一切平靜下來後，葛蓓蕾低聲說：「山姆，現在諒你不敢把我忘了。」

葛蓓蕾驚訝的發現，激情過後，在一片平靜中躺在愛人的懷裡，被愛撫著的感覺是如此的享受。但是想到山姆馬上就要去柏林，那將是出生入死的任務，好不容易和他有了激情的相愛，馬上就要面對生離死別，藏在心裡的話，必須是要說了。

「山姆，我想告訴你兩個小小的秘密。」不等他回應，葛蓓蕾就繼續說：「我們法國女人把高潮叫做『小小的死亡』，我想是用來形容靈魂出竅的感覺。可是你是排山倒海而來，給人是死去活來的感覺。」

「這就是妳要告訴我，妳對我和馬修比較的結論嗎？那妳是喜歡小小的死亡，還是死去活來？」

葛蓓蕾說：「你還需要問嗎？過去的三天裡，你是到哪裡去了？」

山姆笑了，他說：「那另外一個小小的秘密呢？」

「你已經知道了，在海德堡，除了我，還有海蒂也愛上了你。你馬上就要去柏林執行任務，我想告訴你，從一個人的品質上講，我認為海蒂要比安娜強得多。」

早上，葛蓓蕾不顧山姆的反對，堅持送他去了機場。當她回到公寓時，她發現一個陌生人坐在起居室裡，盯著她看。過了一會兒，她才認出來，原來是馬修。

「法國的英雄能得到他妻子的歡迎之吻嗎？」他笑著問。

葛蓓蕾去擁抱他，但是他抱住了妻子，熱吻她的嘴唇。放開她之後，才問：「山姆在哪裡？」

「他去里斯本了。看來他要去柏林執行任務了。」

「他還在找安娜嗎？」

「是的，我想是的。」

「他瘋了。妳和他睡過了嗎？」

「我不是說，他要去柏林嗎？」葛蓓蕾不想告訴馬修，他們已經做過愛了。她改變了話題。

「馬修，你現在到巴黎來是很危險的，到處都是你的通緝令。」

「我知道。因為我有個大計劃，會給德國的納粹更大的打擊。情況很快就會變得更惡化。我只想再體驗一下巴黎，再和我妻子做一次愛。」

「哦，馬修……」葛蓓蕾真的不知道該說什麼。

馬修繼續說：「脫下衣服，跟我上床去。」

沒有任何的前戲，馬修強行穿刺了她，讓她尖叫。但也讓葛蓓蕾很驚訝的是，她在同一天被兩個她愛的男人帶入了高潮。

自由法國軍隊的第二十三獨立戰鬥旅在馬修的領導下迅速擴張。越來越多的人加入這個抵抗組織，包括了在巴黎的二十三號小組中的許多老成員。他的舊女友香黛兒和新情人珍奈加入了情報部門。美國戰略服務處，派出特工金・皮爾艾文和諾蘭・馬可辛，來協助建立盟軍的軍事作業程序。但最重要的是，他們與駐倫敦的盟軍總部，建立起了直接的指揮和通信管道。

一個先進的無線電台已經在朱拉山脈的某個地方運行，那裡還有定期的空投，提供武器、爆破設備和其他必要的物品。馬修現在覺得他可以計劃一些有重大影響的行動，加速納粹的毀滅。法國民兵組織是維希政權應納粹德國的要求，所建立的一個準軍事機構，目的是幫助打擊法國的抵抗組織。

抵抗組織認為民兵比蓋世太保和黨衛軍更危險，因為他們是法國人，知道如何對付法國人的抵抗組織。馬修獲得情報說，德國正在全力以赴加強大西洋長城。因此摧毀第二十三獨立旅的任務，就留給了民兵組織。

馬修感到不安的是，許多民兵成員都曾是愛國的法國人，但是他們同時也堅決反對布爾什維克。在他們之中甚至有不喜歡納粹主義的人。大多數民兵組織的成員都不是專業民兵，而只是每週花幾個小時，來參加民兵活動。

民兵組織裡確實有一個專任成員的部門，叫做「法蘭西先鋒隊」，他們是被長期動員的民兵，是需要住在軍營裡。他們也是維希政府中，最被人憎恨的人。他們經常用酷刑進行審問，來取得訊息或供詞。抵抗組織的某些行動就是針對他們為目標。通常是在公共場所，如咖啡館和街道上，公然的格殺他們。被抵抗運動殺害的最著名的人是菲利浦•亨里奧，他是維希政權的信息和宣傳部部長，他被稱為是法國的德國宣傳部部長戈培爾。他是在清晨，於他的官邸公寓裡被殺。民兵為此進行了報復，殺死了幾個著名的反納粹政治家和知識份子。

維希政府從未澄清民兵機構的法律地位，它的運作應該與維希法國的警察部隊平行，但是它又負有軍事任務，不受民法的約束，其行動不受司法審查或控制。無論如何，蓋世太保在里昂的辦公室，要比維希政府對民兵機構更有實際的指揮權。

第二十三獨立戰鬥旅的下一個行動計劃，就是要給維希政府的民兵組織，一個重大的打擊。同時也乘此機會演練法國的抵抗組織和盟軍之間的通信和協調。他們向一些已知的民兵線人提供了虛假信息，說是盟軍的大型空投將在瑞士邊境附近的豪特薩瓦伊進行，確切的位置是格利雷斯高原，一個靠近安納西湖的偏遠高山上。隨即所有的專職民兵成員，法蘭西先鋒隊，都被動員起來，進入豪特薩瓦伊地區，包圍了格利雷斯高原，準備伏擊收集空投補給的抵抗組織人員。

當三架四引擎重型轟炸機，以密集編隊飛行抵達，並將裝有降落傘的容器空投下來時，民兵組織反而遭到了獨立旅的伏擊。當民兵無法有效的抵抗時，他們要求德軍支援，但是獨立旅已經準確的預料到了這一點，同時他們的臥底也已取得了相關情報，盟軍的空中力量已經在附近空域盤旋待命。在正確的關鍵時刻，那些宏偉的戰鬥轟炸機風馳電擊的俯衝而下，在法國人民的歡呼聲中，讓納粹和他的同夥民兵，幾乎被徹底消滅。

他們的持續成功，使第二十三獨立戰鬥旅更是雄心勃勃，他們計劃在法國南部的一個大城市，例如馬賽，發起大規模的起義行動，來配合盟軍在計劃中的歐洲登陸作戰。此項行動的協調會議預定是在里昂舉行，幾乎所有的抵抗運動組織的領導人都將參加會議。它計劃在晚餐後不久，在里昂市中心的一個倉庫開始。

馬修是這次會議的始作俑者，他告訴所有的人，這次的努力只許成功，不許失敗。因為是關係著法國的未來，將影響到祖國和納粹掙扎的生死存亡。

當馬修在等待與會者到來時，他變得越來越緊張。

第二十三獨立旅是負責現場安全，必需要滴水不漏，萬無一失。馬修已經進行了兩次會場和周邊環境的巡查，並且再次審查了與會者的緊急疏散計劃。他和他的屬下人員在倉庫對面小巷裡，建立了一個臨時通訊中心，由莫妮卡負責操作兩部電話，以及指揮六個騎自行車的年輕信差。金・皮爾艾文和諾蘭・馬可辛負責在附近進行武裝巡邏，以及安全保障。

馬修戴上了為他特別設計的偽裝，走進一間小巷裡燈光昏暗的酒吧。酒吧的主人是維希傀儡政府民兵組織的一名兼職成員，因此除了主人的同事外，酒吧也是蓋世太保特工和告密者聚會的地方。

馬修走近櫃檯，點了一杯啤酒。

在一張靠牆的座位，一個外號叫「里昂屠夫」的人，正和另一個男人在交頭接尾的密談中。

克勞斯・芭比是一個反馬克思主義的死硬派蓋世太保官員，作為在里昂的蓋世太保特工負責人，他親自動手對成人和兒童囚犯施加酷刑、斷肢，使用電擊，以及性虐待囚犯，是他常用的手段。

在另一個事件中，芭比曾在審訊中毆打了一位不合作的抵抗組織領導人，活生生的剝了他的皮，然後把他的頭浸入一桶氨水中，弄死了他。他因為在打擊反納粹的抵抗運動表現優異，而獲得了德國鐵十字勳章一等獎。

馬修曾得到情報，說希特勒親自任命克勞斯・芭比為摧毀二十三獨立旅的總負責人。但是那位正在和芭比密談中的人，讓馬修出了一身冷汗。他就是路易士・博蘭格，是美國戰略服務處在巴黎臥底的特工。

山姆的上級曾經懷疑二十三小組內部有叛徒，損失了不少抵抗份子。這小組被命令暫時停止活動，山姆在巴黎機場設了一個陷阱，用自己作誘餌，希望叛徒出現，但是沒成功。後來從另外一名在柏林臥底的德國軍官得到了情報，叛徒不在法國，而是在戰略服務處的內部。所以二十三小組又恢復了活動。

山姆曾經告訴過馬修，他感覺路易士・博蘭格有可能是叛徒的嫌疑。但是他沒有確鑿的證據，來證明自己的懷疑，但是他發現博蘭格試圖掩蓋自己對法西斯主義的同情。當時山姆還說服了馬修，指定了一個四人小組，對他進行了二十四小時的監視，但是什麼也沒有發現，事情也被遺忘了。

芭比和博蘭格的密談只意味著一件事：災難已經迫在眉睫。馬修很快的把啤酒喝完，離開了酒吧，走回倉庫。他已經看到有一些穿著便服的可疑男子聚集在附近，抵抗組織的會議地點可能已經暴露，蓋世太保特工已經撒下了天羅地網。儘管會冒著被逮捕的危險，馬修決定要發出警報。他到了花店，在外面找到了主人約瑟夫。他很快說：

「約瑟夫，仔細聽。你馬上打電話給莫妮卡，告訴她蓋世太保就要來了。根據應急計劃，所有的抵抗份子立即撤離。路易士・博蘭格是叛徒，我相信他有我們抵抗運動裡的叛徒名單。二十分鐘後關閉你的商店，然後和你的家人一起離開。最後，請把我的包拿來。」

約瑟夫一句話也沒說，轉頭就走，一分鐘後拿著一個包，又走了出來，他說：

「我把你剛才說的話告訴了我妻子，她會執行你的指示。別擔心，她很可靠。我現在和你一起去。你可能會需要個幫手。另外，我很擅長使用衝鋒槍。」

「約瑟夫，你不必這麼做。你和你的花店對抵抗運動更重要。照我說的做。我會沒事的。」

馬修取下他的偽裝，走出了花店。他戴著一頂法國傳統的黑色博伊納帽，一條大圍巾上面有法國的三色國旗和代表自由法國的洛林十字架。他的裝扮就和蓋世太保發佈的「通緝令」海報，一模一樣。很快的。一些行人認出了他，他們喊道：

「馬修・西蒙，法蘭西萬歲！」

他奔向剛剛的酒吧，當他看到蓋世太保特工，以及一些便衣官員們認出他時，他就大聲地喊道：「疏散大廚東尼餐廳！疏散大廚東尼餐廳！趕快啊！」

馬修是在離大廚東尼餐廳只有兩條街的地方，在場的蓋世太保特工們抽出了配槍，馬修迅速的從包裡取出衝鋒槍，開始射擊。在開始近距離駁火時，特工們的手槍不是馬修衝鋒槍的對手。但是當更多的特工加入了槍戰後，馬修被擊中了。在他倒下的時候，他看見克勞斯・芭比從酒吧出來指揮槍戰。

芭比大聲的喊出了他的命令：

「立刻包圍大廚東尼餐廳，逮捕餐廳裡面的所有人。不要殺死西蒙先生，我需要他活著，他死了對我沒有任何好處。」

馬修雖然受了傷，但是還設法爬進了行人道上存放自行車的凹進處，他繼續射擊，又擊倒了好幾個特工，直到所有的子彈，包括兩個預備彈夾，都用完了。這時有五，六個蓋世太保特工衝上來，制服了他，試圖給他戴上手銬。芭比站在街對面觀看，他發現馬修在瞪眼直視他，並且朝他微笑。

芭比很困惑，為什麼這個抵抗運動的英雄，在他即將被逮捕和受刑折磨的時候微笑呢？他看到馬修拔出了綁在他身上的強大地雷的引爆針。馬修和圍著他準備逮捕他的特工，在瞬間粉碎。街對面，芭比被強烈的爆炸壓力擊倒，並且被碎肉和碎骨頭淋了一身。克勞斯・芭比一生中第一次感到因粉碎的人肉而噁心。同時他也明白了馬修在他生命的最後一刻，為什麼會對他微笑。他終於是被法國人打敗了。

里昂是德國佔領軍的行政中心，但它也是法國抵抗運動的據點。其中的一個理由就是因為有所謂的秘密通道存在。這些通道是需要穿過多間房屋，先前是為了工人或藝匠在惡劣天氣下，通過密道來運送紡織品。但是現在，它們可使當地居民能夠逃脫蓋世太保特工的襲擊。這些秘密通道主要位於舊城區，通常被認為它是不讓德國人能夠完全控制里昂的原因。

對於當地的人來說，要成為一個真正的里昂人，就要必須對城市裡的密道，瞭如指掌。當馬修以自己為誘餌，發起槍戰，將蓋世太保特工們，引離開倉庫會議場時，各個抵抗組織的領導人，就被人帶領，安全地通過秘密通道撤離，然後消失了。蓋世太保特工明白了自己的錯誤，在芭比確定了真正的會議地點時，倉庫已經完全人去樓空。芭比的失敗感，變成了現實。

莫妮卡因馬修的死，感到非常的哀傷。她原以為德國納粹會像殺她丈夫一樣，遲早都會殺了馬修。但是她沒想到馬修是死在叛徒手裡。她對路易士・博蘭格感到極端的憤怒，和他有了血海深仇。莫妮卡決定要殺了他，把抵抗組織裡的叛徒名單拿到手。她回到巴黎去見葛蓓蕾，她很詳細的問了馬修最後犧牲時的情景，葛蓓蕾顯得非常平靜，她說：

「我現在跟妳一樣了，都是法國軍人的遺孀。我們的丈夫走了，但是我們還要繼續對抗納粹。」

莫妮卡詳細的說了她的復仇計劃，葛蓓蕾告訴她，她會開啟電台等著她的情報，拿到了叛徒名單，她會立刻發送。她還提醒莫妮卡，搜查任何有關大西洋長城的信息，那是盟軍最需要的情報。葛蓓蕾的平靜讓莫妮卡感到有點害怕，她像是在迎接世界末日的來臨。

最初，民兵組織只是在維希政權控制下的「自由區」活動。後來，民兵組織裡，最激進、最頑固的親納粹派，進入了「佔領區」，包括巴黎市。法國最有名的巧克力糖製造者，梅尼爾家族的房子成為了法國共產黨總部，現在這所房子又被民兵組織徵用，成為辦公室。

路易士・博蘭格在梅尼爾家的二樓有一間寬敞的辦公室。莫妮卡星期天一大早就到了，要求見路易士・博蘭格先生。

自從馬修在里昂槍戰中被殺後，博蘭格就終日惶惶，神不守舍。他知道，如果被美國戰略服務處或是抵抗組織裡的人發現，他會當場被格殺，因此他一直躲入地下，不再露面。所以門口的警衛花了一些時間，才讓莫妮卡進來。一個年輕的民兵士兵把莫妮卡帶到一個孤立的二樓辦公室。辦公室裡還坐著另一個人，但是博蘭格先開口：

「好哇！真是太好了，這是想不到的驚喜！來了一個大美女，今天是我走運了！」

葛蓓蕾告訴過莫妮卡，博蘭格的最大弱點就是女人，他太好色。莫妮卡笑了。

「我可以坐下嗎？」她問。「另一位先生是誰？」

「是的，請坐。很抱歉，我們星期天沒有秘書服務。不能招待妳喝咖啡。」

另一個人咳嗽了一下，博蘭格介紹說：「哦，對不起。這位是我柏林的同事，皮特・西格。他很想問妳幾個問題。」

「莫妮卡小姐，我是和柏林的蓋世太保安全人員一起工作。請問貴姓？」西格問。

「就叫我莫妮卡，自從德國人殺了我丈夫之後，我就不便再用我的姓了。」

「莫妮卡，我們以前見過嗎？」博蘭格問道。

她微笑著回答說：「當然我們以前見過。你還記得你以前是美國戰略服務處的情報員嗎？我們見過好幾次。」

「妳和抵抗組織有關係嗎？」西格打斷了她的話。「我可能需要逮捕妳。」

「那你就聽不到我為什麼來這裡找你們的理由了，實在太可惜了，」莫妮卡笑著說。

西格笑了笑說：「妳被逮捕後，我們會有辦法讓妳把一切都告訴我們。」

「我需要提醒你們，我是在蘇聯秘密警察的情報部門工作，我在巴黎的上司是奧爾加・亨特・菲利波夫夫人。這就是我為什麼熟悉這個地方的原因。它曾經是法國共產黨的總部。」

「共產黨黨員和抵抗組織成員都是我們第三帝國的敵人，」西格說。「我們將會逮捕你們所有的人。」

「西格先生，我確信蓋世太保的特工，已經逮捕或殺害了許多我們布爾什維克的同志，但是你們取得了多少個招供者？我想連一個都很可能沒有吧！我也希望你們知道，如果我不是活著走出這個地方，你們兩個人都會出現在我們要格殺的名單上。不像抵抗組織和美國戰略服務處，我們不在乎你們的報復。我們只想確保我們會殺了你。」

那兩個人一時說不出話來，博蘭格說：「我們不要浪費時間，莫妮卡。你想要什麼？」

她笑著說：「博蘭格先生，我喜歡你。如此的務實，正中我下懷，我們可以成為朋友。」

莫妮卡換了一下座位，交叉著雙腿，掀起裙子的下擺。博蘭格無法把目光從她身上移開。里昂事件發生後，他一直很緊張，懷疑每個黑暗角落都有刺客。他需要一個好女人來讓他放鬆，他斜視了她一眼。

「我們在談完正事後，讓我們有個愉快的餘興活動，」他說。「這次妳來見我的目的是什麼？」

「我們知道你有一份抵抗份子當了你們線人的名單。作為交換，我們向你提供一份民兵成員裡的叛徒名單，這些人接受我們的賄賂，向我們提供信息。」

皮特・西格笑著說：「叛徒名單的交換。」

博蘭格在他的大桌子上拿起了一份報告，朝她揮手：

「妳來得正好，我們正在盼望能拿到一份叛徒名單。完美的時機，現在把我們的給妳。妳就把妳的給我們看看吧！」

莫妮卡說：「我還不至於傻到把名單帶在身邊，先讓我看你的名單，然後我會把我們的名單帶來的。」

博蘭格和西格既驚訝又憤怒，博蘭格走近莫妮卡，抓住她用力的搖晃她：「你這個法國婊子！你想欺騙我嗎？我們現在就要民兵的叛徒名單，所以別跟我開玩笑。」

「博蘭格，你把我弄痛了！」莫妮卡尖聲的叫起來。

在近距離的接觸中，他看著那個略微張開嘴的女人，露出了完美潔白的牙齒在呻吟。莫妮卡開始了掙扎，於是他把手伸進她襯衫領口，摸索著她的胸部。令他吃驚的是，掙扎停止了。莫妮卡閉上了眼睛，張開她的嘴，獻給他。

博蘭格感到很得意：「妳怎麼了？原來是一個饑餓的法國女人。」

「你是在期待什麼？」她說。「我丈夫已經去世兩年了。」

「哈！現在妳碰到我，應該是妳的好消息。但是首先，妳要告訴我，是不是所有的抵抗組織都知道我是在為德國工作？有沒有決定要如何處置我？」

莫妮卡說：「博蘭格，你想知道的話，需要拿消息來交換。例如，蓋世太保特工的下一個對付我們的行動計劃。」

「好！我同意這筆交易，妳先說抵抗組織處置我的計劃，重要的，我要知道它的時間進程。」

「我不知道戰略服務處要如何處置你，但是我們已經有了命令：『不惜任何代價，立即格殺』。」

「這是蘇聯秘密警察的紅色追殺令嗎？」皮特‧西格插嘴問。

莫妮卡回答：「沒錯，顯然我們的上級決定要處置所有的叛徒，但你博蘭格是第一號，你死定了。」

博蘭格的臉色變得蒼白：「讓我告訴妳一個秘密：我出生在美國，所以我成了美國人。但是我的父母都是德國人，他們教了我關於德國的一切。這就是我決定為祖國效命的原因。皮特•西格成了我的連絡人，我們一直在一起工作，配合得非常好。看來我是需要撤離到柏林了。」

莫妮卡說：「所以你並不後悔，你背叛了戰略服務處所支援的抵抗組織。別忘了我們的交換條件。」

「當然不會。西格在蓋世太保裡的任務是反間諜。我們正要執行一項打擊行動，要去摧毀一個抵抗組織的秘密無線電台。」

「什麼時候？在什麼地點？」

西格趕快搶著回答：「就在天黑之前，地點保密，不能說。」

他覺得博蘭格已經說得太多，影響安全。但是博蘭格還是忍不住：

「電台的操作員是個性感女神，她的丈夫就是馬修•西蒙，第二十三獨立旅的頭兒，我們剛殺了他，現在要玩玩他的老婆了。」

莫妮卡沉默，她知道情況很嚴重而且時間緊急，她現在必須要動手了。

但是博蘭格繼續說：

「告訴你，我們德國人，尤其是皮特和我，有一個共同點：那就是，我們喜歡和法國女人做愛。也許他和我可以輪流去玩妳和馬修的老婆。那真是太好了。」

莫妮卡站了起來，挑逗的朝他走去：「是的，我相信，既然你們佔領了法國，又征服了我們法國女人。但是德國男人既沒有必要的身體器官，也沒有很好的技巧，來滿足我們法國女人。」

突然，博蘭格又生氣了。他搧了莫妮卡一巴掌，衝她大喊大叫：

「你這個婊子！不要侮辱和貶低我們德國男人。我們可以讓妳隨時在床上向我們乞求，討饒。」

「你是在做夢，你這個骯髒的叛徒！我真的很懷疑，你有能力讓我滿足。很明顯你是用動手打女人來達到性高潮的。」

「臭婊子，這是妳自己找的。如果妳不想被打得鼻青眼腫，妳現在就給我把衣服脫了。」

「所以你他媽的叛徒，需要看脫衣舞表演，才能硬得起來。」

慢慢的，莫妮卡開始解開上衣的扣子，露出雪白的胸部和乳溝。她沒有脫掉上衣，而是脫下了胸罩，讓男人們看到兩個部分被衣服覆蓋的豐滿乳房在顫抖。在薄薄的布料裡面，暗紅色的乳頭隱約的要漲破而出。

兩個男人看得目瞪口呆，說不出話來，但也因為上升了的欲望，而感到焦躁不安。接著，莫妮卡脫下裙子，脫掉了連在一起的襯衫。她開始跳舞，身體有節奏地移動，顯然，她曾在幼年時，受過芭蕾舞的訓練。現在只剩下了一條小小的黑色三角褲遮住了她，她的下腹挑逗性的，有節奏韻律的挺向博蘭格。最後，她脫下所有的衣服，一絲不掛地躺在厚厚的地毯上，緊挨著她的一堆衣服。

莫妮卡平靜地問：「嘿，你，叛徒，你需要我發邀請給你嗎？」

博蘭格很快的脫下衣服。他已經處於極度興奮的狀態。莫妮卡把手伸到衣服下面，找到了她想要的東西。博蘭格把莫妮卡的長腿分開，跪在中間，用力的穿刺了她。她感到全身一陣撕裂的疼痛，莫妮卡尖叫道：「啊！天哪，疼死我了。」

博蘭格發出了征服者的大笑：「這太好了！我喜歡聽妳的尖叫，妳就繼續叫，我會很喜歡。」

當他準備第二次穿刺她時，博蘭格看到莫妮卡的右手握著一個黑色的短柄。那是一把彈簧式的匕首，當她按下了按鈕時，鋒利的尖刀突然彈了出來。博蘭格還沒來得及反應，那把匕首就刺進了他的腹部。

博蘭格喉嚨裡發出一聲像野獸似的哀叫：「啊……」，莫妮卡扭動了匕首，馬上就聽到第二聲哀叫：「啊……」莫妮卡拔出了匕首，但立刻把它又插進了他的下胸膛。這時，博蘭格已經昏了過去。

莫妮卡的攻擊只持續了幾秒鐘，博蘭格的身體擋住了皮特・西格的視線。就像在以前許多類似的場合一樣，他以為博蘭格的尖叫，是他在女性身體上狂喜的自然反應，只有當他看到博蘭格被推下莫妮卡的身體時，西格才意識到有嚴重的問題。

他站了起來，但是馬上就犯了一個致命的錯誤。莫妮卡從博蘭格身上拔出血淋淋的匕首，一絲不掛的站起來。西格的錯誤是，他沒有拉開和莫妮卡的距離，而是開始從槍套裡企圖拔出手槍。

像她年輕時跳芭蕾舞的動作一樣，莫妮卡快速的邁出兩步，到了他跟前，她做了一個腳尖旋轉動作，一隻腳支撐，另一隻抬起的腳碰到支撐腿的膝蓋，快速旋轉。恰到好處的突然伸腿，把西格手裡的手槍踢走。

西格快速出擊左鉤拳，試圖打她的頭，但是她沒有停下來，相反的，她繼續前進近身，再次旋轉，躲過了左鉤拳，莫妮卡又向他靠近了一步，她血淋淋的手拿著閃亮的匕首完全伸了出來。以閃電般的速度，匕首的尖端刺穿了西格的喉嚨。就像一個被穿破的氣球，肺裡的空氣馬上洩漏出來，他死在地毯上。

莫妮卡迅速穿上衣服，她注意到博蘭格的臉色白得像一張紙，他抱著腹部的傷口懇求：

「我求求妳，送我去醫院。我會把妳要的叛徒名單給妳。」

「你疼嗎？」莫妮卡問。「只要你疼，那就很好。我想你現在頭腦不清。你不用給我名單，我會自己去拿，你要是反對也無能為力。」

博蘭格繼續懇求：「請妳幫幫我。我現在對任何人都沒有用了。但是我不想死。」

「你又錯了。世界上不如意的事太多了，我能理解你為什麼不想死，但是我要你死，抱歉，忘了告訴你，我是被派來執行紅色追殺令的。你現在明白了嗎？你不能糊裡糊塗的就死了。」

莫妮卡拿起了信封，確保清單在裡面。然後，她拿起西格的手槍和博蘭格的內衣，回到躺在地板上痛苦的博蘭格身邊。她說：

「在你開始下地獄之前，我想讓你瞭解一些事情。首先，你背叛了我的愛人馬修，所以我要為他報仇，把你處死。其次，我是布爾什維克，而你是納粹。我們在彼此的手上總是死得很慘，我需要保持我們的傳統。我會確保你在以後的兩個小時內，經歷極端的痛苦，但是不超過三個小時。」

她把他的內褲塞進他的嘴裡。當她看著博蘭格痛苦地扭動著全裸的身體時，她說：

「天哪，你怎麼連尿都失禁了，替納粹丟人丟透了。還弄髒了這麼漂亮的地毯。」

莫妮卡把手槍裹在沙發的枕頭裡，壓制住聲音，然後朝博蘭格的下腹開了三槍。拿起叛徒名單信封時，她看到了德國佔領當局發佈的一份，標題為「法國南部大西洋長城關鍵設施」的報告。莫妮卡也將它收起來。

莫妮卡匆匆趕到葛蓓蕾住的地方，那裡一切都為她準備好了。電台的發報機已經打開，並且正在預熱中。在發報機旁邊的桌子上，有一把衝鋒槍，一支毛瑟手槍，兩枚手榴彈和備用彈藥。

「為什麼要把武器都擺出來了？」莫妮卡驚訝地問。

葛蓓蕾沒有回答。但是她問：「妳抓到他了嗎？」

「我刺了他兩刀，打了他三槍。」

「很好！拿到了叛徒名單嗎？」

莫妮卡把信封和報告遞過去：「拿到了，還有一份報告，可能很重要。」

葛蓓蕾快速看了一下報告，回答說：「莫妮卡，這太棒了。任何有關大西洋長城的情報對倫敦都很重要。我要儘快送出去。」

「但是我們需要馬上撤離。天黑後他們會把這個地方給端了。」

「我想是的。在過去的幾天裡，有可疑的人在附近徘徊。今天下午的監控也有所增加。莫妮卡，你現在先走。我會完成傳送，然後撤離。我必須要把叛徒名單發出去，馬修已經死在他們手裡，我不能讓山姆也被他們害了。」

「那好，我就在這裡陪妳。」莫妮卡說得很堅定。

「這不太好，可能會太晚了。拜託，做個好女孩，莫妮卡，妳現在就走。」

「但是妳呢？他們會殺了妳，甚至有更糟的事。有德國人在等著強姦妳。」

「不，我跟妳不同，我是這電台的負責人，我有責任發送重要情報。任何的拖延，都會導致更多的抵抗戰士被出賣和殺害。自從我接受山姆的這份鋼琴家工作以來，我就一直在為這一天的到來做準備。」

秘密電台的操作程序要求操作員在固定的時間和間隔，以固定的頻率發送詳細的信息。這使得德國的反間諜電訊單位，有時間對他們的位置進行三角定位。只有在好幾個秘密電台被破獲，操作人員被抓獲或殺害之後，程序才變得更加靈活。由於有更多的無線電接收器可供使用，秘密電台可以全天候，二十四小時，隨時發送。這些秘密電台的操作員，被稱為「鋼琴家」。

蓋世太保特工在此之前，就發現了葛蓓蕾的電台，但是他們一直在等待她的老闆弗朗茨，把她變成納粹的線人。英國廣播公司也參與了敵後無線電通信的任務。它幾乎向所有的軸心國廣播，在德國或被德國佔領的地區，有很多盟國的間諜，甚至老百姓，在面臨被捕的危險下，也會專心的傾聽廣播。

英國廣播公司會在廣播中包含各種「個人信息」，它們可能是用數位密碼，或是一些可笑或荒謬的詩句和故事。但是接收的目標會知道，它們真正的內容是什麼。

後來，抵抗組織發現，英國廣播公司的廣播，也會是一個非常有效的方法，來鎮壓法國公民的叛國行為。它會宣讀法國公民被軍事法庭缺席審判的結果，這些法國公民是因為傷害了抵抗運動或愛國份子。

法庭要求愛國的法國公民，以自由法國的名義，向有罪者執行司法外的死刑判決。通常在以後，這樣的人會被發現要麼被殺要麼就躲藏起來，他作為叛徒的日子實際上已經結束了。這就是葛蓓蕾急於要將叛徒名單傳送到倫敦的原因。

「妳不走，我也不走。我要留在這裡當妳的保鏢，這是馬修交代給我的任務。」莫妮卡激動的說。

葛蓓蕾笑著說：「莫妮卡，我喜歡妳。所以我必須告訴妳，我已經打開了自我毀滅系統。我不允許蓋世太保來抓住我，或者我們的電台。」

「我是布爾什維克，這對我來說，是很好的安排。」

莫妮卡把叛徒名單交給葛蓓蕾，她的手指立即開始在鍵盤上熟練的飛快跳躍著，葛蓓蕾的眼睛和手指快速的工作，指揮電磁波，帶著重要情報飛向倫敦。她繼續的說話：

「告訴我，馬修在里昂的生活。」

「你想知道什麼？」莫妮卡問。

「他和香黛兒又睡在一起了嗎？」

「是的，他們又在一起了。香黛兒從她丈夫那裡，得到了很多關於維希政府的民兵組織情報。」

「哈！馬修是在給她丈夫戴綠帽子，同時也從她丈夫那裡拿到情報，這會給馬修一種變態的快感。」

莫妮卡補充說：「還有一位漂亮的寡婦，珍奈・拉莫緹，她是香黛兒的好朋友，經常邀請馬修到她的床上。她擁有一家大餐館，招待了許多德國官員。但她也是一個非常有效的間諜。」

葛蓓蕾半嗔半怒的說：「所以我丈夫的愛情生活是很豐富的。」

「但是他仍然最愛妳。他告訴我，如果可以的話，他想私下見妳。他有嗎？」

葛蓓蕾停頓了一下：「是的，他幾周前回來看我了。」

「妳和他睡在一起了嗎？」

葛蓓蕾什麼也不說，但是莫妮卡堅持想要知道，她說：「他穿刺了妳嗎？」

「馬修是我丈夫，他要我的時候，我能怎麼樣呢？」

莫妮卡有更多的問題：「山姆和你做愛了嗎？」

「他終於和我睡了。」葛蓓蕾低聲說。

莫妮卡說：「馬修告訴我，山姆是他最好的朋友。所以妳和他們同時睡覺，感覺一定太好啦！」

「不是同時，但是很接近。」葛蓓蕾說得很小聲，但是又繼續：

「我送山姆去機場前，臨別做愛，他就貪心不足，沒完沒了的，差點誤了班機。一回到家馬修在等我，他二話不說，馬上就上了我。」

「現在他們都是我們的英雄。當他們一個接一個的穿刺妳，一定感覺美妙。妳緊緊的包住他們了嗎？」

一隊德國士兵包圍了樓下的肉店，擴音器響起：「葛蓓蕾・蘭伯特，停止發報，舉起手出來！」

葛蓓蕾集中注意力在鍵盤上，莫妮卡喊道：「狗娘養的納粹，去你媽的！」

擴音器的聲音還是不斷：「葛蓓蕾・蘭伯特和身分不明的人，停止發報。舉起手，走出來，否則將面臨嚴重後果。」

「愚蠢的納粹份子，你們的希特勒已經在吃自己的狗屎了。」莫妮卡喊道。「你也想試試嗎？」

自動武器的第一波掃射打破了葛蓓蕾二樓公寓的窗戶，莫妮卡蹲在牆後還擊。在完成了輸入最後一行的信息之前，葛蓓蕾按下了一個按鈕，一聲巨大的爆炸聲把樓梯炸毀。現在德國人必須用梯子才能上到二樓。

她對莫妮卡喊道：

「當妳看見梯子時，就扔手榴彈。」

在震耳欲聾的槍聲中，莫妮卡回喊道：

「這是我的榮幸，現在來了越來越多的德國士兵，讓他們看看我們法國女人的厲害。」

隨著雜訊的迅速增強，莫妮卡又喊道：「葛蓓蕾，告訴我，誰是更好的愛人，給你更高的高潮？」

「妳是什麼意思？」

「告訴我，是誰給了你更美好的小小死亡？還是驚天動地的死去活來？」

葛蓓蕾集中注意力在鍵盤上輸入電台情況：「電台被攻擊中，重型自動火力，毀滅迫在眉睫。」

然後她又補充：「個人信息：給戰略服務處，山姆・李少校，永別了，我的愛人，請勿忘我。」

最後，她的信息是：「巴黎二十三號抵抗小組，電台即將毀滅停播。法蘭西萬歲！」

莫妮卡扔出了手榴彈，德軍士兵在對面二樓的重機槍開火，子彈如冰雹似的擊碎了一切，莫妮卡在發現誰是葛蓓蕾更好的情人，是山姆或是馬修之前，她被擊中殉命，葛蓓蕾受了重傷。

突然，所有的槍聲都停止了。它出奇地安靜，沒有任何聲音。

但是，一個微弱的聲音開始唱起來，逐漸變得越來越大。是一個留聲機正在播放每一個法國人，無論老少，都知道的一首歌，這是他們的國歌《馬賽曲》：

前進，法蘭西祖國的男兒，光榮的時刻已來臨！
專制暴政壓迫著我們，祖國大地在痛苦地呻吟！
你可看見那凶狠的敵兵，到處在殘殺人民，
他們從你的懷抱裡，奪去了你妻兒的生命！
法蘭西的人民！
拾起你們的武器來！
和敵人決一死戰！

前進！
前進！
萬眾一心！
把敵人消滅！
神聖的祖國在號召我們，向敵人雪恨復仇！
我們渴望珍貴的自由，決心要為它而戰鬥！
讓我們高舉自由的旗幟，勝利地邁著大步前進！
讓敵人在我們腳底下，聽著我們凱旋的歌聲！

當歌聲停止時，包圍的德軍隊長下令進攻，拿下電台。用她最後的呼吸，葛蓓蕾默默的說：「山姆，我愛你！馬修，等著我。法蘭西萬歲！」

一個巨大的爆炸，將葛蓓蕾的住所、電台，所有的物件和兩位抵抗份子，都化為飛灰，冉冉的升起。

夜幕已晚，完全黑暗，甚至連星星都沒有的夜晚。閃爍的蠟燭光在附近街道的住戶窗台上，一個接一個的亮了起來。如果有人認真傾聽，就能聽見，年輕的兒童、男人和婦女，從各處來的聲音，安靜的唱著《馬賽曲》：

前進，法蘭西祖國的男兒，光榮的時刻已來臨！
法蘭西的人民！
拾起你們的武器來！

巴黎的每個人，無論是愛國的法國人，還是德國的納粹，都知道最後的結局已經開始來臨了。

第四部：走出愛情的回憶

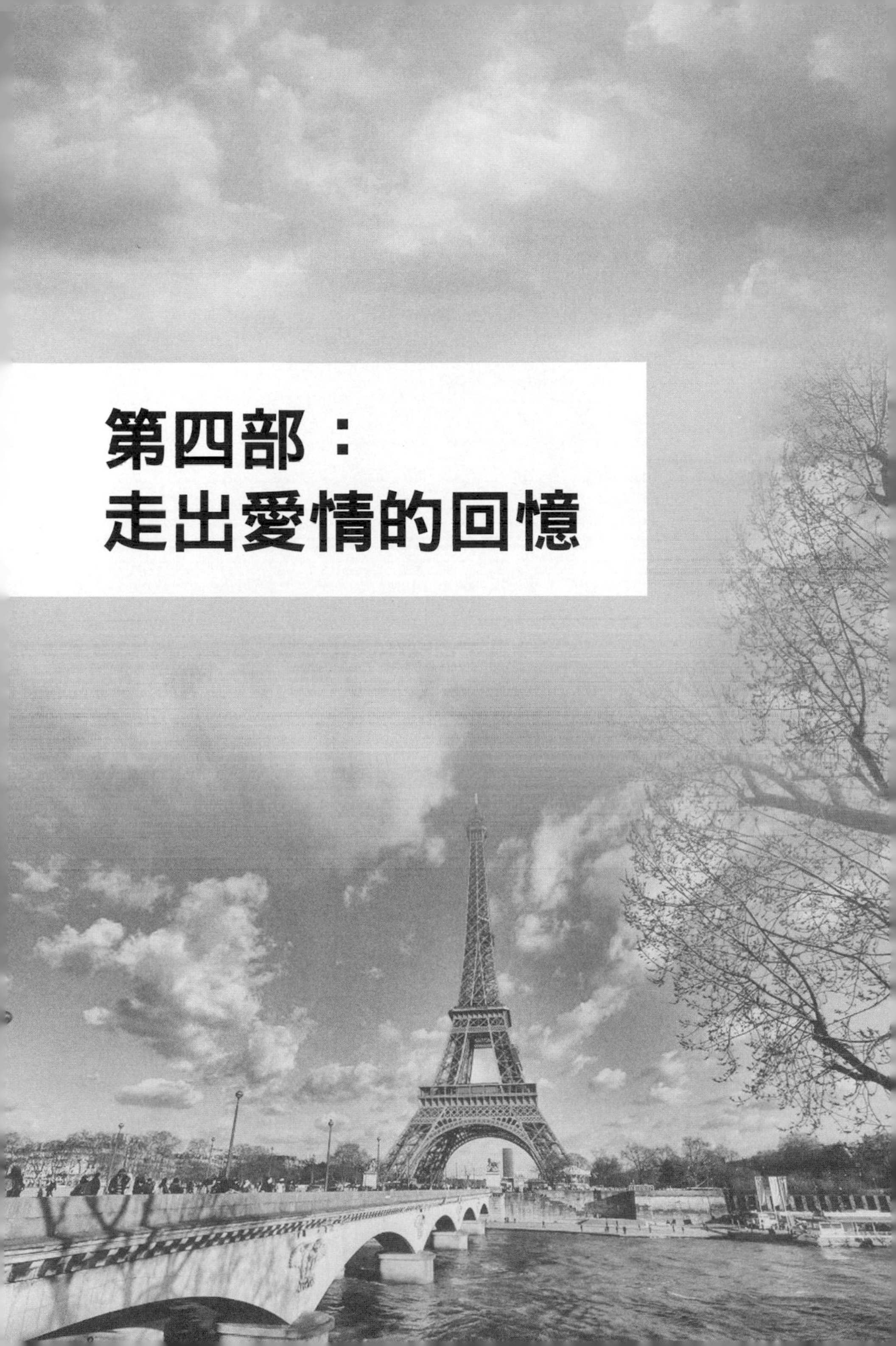

第十三章：魔鬼之都柏林

安娜．布門撒是來自一個猶太醫生家庭，她的父親和兩個叔叔都是很成功的內科和外科醫生。多年的開業行醫讓他們很富裕，安娜的父親尤其在柏林最昂貴的地區，積累了相當多的不動產財富。

當猶太人的處境惡化時，安娜的兩個叔叔決定要移民，離開德國。按規定，德國的猶太人必須將他們百分之九十的財富，交給政府作為稅收。為了避免損失那麼多的錢，安娜的叔叔們把他們大部分的財富都轉移給了他們的兄弟。

一夜之間，安娜的家庭就成為柏林最富有的猶太人之一。財富給了布門撒一種虛假的社會安全感和權力感。一件事導致了另一件事，當許多猶太人試圖離開時，安娜的家人仍留在柏林。

漢斯・馮・利普曼出生在奧地利一個富有、有文化修養、但是不太守教規的猶太家庭。他的祖父，原本是用希伯來語名字，勇納・利普曼，是一位在奧地利和瑞士積累了巨大財富的銀行家。一九一三年，他向奧地利的皇帝，以及匈牙利國王，法蘭西斯・約瑟夫一世，做了大量的捐贈，於是被提升為貴族。然後，他改名為約翰・馮・利普曼。

這家人在維也納擁有一套十八個房間的公寓，在因斯布魯克也擁有一座大型鄉村別墅。漢斯・馮・利普曼的父親是馬克斯・馮・利普曼，他沒有像他的兩個兄弟那樣，去繼承家族傳統，而是成為一名軍官。

他加入了德國軍隊，參加了第一次世界大戰。在戰場上他表現英勇，贏得了鐵十字勳章，以及藍色馬克斯勳章，後者是來自他在空戰中，擊落了四十架敵機。但是最終，他的兒子漢斯・馮・利普曼沒有選擇銀行業或軍隊的生涯。他成為了一名科學家，而且的確是一名非常優秀的科學家。

安娜和漢斯的家人相識多年，是柏林猶太人社區的重要成員。雖然安娜的家人很富有，但是他們感到越來越受到納粹反猶太主義的威脅。他們認為，漢斯來自貴族的家族，父親曾為德國立下過輝煌的戰功，是鐵十字勳章和藍色馬克斯勳章的擁有者，還有他個人也是一名優秀的科學家，對德國的軍事裝備研究發展有特殊貢獻，這些事實都將會讓他獲得特別的保護。他們為安娜和漢斯創造了聚在一起的機會。

當安娜從海德堡回來時，漢斯驚訝地發現安娜已經長成為非常美麗的年輕女子，於是開始追求她。當時，安娜深愛著山姆，經常和他交換情書。但他們的分離，加上安娜的孤獨，讓漢斯慢慢地在安娜心裡占了一席之地，當山姆在耶魯大學法學院念書時，安娜和漢斯到奧地利的阿爾卑斯山滑雪，一次愉快的假期之旅，是以親吻結束。

後來，漢斯邀請她參觀他在奧地利西部客棧谷的因斯布魯克的別墅，他的家族擁有因斯布魯克別墅。

山谷南北環山，是著名的冬季運動場所。漢斯帶安娜繞著別墅散步。他們沿著一條通向那條巨大因斯河的小路出發。在北岸，整個城市都有一條長廊，它的兩旁都是樹木，為沿河散步的人提供遮蔭。

這座城市的名字叫因斯布魯克，在德文裡，「因斯」是「客棧」的意思，「布魯克」是「橋」的意思，所以「因斯布魯克」字面的意思是「客棧橋」，它起源於第一座中世紀的橋，橫跨因斯河這條快速流動的高山水道，在春天和夏天，水面染上了橄欖綠的顏色。漢斯和安娜到了河邊，他們向右拐，在寬闊的長廊上向上游走去。

這是一個豐富多彩和燦爛的一天。天空一片蔚藍，河對岸的一排排房屋和商業建築在晚霞中閃閃發光。許多中世紀的房屋，又高又窄，都被漆成明亮但精緻的顏色，由傾斜著的扶壁支撐。

在一排排房子的後面，就是一座古老的城鎮，令人印象深刻的是城堡，以及向天空延伸的雙鐘塔，和它的大教堂。沿著長廊走了一段時間後，他們回到寬敞的別墅，俯視著河流和山谷。

經典的巴伐利亞灰泥和木材建築、鵝卵石人行道、裝飾性雕像、木製品和各種裝飾，也給安娜留下了深刻的印象。它顯示了利普曼家族的財富和聲望。掛在別墅裡的無價之寶古董油畫，更增添了富足的氣氛。安娜和漢斯在因斯布魯克待了三天。在返回柏林的最後一晚，安娜允許漢斯在她的房間裡過夜。他對安娜的強烈熱情感到驚訝。回到柏林兩個月後，安娜在婚禮的前一天，給山姆寫了最後一封信。

德國的科學發展計劃裡包括了一個原子能專案，後來，它成為希特勒及其納粹黨的重要戰爭工具。該專案的主要目的是發展原子武器。然而，由於各種原因，特別是納粹德國的反猶太主義，使這一項目停滯不前。

一大半的歐洲物理學家，包括愛因斯坦、玻爾、費米和奧本海默，這些學者都曾在早期的德國做出過傑出的研究成果，但他們都是猶太人或者是有猶太人妻子，因此都移民去到美國。在發現鈾元素有核分裂效應後不久，德國的原子能研究專案被稱為「鈾俱樂部」。

希特勒和納粹黨在德國獲得絕對的執政權後，他們意識到了原子武器的巨大破壞力。

在希特勒的指示下，阿伯特・斯皮爾接管了原子武器的發展項目。目的是要加快製造出高純度的鈾元素放射性物質，它是製造原子武器的必要材料。

漢斯・馮・利普曼博士是唯一來自奧地利的猶太核子物理學家，目前仍在鈾俱樂部。他曾在柏林的威爾赫姆斯大學修過物理，由獲得一九三二年，諾貝爾物理學獎的由沃納・海森伯格教授擔任他的博士論文指導教授。

漢斯・利普曼博士發明了一種電磁同位素分離器，能夠以更高的速度提煉高純度的濃縮鈾。他成為鈾俱樂部不可或缺的一員。

應阿伯特・斯皮爾的請求，德國黨軍首領希姆勒向蓋世太保發出了一項直接命令，要求對這位猶太科學家及其妻子安娜，以及他們的直系親屬，給予特殊保護。雖然這些人不會受到反猶太的迫害或騷擾，但是他們的行動受到了嚴密的監視，防止他們脫離德國。

一九二五年，希特勒在他的政治宣言和自傳《我的奮鬥》中宣稱他將入侵蘇聯，並聲稱德國人民需要有保障生存的空間，以確保未來幾代德國人的生存。納粹主義認為，蘇聯是由「猶太及布爾什維克陰謀家」統治的非雅利安人的「次等人類」組成的。因此，納粹的政策是殺死、驅逐或奴役大多數俄羅斯和其他斯拉夫人，並由日爾曼人種來重新填補那片土地。

在德國官方記錄和德國期刊上的偽科學文獻裡，可以看出德國人對自己民族的優越性，有崇高的信仰。這些文章涵蓋了諸如「如何處理外來人口」之類的主題。

巴巴羅薩行動計劃是二戰期間納粹德國入侵蘇聯的代號，從一九四一年六月二十二日開始行動，它是人類歷史上規模最大、速度最快的軍事行動之一。它開闢了第二次世界大戰的東線戰場，見證了前所未有的暴力和破壞的巨大衝突。

在操作上，德國人取得了巨大的勝利，佔領了蘇聯一些最重要的經濟地區，主要是烏克蘭。然而，儘管他們取得了成功，德國的進攻還是在莫斯科郊區停滯，造成了嚴重的人員傷亡。紅軍擊退了德軍最猛烈的進攻，迫使德國陷入了一場毫無準備、負擔不起的消耗戰。面對數量上有壓倒性優勢的俄羅斯軍隊，希特勒和他的軍事將領們非常需要原子武器。

日本是軸心國的成員國，軸心國在第二次世界大戰期間，也有發展核武器的計劃。日本原子武器計劃的主要人物是丹麥化學家尼爾斯・玻爾的親密夥伴，也是和愛因斯坦同時代的日本物理學家，西奈良男博士。

一九三一年，他在東京理化學研究所，建立了自己的核子研究實驗室，研究高能物理。他在一九三六年和一九三七年，分別建造了兩台迴旋式加速器。之後，日本又從加州大學伯克萊分校購買了一台迴旋加速器。

一九三九年，西奈博士認識到核子分裂的軍事應用潛力，並擔心美國人正在研製一種可能用於對付日本的核子武器。

一九四一年四月，珍珠港事件之前，日本的核子分裂研究項目，在日本陸軍部長的領導下，正式啟動。當時西奈的實驗室，已經有超過一百名研究人員，得到了這份工作。

但是在日本偷襲珍珠港事件後不久，當日本帝國軍開始在太平洋和其他地方遇到困難時，整個日本原子武器計劃被一名陸軍軍官，武藤元一郎中將控制。他直接向裕仁天皇報告，繞過了傳統嚴格的軍事指揮系統。由於他在戰爭前，曾在歐洲工作的廣泛外交經驗，他要求德國提供核分裂放射物資，於是德國向日本運送了五百六十公斤未加工的氧化鈾。漢斯・馮・利普曼博士和他的同事被派到日本協助。

當德國在加強大西洋長城的防禦工事時，希特勒感到很驚訝，日本政府通知德國，如果納粹承諾不將其用於民用目標，而只用於美國軍事人員。日本就同意送回經過加工後，成為武器級的濃縮鈾。

日本希望減少美國的軍事力量，使之無力進攻日本本土。由於德國空軍失去了空中優勢，希特勒對戈林仍能向任何特定目標投擲炸彈沒有信心。因此，為了保衛歐洲大陸免遭盟軍入侵，德國最高司令部選擇了幾個存放和隱藏原子彈的地點。

當大量盟軍接近該地區時，原子彈將被引爆。倫敦已經獲得了大西洋長城的防禦工事地圖，所有這些預選點都已確定。

德國軍事情報官阿克塞·戈茨，是一名專業的計量師，他是決定原子彈位置的關鍵人物之一。但他也是盟軍的臥底，美國戰略服務處急需將此人撤離。

安娜的丈夫漢斯到東京出差將要返回柏林，她辭退了政府派出的接機汽車，決定自己搭乘公車和電車到柏林的坦普霍夫機場。由於漢斯的特別身分，他們被限制居住在非常平靜，但是與世隔絕的柏林郊區。

時間一久，安娜想看一看和感受一下真正的柏林，那是她從出生以來就居住的地方，有太多的回憶了。安娜沒想到的是她感到很難過，戰爭已經改變了柏林，事實上，她很震驚，她一直心愛的城市已經不存在了。

在坦普霍夫機場，她遇見了丈夫同事們的妻子，簡短的談到了一些越來越難得到的日常生活用品。

從一九三八年年底開始，德國漢莎航空公司開始了從柏林經由巴士拉、卡拉奇、河內和上海，飛往日本的來回常規航班，它使用全新的，福克—伍夫公司製造的，全金屬的四引擎單翼禿鷹式飛機。

這是德國漢莎航空公司的第二條遠程客機航線，它的處女遠程客機飛行是三個月前柏林與紐約之間的航班，航程超過四千英哩，飛行時間是二十五小時。

遠程客機航班在過去的一年裡，為漢斯和他的同事們節省了不少旅途上的時間。從東京起飛的禿鷹航班準時到達，漢斯一看到安娜就衝過去擁抱她。一輛政府的小型巴士載著三位同事和他們的配偶，回到他們隱蔽的住宅區。

梳洗過後，漢斯和安娜坐在客廳裡說話，安娜問說：

「這次的旅途還好嗎？你去東京已經好幾次了，有什麼印象？」

「東京和柏林在外觀和實質上都非常相似，」他說。「這兩個城市都是被戰爭蹂躪中的國家首都。但那是外表。就像我們的柏林一樣，東京的內部隱藏著許多邪惡。」

安娜焦急地問：「但是你完成了你去那裡的目的嗎？」

「是的，這也改變了我對未來的看法。我們必須談談，但首先要談的是第一件事。」

「第一件事」是指他們的親密行為。他們的性生活是他們日常活動中的一個重要項目。安娜仍然是一個非常美麗和性感的女人，吸引了所有男人的注意。她丈夫想要她並不奇怪。但對安娜來說，這是一個機會，讓她夢想這是另一個男人與她做愛。

雖然她的丈夫是個好男人，在床上，身體健壯，非常溫柔，但是安娜對山姆不能忘情。她有感覺到，漢斯已經懷疑她在「精神上」是一個與人通姦的妻子。但是他什麼也沒說，安娜也就保持沉默了。「第一件事」之後，安娜和漢斯精疲力竭，但急於交談。她問：「你為什麼說，你的日本之行改變了你對我們未來的看法？」

漢斯說：「記得嗎？我們曾討論過，是否要接受華納・海森堡教授的建議，我們繼續為他在鈾俱樂部工作。」

「是的。當時，納粹已經在迫害猶太人了，你們的許多同事正在離開德國，前往美國，或是更遙遠的地方。」

「然後海森堡教授安排了軍備部長阿伯特・斯皮爾，和我們談話，」漢斯繼續說。「他向我們保證，會有一項特別命令，來保護我們不受迫害。他很有說服力。」

「漢斯，我們都認為這次的戰爭不會和上一次的大戰一樣，這次德國會取得勝利。現在你好像有了不同的想法，什麼事改變了你的主意。是真的嗎？」

「安娜，像往常一樣，妳很聰明。現在，納粹已經不可能取得勝利了。

對德國最好的結局是通過談判達成和平。但是，只有盟軍在戰場上遭受到巨大的傷亡和損失，才能實現這一目標。」

安娜說：「我在鈾俱樂部的妻子們和我音樂學校的同事中，也聽到了類似的說法。事實上，有人說，德軍已經建立了大西洋長城的防禦工事，目的就是要讓盟軍士兵造成巨大傷亡。」

「所以這不僅僅是你我之間的討論，」漢斯悲傷地說。「也是在柏林社會裡眾所周知的事，形勢已變得毫無希望。」

「是的。已經有一段時間是這樣傳說著。但是我親愛的丈夫，為什麼日本之行改變了你的想法？」

「安娜，這很重要。請仔細聽，然後告訴我，我的想法是否合理。」

「我在聽，漢斯。」

「直到最近，我們才想到德國戰敗後會發生的事。我們談到了可能受到的懲罰，甚至以戰犯的身分受到起訴和審判。妳一定也知道，鈾俱樂部的一些同事正在考慮搬到南美洲的德國殖民地。」

「沒錯，我是知道的，漢斯。但是我也聽說，大部分的德國殖民地都是同情納粹的。這是我們的特別問題。儘管我們很不情願的加入了納粹黨，但是我們是異類，因為我們是猶太人，而納粹憎恨猶太人。我很難相信特別保護令將會延伸到南美洲。」

「當然不會。因此，安娜，南美洲不是我們的選擇。」

「那麼日本現在成為是一個選擇了嗎？」

漢斯笑著說：「我過去常常以一種阿諛的冷笑來看這個世界，我說我是猶太人，但是納粹要求我幫助他們。而現在為了生存，我必須告訴全世界我是猶太人，是納粹的受害者。沒錯，妳是對的，在日本，是我們唯一能做到這一點的地方。也許這是我們唯一可以拯救我們生命的地方。」

安娜說：「這就像全世界都在開我們的玩笑。首先，納粹要保護我們不受到自己人的傷害，因為他們需要一個猶太人來幫助他們得到戰爭的勝利。而現在我們必須聲明我們的猶太血統，來保護自己免受與納粹共事的罪行。你為什麼認為日本是我們的選擇呢？」

「就像德國在歐洲一樣，日本也在太平洋和亞洲遭受到軍事失敗。他們最大的敵人是美國。現在許多日本人認為襲擊珍珠港是一個錯誤。如果沒有美國的干預，日本早就應該征服中國和東南亞，最終在太平洋地區取得勝利。安娜，日本非常希望與美國和平談判。」

「嗯，我明白了。很明顯，這是他們能夠走出戰爭而不被摧毀，唯一的途徑。」

漢斯繼續說：「有人告訴我，日方的許多努力都未能從美國得到任何有意義的回應。唯一的回應是日本帝國必須無條件投降。日本人覺得美國人在歐洲的戰爭中應該遭受一些重大的傷亡和損失，讓他們失去在軍事力量上的壓倒性優勢。」

安娜突然意識到：「你就是為了這個目的，被派往日本的，對吧？」

「是的，安娜。我被派到那裡幫助他們增加生產核分裂物資，使之成為高濃縮度的核武器材料。它將被用作大西洋長城項目的一部分，主要是造成巨大的美國傷亡，使美國缺乏入侵日本的力量。」

「我明白這一點。但我仍然不明白這與我們未來的生存有什麼關係。」

「妳說得對，這部分與我們的未來沒有直接關係。我意外的發現，這對我們來說是一個可行的選擇。」

「說給我聽聽看。」

「首先，你必須瞭解一些歷史。最早有記錄的猶太定居者，是在一八六一年到達日本橫濱，然後在十九世紀八〇年代，又有一些猶太人來到了長崎。此外，還有一批參加俄國沙皇軍隊，以及一九〇五年俄國革命的俄羅斯猶太戰俘，他們也來到神戶定居。」

安娜問說：「日本有當地的宗教，政府允許他們繼續猶太教的信仰和禮拜嗎？」

「在俄國猶太人到達後不久，就有兩個猶太教堂建立了，因此這個社區的《律法卷軸》最終被傳承下來。但重要的是，日本有許多人認為猶太人很富有，同時具有相當大的政治影響力。」

安娜對歷史的瞭解，要比漢斯認為她知道的要多得多：

「我記得雅各．希夫的故事，他是一位猶太裔的美國銀行家，曾向日本政府提供大量貸款，幫助他們贏得日俄戰爭。」

「是的，安娜，這只是讓日本人相信『猶太散居者』，以及他們之間的相互聯繫關係，使他們獲得了廣泛的經濟和政治影響力。」漢斯繼續說：

「在最近的一些時候，例如一九三八年十二月六日，日本政府最高決策機構的五部長會議，發佈了一項命令，禁止驅逐任何在日本居住的猶太人。現在，儘管日本是軸心國的一部分，也是德國的一個盟友，但是為了逃離納粹迫害的猶太人，將日本視為是安全避難所。」

「這是很有趣的現象，我們可以躲在日本的猶太難民中間，來謀求生存。但是在德國境內，或是歐洲的德國佔領區，都需要簽證才能訪問日本。」安娜說。

「的確如此，但是，你看，日本駐立陶宛領事杉原照，已經簽發了六千多份簽證，讓波蘭的猶太人去日本。滿洲國是日本帝國的傀儡國，除日本外，只有德國和義大利提供了外交承認。但駐柏林的滿洲國大使館秘書王提夫，已經向包括猶太人在內的一萬兩千名難民，發給了簽證。」

但是安娜還很擔心：「無論是在柏林還是立陶宛，我們申請去日本的簽證都太危險了。別忘了，我們還是在蓋世太保的監視之下。」

漢斯笑了：「是的，我當然知道。因此，我們很快就要去維也納探望我的家人。」

「那你有什麼計劃嗎？」安娜好奇的問。

「我們將訪問中國駐維也納的大使館，有一位何鳳山先生，他是總領事，出於人道主義，他開始向猶太申請人簽發數千份去上海的簽證。許多猶太人家庭已經離開上海，轉往其他地方，如香港，澳大利亞，甚至英國的巴勒斯坦託管地區。」

「漢斯，我很困惑。如果我們打算去日本，為什麼我們要拿去上海的簽證？」

他解釋說：「首先，柏林是唯一可以獲得去日本簽證的地方。但是正如妳所說，這對我們來說太危險了。其次，我們想去一個柏林猶太人很少去的地方，這樣我們就不可能碰到認識我們的人。畢竟，安娜，我們想把自己隱藏成猶太難民。上海會是個比較好的選擇。」

漢斯接著向安娜講述了上海猶太人聚集居住地區的情況：

在一九三七年上海戰役後，上海市被日本帝國的軍隊佔領，它的港口開始接受無簽證或護照的難民入境。

到了一九四一年夏天，日本政府開始擔心國內有這麼多猶太難民，決定將猶太人遷到日本佔領的上海。

到同年十一月，這場遷移已經結束，兩個猶太人社區已經建立了，有富裕的巴格達迪猶太人，如卡多利和沙宣家族。還有從俄羅斯來的猶太人。最後一批逃離俄羅斯帝國的猶太人，是因為沙皇政權和反革命軍隊的反猶太大屠殺，以及布爾什維克的階級鬥爭。

最後，來自歐洲如奧地利和波蘭的一萬八千多名「阿什肯納齊」猶太人移居上海。這就是目前仍在發展中的上海猶太人難民區的歷史。

安娜沉默了，漢斯繼續說：「我認為我們可以消失在成千上萬的猶太人之中。」

「漢斯，你大概永遠沒想到世界上會有如此的巧合，」安娜說。

「我有一個兒時的朋友，是我在紐約學音樂時認識的，我們成為好朋友。我最後聽說她是在日本的一個猶太人救濟組織，派在上海工作。」

「她是猶太人嗎？」

「不，她是日本人，出身名門望族。她曾寫信給我，說她嫁給一名軍官。我相信她會幫我們在猶太難民中隱藏起來。」

阿克塞・戈茨是從德國陸軍在慕尼黑的南部司令部被派往柏林，在柏林的德國陸軍最高司令部需要見他。目的是要和他商討大西洋長城內的交通基礎設施問題。他們非常想知道，在目前盟軍轟炸的趨勢下，道路交通系統在徹底崩潰前，還可以維持多少個月。

阿克塞・戈茨看到了他心愛的柏林城，被戰爭蹂躪的如此不堪，非常難過。但是他很高興看到海倫在火車站等他。他們擁抱和熱情的親吻。

「羅爾夫，」海倫說，「我們最好離開這個公共場所。有人會認出你的。」

「別擔心，我是穿著軍事情報局中校軍官的制服，帶著我阿克塞・戈茨的身分證，沒人會認得我。已經三年了，我幾乎認不出這就是柏林。妳的日子過得怎麼樣？」

「這裡沒有人會有好日子過。我們上車回家吧！」

羅爾夫認出了海倫的大賓士轎車和她的司機，他似乎蒼老多了。

「海倫，妳有關於卡洛琳的信息嗎？」他問，「我已經好久沒她的任何消息了。」

海倫沒有回答他的問題，反而她說：「有人很想見到你。」

汽車到了海倫住的優雅豪華宅邸，那是她父母留下給她的。海倫囑咐老司機把那年輕女人叫進來。她把羅爾夫帶到客廳，又吻了他一次。羅爾夫的情緒激動起來，他使勁的吻她，愛撫她的身體。

「我想你，海倫，」他說。

「羅爾夫，冷靜點。這裡有僕人。」

「那我們上樓去吧。」

「等等，我們需要談談，這很重要。今天整晚都是我們的。」

羅爾夫放開了她，海倫重新整理了她凌亂的衣服。她說：

「我擔心你為什麼突然被命令派到柏林。你知道是誰發的命令嗎？」

「我的軍事情報局上級告訴我，是武裝部隊的最高指揮官想要見我。」

「你需要向誰報告，任務是做什麼？」海倫問。

「我不確定，他們沒有說。我想我會先向軍事情報局報到，從我的朋友們那裡打聽看看，瞭解我被派到這裡的真正原因。」

「這是個好主意。此外，軍事情報局的總部是緊挨著武裝部隊最高指揮部的辦公室。」

「如果蓋世太保想見我，我朋友們會告訴我的。他們和我一樣不喜歡納粹。」

海倫顯然還是很擔心：「羅爾夫，你告訴我，你在慕尼黑南部司令部的工作環境是如何？」

「在某種程度上，我還很喜歡我的工作，」他說。「我的任務都與我的專業有關。這些任務來自軍事單位，所以，基本上他們讓我個人去和軍官們打交道。他們大多數是專業的職業軍人，不是納粹黨員。」

「所以在你的工作環境裡，都是職業軍人，關心的是軍事問題，而不是政治問題。」

「是的。在德國的每一個軍區，沒有衝突的中立國，以及被德國佔領的地區，都有我們軍事情報局的據點或工作站。主要的職責是收集軍事情報和反間諜活動。而蓋世太保沒有太多可以活動的空間。海倫，妳為什麼這麼問？」

「羅爾夫，我從納粹朋友那裡得到的訊息是，德軍最高指揮部已經完全取代了德國傳統的戰爭部。它已經成為希特勒統治納粹德國的重要工作機構。因為你每天都參與在這機構裡的工作，你很可能不知道你們軍事情報局裡發生的事。」

「海倫，有人告訴我，希特勒仇恨我們，以及我們的局長卡納里斯海軍上將。他想摧毀我們，和我們的領導者。妳說，這是真的嗎？」

海倫握著羅爾夫的手，很關切的說：「很明顯，希特勒是決心要消滅軍事情報局。所有與你們有關的人，都將處於危險之中。如果蓋世太保特工逮捕了你，你將無法隱藏你的身分。你要到下個星期才去報到，我們需要考慮你應該如何來拯救你自己。」

「海倫，你說得對。曾有一次，我做出了離開德國的正確決定，但為時已晚。我失去了機會，同時也失去了妻子。」

「這次不要再遲了，你很可能再也沒有機會來拯救自己了。」海倫說。

「是的，海倫・馮・霍德巴克女士，我當然會這樣做的，」羅爾夫笑著說。「但是首先，妳能告訴我，妳是誰嗎？」

「你是什麼意思？我就是你已經認識了幾十年的海倫。」

「這是真的，但妳不是納粹，更不用說是一個高級黨員了。妳到底是誰？妳屬於另一個抵抗圈嗎？」

「如果我不能告訴你，怎麼辦？」

「那麼，我將毫不留情地蹂躪妳，直到妳告訴我。」

「羅爾夫，你不敢……」

一個年輕的女人衝進房間，歇斯底里地喊道：「斯玨勒先生，你終於回來了！」

羅爾夫站了起來，看了一眼這位年輕女子，問道：「葛麗塔？」

「是的，我是葛麗塔。斯玨勒先生，我一直在焦急的等待您。」她開始失控的哭起來。

羅爾夫走過來抱著她：「葛麗塔，冷靜點，我現在不是回來了嗎？」

葛麗塔開始冷靜下來，羅爾夫問她：「告訴我，我妻子卡洛琳現在怎麼樣了？」

葛麗塔發出刺耳的尖叫聲：「斯玨勒夫人死了，對不起。我沒有好好照顧她。」

葛麗塔痛苦、悲傷和憤怒的哭了起來。羅爾夫被他所聽到的震驚了，一時說不出話來。當他恢復後，大聲問葛麗塔：「發生了什麼事？告訴我發生了什麼事！她現在哪裡？」羅爾夫很快的失去了自控力。

海倫走近他們倆，堅定地說：「你們兩個，冷靜下來。請坐下來聽我說。」

在讓羅爾夫和葛麗塔喝點水之後，海倫冷靜的說：

「羅爾夫，我幫助你安排卡洛琳在你從柏林逃出來後，赫爾曼・戈林就保護她不受蓋世太保的威脅和騷擾。這也是你找我，對我提出的要求。卡洛琳和戈林在多年前曾經相愛過，他從未忘記卡洛琳，仍然深深的愛著她。此外，希特勒和戈林的第二任妻子睡在一起，這使他成為一個孤獨的人。」

「這些事，我都知道。」羅爾夫仍然是緊張不安。

「我想告訴你的是，戈林對卡洛琳的愛是真實的。此外，希特勒還讓戈林戴著綠帽子，這也使他非常渴望卡洛琳。」然後她問，「羅爾夫，第三帝國的領導人繼承順序是怎麼排的，你知道嗎？」

「在希特勒之後，接下來是戈林，然後是希姆勒。」他回答說。

「是的，這是一般的理解。問題是，儘管希姆勒排在第三位，但他有強烈的野心，想成為希特勒的第一接班人，準備隨時接管大權。」海倫說。

「我在軍事情報局的同事，還有軍隊裡的官員們，也聽過這種說法。」羅爾夫同意。

「羅爾夫，除了他的雄心大志外，還有一些關於希姆勒的特別嗜好，只有少數高級納粹分子知道。他喜歡強姦猶太婦女。他以前見過卡洛琳好幾次，決定一定要得到她。我相信這就是幾年前蓋世太保拒絕你移民申請的原因。」

「這太不可思議了！這個人是個畜生。」羅爾夫搖了搖頭。

海倫接著說。

「當希姆勒知道戈林有一個情婦，就是他多年來一直想要的那個女人時，他就想到這是個機會，讓他篡位到第二把交椅，把戈林降低一級，同時奪住他的女人。所以他向希特告密，說戈林有一個猶太女人情婦。希特勒果然被激怒了，命令戈林把他的情婦交給蓋世太保處理。」

羅爾夫說：「但是根據我的朋友阿伯特•斯皮爾說，戈林答應保護卡洛琳不受任何傷害。」

「是的，相信我，他確實是努力的試過了。戈林可以和希姆勒鬥到底，但他不能和希特勒鬥爭。他決定和卡洛琳一起出逃到另一個國家去。戈林安排了一切，包括一架在偏遠機場等候的飛機。但是卡洛琳沒有出現。」

「為什麼？發生了什麼事？妳知道嗎？」

「葛麗塔，妳把信帶來了嗎？」海倫問。

葛麗塔從錢包裡拿出一個信封：「當我找到斯玨勒夫人時，我看到一張便條是寫給我的。她要我把這封信給斯玨勒先生。」

卡洛琳在她生命的最後一封信中寫道：

> 我親愛的丈夫羅爾夫，
>
> 你的計劃沒有成功，戈林無法保護我免受邪惡的希姆勒傷害。他想一邊強姦我，一邊殺害我。戈林想帶我逃跑，但是我知道蓋世太保無處不

在，會追捕到我們。我是不會讓那隻野獸碰我的。你應該知道，我是想著你，微笑著接受你所有美好的愛，離開這個世界。現在我們心愛的女兒海蒂沒有媽媽了，你必須負起保護她的全部責任。如果可能，替我把希姆勒那隻野獸殺了。他打算對海蒂做同樣的事。

永遠是你的愛，

你的妻子卡洛琳

羅爾夫崩潰癱瘓的倒下，把頭放在手中，默默的嗚咽著。

「天哪，卡洛琳死了，」他嘶啞的說。「我需要找到她，但是該怎麼辦？」

海倫走過來，坐在他旁邊，摟住了他顫抖的肩膀。過了一會兒，他問：

「葛麗塔，請告訴我。她是怎麼死的？」

「斯玨勒夫人穿著衣服，把自己浸在浴缸裡，割破了手腕。是我發現了她。從她臉上的表情來看，我可以向您保證，斯玨勒先生，她是平靜的去世了。」

「葛麗塔，我妻子的屍體是怎麼處理的？她葬在哪裡？」

「我們把她埋在一個美麗的花園裡，她很喜歡那裡，曾在那度過很多時間。墳墓沒有標記，但我做了一塊無名的墓碑，只有斯玨勒先生和斯玨勒夫人能認得出來。」

「哪個花園？它在哪裡？」

海倫在葛麗塔回答之前插話說：

「羅爾夫，我還是把一切都告訴你吧。當葛麗塔發現卡洛琳的屍體時，她打電話給我，尋求幫助。她說卡洛琳早就說過，希望按照猶太人的傳統埋葬她。葛麗塔需要別人的幫助才能做到這一點。」

羅爾夫點點頭。「是的，卡洛琳也曾這麼告訴我。」

海倫接著說：「我知道她的屍體必須儘快被埋葬。除此之外，我對猶太人的葬禮一無所知。所以我聯繫了阿伯特．戈林，他是赫爾曼．戈林的弟弟。」

羅爾夫非常驚訝。「什麼！他不也是納粹嗎？」

「冷靜點，聽我說。羅爾夫，雖然很多人認為我是納粹黨裡的高級成員，但你懷疑我的生活與此不同。我是參與了反納粹的抵抗運動。」

「我並不驚訝。妳和我一樣，是屬於那些與納粹合不來的德國人。」

「我熟悉德國知識份子的反納粹活動，但是我沒有加入。我們有一小部分人，只是在做我們自己的事情，主要是向大學裡的年輕人散發傳單。有時，我們還會將一些文件傳遞到瑞士的一個地址。」

「海倫，你是想告訴我，赫爾曼・戈林的弟弟，阿伯特・戈林也是你抵抗組織裡的成員嗎？」

「是的，他是。實際上，戈林家族與猶太人交往的歷史由來已久。戈林兄弟有一位教父，赫爾曼・埃彭斯坦，他是一位富有的猶太醫生和商人。戈林一家很窮，靠著父親微薄的養老金生活，那時他在非洲遇到了這位猶太醫生。埃彭斯坦醫生喜歡戈林兄弟，他慷慨的支持他們的教育。」

「他們很幸運，遇到了善良的猶太醫生。」羅爾夫說。

海倫繼續說：「在成為他們的教父之後，他不僅支持他們的教育，而且在柏林還提供了一個家庭住宅。也許是為了報答這位好心的醫生，他們的母親就當了他的情婦，當了十五年，直到他去世。阿伯特熟悉猶太文化和他們的生活方式。在柏林，他一直幫助猶太人擺脫納粹的迫害，還多次與蓋世太保發生衝突，需要他哥哥出面保釋他。所以我去找了阿伯特幫忙。」

「海倫，我不知道這段歷史。顯然，赫爾曼・戈林也從未告訴過卡洛琳。」

「阿伯特給他哥哥打電話，赫爾曼立即安排在卡琳・馮・坎特佐花園裡秘密埋葬。」

羅爾夫說：「如果我沒記錯的話，卡琳家園是個私人博物館。」

「是的，它仍然是。它曾經是一個有著狩獵小屋的巨大花園，是戈林和他的第一任妻子，慕尼黑的卡琳・馮・坎特佐住在那裡。她死後，它被改建成一個藝術博物館。整個園區是由德國空軍安全部隊保護，非常安全。」

葛麗塔說：「我讓石匠從荷蘭的諾德維克鎮附近，那一片鬱金香花田的照片上，刻下一個場景。這是一張在家庭旅行中拍攝的照片，夫人和海蒂都非常喜歡。」

「葛麗塔認為蓋世太保看到墳墓時不會把它和卡洛琳聯在一起，但你和海蒂會認出來。」海倫笑著說。

「葛麗塔，妳很聰明，我要謝謝妳，我們永遠不會忘記妳。即使是我們在被納粹作為罪犯追捕時，妳也沒有放棄我們。我不知道自己的生命會持續多久，也許我可以在下一輩子來回報妳。」

葛麗塔淚流滿面：「斯玨勒先生，我請求您不要這麼說。多年前，我父母同時去世，我成了孤兒。您的家人雇我當女僕，給我吃，給我住，把我當成家庭裡的一員對待，給我溫暖。我才是應該回報恩典的人。順便問一下，斯玨勒先生，您知道斯玨勒小姐在哪裡嗎？您有她的消息嗎？我非常想念她。」

「只是間接的信息，我知道海蒂是安全的。但是我不知道任何的細節。葛麗塔，妳呢？妳好嗎？」

「我活下來了。大約一年前，我和彼得結婚了。斯玨勒先生可能還記得他，他就是我以前的男朋友。」

羅爾夫說：「當然，我記得他。他是一名教師，是一個非常優秀的年輕人。」

「是的，彼得是個很有愛心的人。但我們婚後只在一起生活六個月。」

「發生了什麼事？」

「他被徵召入伍，被派往東線。我得知彼得的部隊參與了俄羅斯南部的斯大林格勒戰役。當德軍開始撤退時，他被紅軍俘虜了。他們認為他被關在戰俘營裡。」

「彼得是很機智的人，」羅爾夫說。「他會挺過戰俘營的日子。葛麗塔，妳必須保持堅強，在戰爭中倖存下來，等待彼得回來。決不要放棄希望。」

在她離開之前，葛麗塔答應在海倫和阿伯特・戈林安排阿克塞・戈茨去到卡琳花園時，她會來帶路去看卡洛琳的墓地。

羅爾夫洗了個熱水澡，換了件休閒服，感覺好多了。海倫為他準備了一頓簡單而可口的晚餐，他們一起喝了一瓶好酒。晚飯後，當他們享用白蘭地時，羅爾夫嚴肅的說：

「海倫，告訴我，妳的反納粹活動。妳是什麼時候開始的？」

「我告訴過你，我接受法西斯主義，是因為我認為它會拯救德國。但是納粹黨執政後，我意識到了我的錯誤。就在那時，我開始去參加那些知識份子的聚會，聽他們的演講。但是我沒有加入他們任何一個團體。相反，我召集了一些志趣相投的人，比如阿伯特・戈林和你的海蒂，還有你的女僕葛麗塔，進行秘密討論。」

「天哪，這很危險的行動。海蒂從沒跟我提過。」

「她知道我們是在卡洛琳之前的戀人，也知道我對你的感情。海蒂是我唯一能得到你消息的管道。因為你完全不理我。」

「海倫，對不起。有相當多英俊和富有的納粹分子在妳身邊，我以為妳一定和他們中的一個在一起了。請原諒我。」

「羅爾夫，你不必道歉，這不是你的錯。此外，正如你所說，卡洛琳不想讓你再跟我聯繫。不管怎麼樣，我小組的主要工作是在大學的年輕學生中，分發反納粹傳單。」

「但是妳也提到過，偶爾妳也會向瑞士發送信息。要看它的內容，這可能會是很嚴重的事件。妳的信是寄到瑞士的瓦滕維爾大宅嗎？」

「是的，沒錯，就是那裡。我會從柏林以外的某個地方發送到其他地址，收件人會把它們轉發到最終目的地。」海倫沉默了一會兒，然後她靠近了一點，「任何我能得到的機密納粹黨文件都會傳到瑞士。我是納粹的叛徒，但我是德國的愛國者。羅爾夫，我希望你不再對我失望。」

「海倫，我對一個和我做同樣工作的人不會感到失望。瓦滕維爾大宅是美國戰略服務處設在瑞士的一個情報站。我是通過慕尼黑的一個管道，發送消息到那裡。」

「太有趣了，我們現在是同事了。」

「海倫，你得告訴我希姆勒住在哪裡，我需要殺了他。」

「你想用什麼殺他？你的一雙徒手？你知道他現在有多少保鏢嗎？你不可能接近他。」

「但是我需要嘗試，我有一把手槍。這是卡洛琳臨死前的願望。我需要為她做這件事。」

「你可能需要排隊等待，因為想殺他的人太多了。等待的時間也可能很長。」

羅爾夫還是不死心：「那我得想出一個辦法，完成這項工作需要計劃。」

「你沒有受過任何訓練去幹這種事，」海倫指出。「你在有機會開槍之前，就會被他的保鏢殺了。聽我說，你可以做一件你勝任的事，同時也是卡洛琳的一個遺願，並且人們將會記住它。」

羅爾夫沉默了，海倫繼續說：「阿伯特・戈林告訴我，卡洛琳正在做一個項目，我相信是具有歷史意義。每個人都知道赫爾曼・戈林從被蓋世太保圍捕的猶太人那裡，收集被偷走的藝術品。但是沒有人知道戈林也保存了這些藝術品的所有權記錄。」

「妳是怎麼發現的？」

「阿伯特告訴我的。他說是他們的教父，猶太醫生，要求他們保存被搶劫的猶太藝術品記錄。然而，它是以完全沒系統的方式，寫在不同的紙片上，然後扔到幾個盒子裡。但是卡洛琳接手了這項工作，她有條不紊的根據藝術品類別和所有權人的姓名，編制了一本索引。」

海倫從書架上拿了兩卷分類索引交給羅爾夫，他仔細檢查後，留下深刻的印象。

「這太棒了，」他說。「每一件藝術品都列出了完整的背景資料。我從沒想到卡洛琳能做這麼詳細的工作。」

「她嫁給了一個計量師，一定是從你那兒學到的。羅爾夫，我對藝術的瞭解是相當有限的，但我可以說，這部作品索引冊子，不僅對猶太人很重要，對整個藝術世界也很重要。你得保證這些書的安全，也許把它們帶出德國。這可能比殺死希姆勒更重要。」

「現在這些索引冊子上的藝術品在哪裡？」

「阿伯特・戈林告訴我，卡洛琳建議他哥哥把這些藝術品存放在卡琳家園地下室的一間大密室裡。阿伯特說，卡洛琳死後地下室就完全密封了。我相信將來卡洛琳會在藝術史上佔據一席之地。」

「海倫，謝謝你對卡洛琳的好感。」羅爾夫說。

「我知道卡洛琳不喜歡我，我是為你和海蒂做的。羅爾夫，你一定累了。我已經為您準備好了客房。」

「什麼？妳不想和我睡覺了嗎？妳現在有男朋友了，是不是？」

「沒有這樣的運氣。只是你可能在思念著卡洛琳，我不想打擾你。」

「但我想和你做愛，我等了很久了。」

在他們激情的做愛之後，羅爾夫向海倫透露，由於迫在眉睫的被捕危險，倫敦一直在催促他撤離德國。現在他希望海倫和他一起撤離，同時將卡洛琳的索引冊子也帶到英國去。

三天後，阿克塞・戈茨出現在德國軍事情報局總部。他的老同事還不知道他的新任務，但是他被警告說，如果他發現蓋世太保特工在監視他，不要感到驚訝。所有在柏林的軍情局官員，現在都處於監視之下。

阿克塞・戈茨接著到隔壁，武裝部隊最高指揮部的辦公室。令他感到寬慰的是，他確實是被要求，就大西洋長城內的交通基礎設施，進行諮詢。

幾天之內，羅爾夫，又名阿克塞・戈茨，明白了他被叫來柏林的目的。德軍希望確保在盟軍飛機轟炸後，大西洋長城內某些地點的交通基礎設施，仍然保持有最低的運行能力。羅爾夫的任務是估計在目前越來越多的盟軍轟炸下，運輸系統將在什麼階段完全崩潰。

羅爾夫很快就意識到，這些地點不會是放置原子武器的可能地點。很明顯，德國最高司令部將把核武器的放置點在可能的最後一刻才決定，因為原子武器的數量有限，而且盟軍的入侵路線也不清楚。

羅爾夫突然想到，盟軍的潛在傷亡將是巨大的，這就是為什麼倫敦迫切要求任何相關情報的原因。羅爾夫需要儘快把他現在掌握的一切訊息發送出去。同時他還要通知戰略服務處，他同意被撤離了。他給慕尼黑打了個長途電話。

山姆曾在柏林與海德堡大學的老同學，沃夫岡・科納斯，有過聯繫，他是在德意志帝國財政部工作。在海德堡，大家很驚訝的地發現，具有完全不同文化和個性的德國、法國和美國同學，沃夫岡・科納斯、馬修・西蒙和山姆・李，變成了如此要好的朋友。像許多德國人一樣，沃夫岡不喜歡猶太人，但是同時也非常討厭納粹。當馬修告訴他，山姆已經成為戰略服務處的一名美國情報軍官，並且還招募了他從事抵抗納粹的活動時，沃夫岡也表示想自願加入。

當沃夫岡和他的妻子莎莉安排到巴黎度假時，山姆秘密的出現了。海德堡大學的同學們在沒有安娜的情況下重聚了一周，山姆向馬修、葛蓓蕾、沃夫岡和莎莉簡要的介紹了間諜活動應該注意的事項。

一九三二年德國總理弗蘭茲．馮．帕彭任命施韋林．馮．克羅希克為德國財政部長，他是一位無黨派的保守主義者，沃夫岡的父親，老科納斯先生，多年來一直是馮．克羅希克最好的朋友。

從海德堡大學畢業後，年輕的沃夫岡被財政部聘為行政部門的職員。他在部裡迅速的被提升，成為部長信賴的特別助理。這不僅是因為家庭關係，還因為他在大學主修政治學。他理解納粹主義的性質和德國的政治發展，是有著不可分割的複雜性。由於部長本人不是死硬派的納粹黨員，他需要像沃夫岡這樣的人在他身邊。

沃夫岡的間諜任務僅限於收集德國高層經濟活動的情報。對他來說，這很容易，因為職務需要，他可以查閱財政部的所有文件，最困難的部分就是如何將情報傳送出去。戰略服務處在柏林有另一個連絡人，就是瑞典大使館副領事，尼爾斯．漢森先生。他的主要任務是充當埋伏在柏林的美國間諜情報傳送人，利用大使館強大的無線電發報機，發送密碼電報。

第二次世界大戰開始時，瑞典宣佈中立。然而，瑞典駐柏林的阿維德・理查特大使，非常擔心，在他的大使館裡，有許多工作人員是公開同情納粹主義。儘管大使已經默許了尼爾斯・漢森的地下工作，他必須非常小心。

沃夫岡每天上班的路上會經過瑞典大使館，如果一個花盆出現在尼爾斯二樓辦公室的窗台上，就表示有訊息來了。下午晚些時候，一個天真的小女孩會去瑞典大使館附近小胡同裡的一家酒吧，拿起一封寫給馬琳・施密特夫人的信，實際上這是送到沃夫岡的手裡。德國財政部和瑞典大使館的商業領事之間有足夠的定期互動，使沃夫岡相對容易的向尼爾斯傳遞需要發出的情報。

最近，沃夫岡的心情很好。他終於能夠查明山姆迫切要求的情報。由於德軍最高指揮部決定使用原子彈作為固定爆炸武器，山姆需要取得這些固定點的所在地。所有的軍事開支明細需要送到財政部申請撥款，從費用的性質和計劃活動的地點，審查非預算支出的軍事撥款，很明顯的將這些爆炸定點浮出水面。

同時負責德國軍備發展的阿伯特・斯皮爾也提出了一項緊急，而非比尋常的請求，要求為了從日本獲得用於原子武器的鈾材料，提供特別財政撥款。鈾俱樂部的科學家，漢斯・馮・利普曼博士，是專案負責人。沃夫岡很快就把情報送到瑞典大使館的尼爾斯。

還有一個讓沃夫岡高興的小事件：從里斯本寄來的定期食品包裹到了。在柏林的市場上，有許多供應品都長期缺貨，因此從葡萄牙來的食品，就成為盼望中的喜事，尤其是來自巴西的咖啡豆。多年來，沃夫岡一直是一個咖啡鑒賞家。山姆已經安排了他的一個親戚，將食品包裹寄給沃夫岡。這些供應會持續幾個星期，然後沃夫岡要在黑市去買真正的咖啡，或者是去一家昂貴的餐館。今天，莎莉早點回家，做了一頓美味的晚餐。他們用完了巴西咖啡豆已經有一段時間了，她也有些不如意的事要告訴她丈夫。

晚飯後，沃夫岡期待著美味的巴西咖啡，他拉著妻子的手說：

「莎莉，妳把自己變成了一個出色的廚師，比一些餐館的廚師還好。」

「很高興你喜歡我的烹飪，但實際上，這是食材本身。你還記得上次你吃一片厚厚的火腿豬排是什麼時候嗎？」

「那是很久以前了，但是我說的是其他的菜，妳今天的牛肉蔬菜湯太好了。」

「我們要感謝山姆，他記得你喜歡咖啡，我喜歡烹飪。」然後莎莉突然改變了話題。「你今天看起來很高興，辦公室一切都順利嗎？」

沃夫岡立刻明白她是在問什麼：「是的，一切都很好。但是時間到了，我們要開始旅行。我已經發出了我們的撤離請求。」

莎莉高興的叫了一聲，擁抱了她的丈夫：「終於我們要離開這個可怕的地方了。食物及時到來，慶祝我們的未來，真是太好了！」

「說到山姆，妳今天看到安娜了嗎？」

「是的。我放了一個下午的假，到安娜的新住所去看望她。」

「她現在住在什麼地方？那裡有警衛嗎？」

「他們住在夏洛滕堡邊緣的席勒街別墅裡，就是在蒂爾花園的對面，地點優雅而且隱蔽。那裡有警衛看守，顯然，住在那裡的人都像安娜和她的丈夫一樣，是特殊人物。」

「妳要求去見安娜，有碰到困難嗎？」

「求見她沒有困難，但是有一個蓋世太保的警官很可怕。」

「是嗎？怎麼回事？」

「格雷戈・法布什上校是蓋世太保官員，顯然他是在調查住在那裡的特殊人物。他搜查了我的手提包，然後就想搜身。他碰了我，我就大聲的喊叫，安娜跑出來說要舉報他。」

「按規定，只有女警官才能搜查不是現行犯的婦女。」

「安娜就是這樣對這蓋世太保警官大喊大叫的。後來她說，他是個新來的人，是個居心不良的壞人。他還試圖勾引她。當安娜拒絕他時，他說他們的特別保護令，很快就會被取消了，他就會在安娜丈夫面前強姦她。」

「這位格雷戈・法布什上校長得是什麼樣子？」

「他有一張銳利的三角形臉，僵硬的頭髮從前額向後梳平，細眉毛向他眼睛的內角向上傾斜到碰到顴骨的上面。是個難看醜陋，又可怕的人。」

「那麼他一定也是到我們辦公室進行安全調查的同一個蓋世太保警官。我們的同事在他背後稱他為『蛇怪』。」

「什麼是蛇怪？」

「牠是一種蜥蜴，身體細長，全身是亮綠色，生長在中美洲。雄性有一個從頭到尾巴的羽冠。這位法布什上校是個長得像爬行動物的人。」

莎莉說：「只有上帝知道，曾經有多少醜陋殘暴的惡魔男人，蹂躪了蛇怪的女性祖先，才讓他長成這個模樣。看起來這些惡魔的血液也一定是遺傳到他的身體。咦！你為什麼對此人感興趣？」

「蓋世太保開始調查我們，他們懷疑有間諜活動。是人事部的同事告訴我，他的名字，形容了他的樣子。妳認為有多少蓋世太保會長得像蜥蜴？」

沃夫岡回答說。

「這隻蜥蜴是正在調查原子彈的秘密嗎？」莎莉問。

「我不知道是不是這樣。但如果是的話，我們就處於嚴重的危險之中。我希望妳沒有在他面前提到妳丈夫是在財政部工作。」

「沒有，我沒提你的名字。」

「蓋世太保們遲早會發現一位重要原子科學家的妻子和財政部長的助理，曾是海德堡大學的同學，這只是時間問題。我的人事部門同事告訴我，蓋世太保手上有一份名單，他們根據這名單在詢問背景資料，我的名字也在這張名單上。」

「我明白了，這是你要求撤離的真正原因。」

「是的，我們需要儘快離開。明天上班時，告訴妳的上司，妳需要很快的去一趟漢堡，最後一次去見妳病重的姑媽。」

「別擔心，我已經為今天做好了準備。」

「很好，我想不會太久了，因為山姆急著要我們撤離出去，他一直在逼我。當你向安娜提起山姆時，她有什麼反應嗎？」

「實際上，是安娜先告訴我，山姆在找她。」

「她是怎麼知道的？」

「她在海德堡的一個朋友，曾在圖書館的佈告板上看到一張卡片，說山姆在尋找安娜。我還問了她婚後的生活，以及她對山姆是否還有感情。她的回答讓我很吃驚。」莎莉喝了一口咖啡，然後繼續說，「她說，雖然漢斯是個好丈夫，但她不知道他們的未來會怎麼樣，畢竟，德國正在打一場戰爭，沒有人知道自己最後的下場會怎麼樣。但是安娜認為她可能還有機會和山姆在一起。」

「她還愛他嗎？」沃夫岡問。

「她沒有說。當我指出大多數男人會把她的婚姻，看作是對山姆的背叛時，安娜很不高興。」

「看來她還沒有完全放棄山姆。無論如何，她要麼背叛她的青梅竹馬男友，要麼背叛她的丈夫。我只希望山姆沒有糊塗。妳和安娜還說了別的事嗎？」

「安娜說了幾次，她的生活有些困難，因為這種『特殊保護』讓他們的行動受到了極大的限制，而且情況越來越糟。」

「我有一種感覺，一旦漢斯作為一名原子科學家的利用價值沒有了，納粹就會將他們關進集中營。也許蓋世太保的蜥蜴警官知道會如此，所以他威脅要強姦安娜。」

「沃夫岡，我親愛的丈夫，你可能是對的。安娜告訴我，她丈夫已經得到允許，可以帶她去一次日本旅行。這是一種酬勞假期，作為對他辛勤工作的獎勵。但我覺得安娜和漢斯已經感到情況不妙了。」

「妳認為他們打算逃跑嗎？」

「我不能確定，但是他們這樣做也不足為奇。畢竟，他們是猶太人。」

莎莉突然走到壁櫥裡，取出錢包，拿出一張紙，她說：

「當我從安娜的別墅出來時，看到這蜥蜴蓋世太保坐上他的車離開。這是他的車牌號。」

沃夫岡很驚訝。「莎莉，你已經成為一個好間諜了！」

「我還需要告訴你一些非常悲傷的訊息。安娜說是她在海德堡的朋友透露給她的，馬修和葛蓓蕾都已經去世了。」

「哎呀！他們是怎麼了？」沃夫岡喊道。

「馬修和他的抵抗戰士在里昂被包圍，他引爆自殺。葛蓓蕾在保護她的無線電台，不被德國人破獲，她將電台和自己一起引爆。」

他們沉默了一會兒。沃夫岡說：「他們都是真正的法國愛國者。」

莎莉說：「他們在犧牲前就分居了。我真希望葛蓓蕾能和山姆做一次愛。你知道她在嫁給馬修時，就深深地愛上了山姆。葛蓓蕾告訴我她知道山姆的心是屬於安娜，如果不能永遠擁有他，她只想要山姆愛她一次。但是現在她走了。」

「莎莉，妳記住，我們能活著，就是我們的勝利。我們一定要比那些混蛋活得更久。」

沃夫岡在週一需要很早就去他的辦公室，因為部長本人會主持財政部內部高級職員會議。他需要早到，確保所有的文件都準備妥當。像往常一樣，他走的路要經過瑞典大使館。沃夫岡走得很快，看到尼爾斯・漢森辦公室窗戶上的花盆，他很驚訝。那一定是前一天晚上或是早上放在那裡的。在這兩種情況下，它都表示需要緊急聯繫。沃夫岡加快了腳步，在到達部裡之前，他走進一家咖啡館，點了一杯咖啡和一個糕點。然後他走到洗手間，用公用電話給瑞典大使館的總機打電話。當他打到尼爾斯・漢森的辦公室時，一個女人回答。

「我是安娜・特魯森。我能為您做些什麼嗎？」

「哦！對不起。我是找尼爾斯・漢森先生。」

「是的，這是他的辦公室，但他不在。我能幫忙嗎？」

沃夫岡確信，一定發生了什麼事，他需要找出原因。

「我是他在海德堡的老朋友，剛到柏林。什麼時候打電話給他比較合適？」

「很遺憾地通知您，漢森先生昨天晚上在一次交通事故中喪生。」

沃夫岡驚呆了，但是很快恢復過來：「這真是個可怕的消息。」

「是的，這真的很可怕，很悲傷。漢森先生還正期待著里斯本的另一位老朋友。」

沃夫岡首先想到的是，漢森已經被蓋世太保逮捕，上刑後招供了，蓋世太保們很可能正在財政部等他。他又放了另一枚硬幣在電話裡，然後撥電話回家。在等待時，他的心怦怦的跳，希望還有時間救她。

「這是科納斯的住宅。」他聽到了莎莉的聲音。

「我可以和莎莉．科納斯夫人通話嗎？」沃夫岡正式問道。

莎莉立刻認出了沃夫岡的聲音，知道這是她丈夫的最後救援電話：「我就是，請問是誰？」

「莎莉，我是妳的表弟約翰，我媽媽要我告訴妳，她要去妳的醫院看醫生。她的血壓又升高了。」

「那我馬上就去醫院等她。」

這是預先安排好的信號，表明沃夫岡即將被捕，她需要立刻逃命。莎莉前一天晚上是上夜班，沃夫岡的電話把她吵醒。她很快穿上衣服，從壁櫥底部拿出一個已經裝好了的背包。不到兩分鐘，她就出門了。

莎莉很快的左右看了一看，確保附近沒有可疑的人，她登上了第一輛到達的公共汽車。她需要儘快離開她的住所。過了五個車站後，莎莉在一個繁忙的十字路口下車，開始步行。她轉入第一條小巷，進入第二家咖啡館。在那裡，她用公用電話給醫院打電話，留言給她的值班主管。然後她去了賴爾特火車站買票，這是往返漢堡的火車總站。她買了兩張下一班開往漢堡的快車三等票。

在售票窗口，她告訴售票員，她是護士莎莉・科納斯太太，和丈夫一起去漢堡的一家醫院。十五分鐘後，漢堡快車準時出發。它的第一站是在柏林北郊的一個小車站。在擁擠的人群中，莎莉走下火車，迅速走進車站的洗手間。當她再出現時，她長長的金髮被一頭淺褐色的短髮取代，她那色彩鮮豔的大衣也不見了。

相反，她穿著一件深色外套，戴著一頂相配的帽子。一個不同的女人，搭上了乘短程的當地火車，開始了她的南方之旅。

沃夫岡向妻子發出警報後，打電話給財政部，並向財政部長的秘書留言後，開始了他的逃跑之旅。他提醒自己要避免日常生活中的任何接觸，並儘快離開柏林。他乘公共汽車到夏洛滕堡，在街角下車，利用山姆教他的躲避監視方法，他回頭又來到動物園附近的柏林火車總站。

沃夫岡拿出兩張行李寄存票，在站裡的儲物櫃提取了一個小型行李箱和一個手提箱，走進隔壁的更衣室，關上門。沃夫岡仔細的查看了手提箱裡的物品，如護照、身分證件和錢都還在裡頭。然後他換穿了一套裝在行李箱的衣服，又拿出幾件內衣，放進手提箱裡。他以新的面貌重新把行李箱再次寄存。

沃夫岡再一次從一家公用電話打電話到財政部，但這一次他接通了前門的警衛室。當一有人回答時，他問紐曼先生是否來了。當沃夫岡被告知警衛室裡沒有來訪者的記錄，也許接待室能幫上忙，他繼續問，有沒有一輛大型的賓士車停在貴賓訪客的停車位，他給出了莎莉帶來的車牌號，接電話的人證實這輛車是在停車場。

在尼爾斯・漢森失蹤和死亡後，「蛇怪」格雷戈・法布什又來到了財政部，顯然只有一個目的，就是來抓捕同夥，很可能目標就是沃夫岡。他放棄了尼爾斯可能在生前留給他的最後一次訊息，就直接走到南行方向火車的月台。

沃夫岡・科納斯終於開始了他的逃亡之旅。在等火車的時候，他想到了尼爾斯的同事安娜・特魯森告訴他，尼爾斯正在等一位從里斯本來的朋友，這一定是山姆要到柏林來了，蓋世太保特工很可能也已經知道了，並且設下了陷阱。沃夫岡必須在為時已晚之前把情報送到倫敦。

格雷戈・法布什的祖先來自斯洛維尼亞的一個猶太少數民族，這個小國家現在被納粹德國和法西斯義大利所吞併。雖然大多數人口都是基督徒，但是也存在著一些有歷史性的猶太人社區，並且仍有一些活躍著的猶太教堂。

法布什曾在義大利接受教育。儘管他是有猶太人血統，他還是擁抱了法西斯主義，加入了義大利秘密警察，它是由阿圖羅・博奇尼領導的組織，專門以鎮壓反法西斯運動為主要任務，獨裁者本尼托・墨索里尼用它來控制巴爾幹地區的抵抗組織，特別是南斯拉夫民族解放軍元帥迪托的武裝力量。

蓋世太保的領袖，希姆勒，曾多次會見博奇尼，兩個警察組織的負責人簽署了一份秘密協定，以便進一步合作。

根據協議書的人事交流計劃，法布什被派往柏林的蓋世太保組織。希姆勒很驚訝的發現，儘管他有猶太人血統，法布什痛恨猶太人。此外，他也是一名出色的警察調查員，希姆勒對法布什有著特殊的關愛。因此，他的逗留時間延長了，他的官階被提升得很快。

希姆勒和法布什對漂亮的女人有著共同的興趣。法布什會邀請希姆勒和他一起審問女性嫌疑人，兩人都特別喜歡折磨年輕的猶太婦女。

希姆勒成立了一個特別小組，由法布什負責，作為他的反間諜行動的特別小組。根據他的經驗，法布什明白秘密情報是可能用分析方法間接的取得。

軍事秘密可以從軍事的財政支出分析中得到。法布什在調查過程中，注意到原子武器部署的支出不在大西洋長城防禦工事的原計劃裡，而是根據軍事情報局的專業分析調查所做的建議。因此所有的相關開支都被財政部列為「額外開支項目」。

通過仔細的細節檢查，原子武器的計劃位置就一目了然了。法布什長期以來一直懷疑財政部裡有叛徒，因為高層的經濟情報一直在外泄。當他考慮到高度機密的信息如何能接觸到敵人時，他想到了外交管道。經過一番挖掘，瑞典大使館的副領事，尼爾斯•漢森，似乎是個間諜。當一些同情納粹的大使館工作人員提到，漢森可能會利用大使館的電台發送情報時，法布什的懷疑就更加強了。

在希姆勒的批准下，漢森被綁架，並被帶到一個秘密地點接受審訊。漢森對蓋世太保發現了他的秘密工作並不感到驚訝，他主要是關心如何把他在財政部的朋友，也是美國戰略服務處在柏林的臥底，拯救出來。他知道沃夫岡很快的會知道他被捕，他需要堅持一段時間，給沃夫岡機會脫逃。

在第一次審訊中，他只是大聲抗議。但是蓋世太保的官員在下一次審訊中威脅說，如果他繼續不合作的話，他會非常痛苦。

尼爾斯很清楚沒有人能忍受蓋世太保的刑訊折磨，最終都會崩潰，口吐真言。他的同事安娜・特魯森會堅持他的指示，如果他在某一段時間內沒有打電話給她，就是已經被捕了，然後她需要採取一系列的行動，來保護志同道合的抵抗納粹同路人。在下一次審訊前有個短暫的休息時間，三明治和飲料被送進來。尼爾斯看了看手錶，確定他給安娜・特魯森打電話的時間已經過去了。大使館知道他失蹤了。

尼爾斯吃完了後，要求上廁所。他第一次去洗手間時，有兩個衛兵陪著他，但這第二次，只有一個衛兵跟來。就在他走進洗手間之前，尼爾斯轉過身來，面對著緊跟著他的警衛。用一根手指頭，指一指警衛的後面，當警衛轉過頭去看的時候，尼爾斯用力的推他一把，搖晃著的警衛向後摔倒。

尼爾斯迅速的進了洗手間，鎖上門。衛兵高喊了一聲，就有兩個衛兵跑過來幫忙，並且提醒說，犯人是被困在廁所裡，無處可逃。

等到三個衛兵一起強行把門打開，他們沒有找到人，尼爾斯用垃圾箱敲破窗戶，從三樓跳了出來。兩小時後他在醫院裡死去。

法布什對蓋世太保的無能感到憤怒，但是他很高興自己對漢森的懷疑得到證實。很快，他通過納粹在瑞典大使館的同情者獲得了來訪者的記錄。法布什命令尼爾斯接見過的所有來訪者都需要接受審問，他特別的注意到了沃夫岡・科納斯也在名單上。

在此之前，因為他是財政部長的特別助理，又因有職務需求的正當理由，必須得到財政部長和希姆勒的同時批准，所以沒去碰他。但是現在不同了。三輛摩托車在前開道，他的賓士車房車開進了財政部的院子。

法布什和三名戴頭盔、肩上攜帶著施邁瑟衝鋒槍的蓋世太保士兵，快速同步的走進部長辦公室，要求見部長助理，沃夫岡・科納斯。有人告訴他，科納斯先生代表部長出城，參加童子軍活動。

隨後，法布什記起來，從文件案中，財政部長和他的特別助理都曾積極的參與童子軍活動，財政部長馮・克羅希克一生都對童子軍組織和活動充滿熱情，他曾在一九二二年巴黎國際童子軍運動會議上擔任德國代表，後來又擔任德國童子軍總司令。

當所有的青年協會在一九三四年被下令關閉，他們的成員們被要求加入希特勒青年同盟，馮・克羅希克感到很失望。但是他很高興的發現，他信任的特別助理，沃夫岡・科納斯，曾獲得銀狼獎，這是國際童子軍組織的最高獎章。克羅希克部長經常帶著科納斯參加希特勒青年同盟會議，傳播和延續傳統童子軍的價值觀，反對納粹意識形態。

辦公室的工作人員告訴法布什，柏林希特勒青年同盟在最後一刻，請求科納斯先生代替一名患病的議員，參加在柏林東部地區舉行的集體露營活動，那裡有一系列湖泊匯入斯普里河的上游。蓋世太保的一名軍官被派駕駛有邊車的摩托車，前往野營地，把沃夫岡・科納斯帶回來。

但是他兩手空空的回來，報告說，希特勒青年同盟的露營集會，還在期待著科納斯先生的出現。法布什正要命令把沃夫岡的妻子帶進來接受審問，但是他決定親自去一趟。科納斯的文件案表明，沃夫岡的妻子莎莉是在一家醫院當護士。他又一次在摩托車隊前導下，到達醫院，要求見護士莎莉。

他被告知，護士莎莉請假去漢堡看望她病重中的姑媽。法布什注意到走廊牆上有醫院工作人員的照片，他搜尋到護理部門，找到了護士莎莉的照片，他的眼神盯住了那張漂亮，帶著笑容的照片，全身直挺挺的凍住不動。

法布什看到了莎莉的照片，首先是嚇了一跳，隨後是接著而來的噩夢。

法布什認出來護士莎莉就是他在安娜．布門撒住的大宅院碰到的女人，當時看她漂亮想乘機佔點便宜，結果是灰頭土臉的自討沒趣。

噩夢是這兩個女人的丈夫，一個是原子彈科學家，一個是財政部分管預算的叛徒，再加上瑞典大使館的電台，讓蛇怪出了一身冷汗。他下令漢堡地區的蓋世太保全體動員，將德國波羅的海的海岸進入一級警戒，必須防止偷渡，滴水不漏。

他肯定漢斯．馮．利普曼和沃夫岡．科納斯這兩對夫婦是要脫逃到瑞典中立國。法布什的下一站是賴爾特火車站，售票處告訴他莎莉買了兩張去漢堡的三等快車票。因為沒人知道她要去看望的姑媽的名字，法布什向漢堡的蓋世太保提出了一個請求，要求找一位從柏林去探望住院姑媽的護士，很可能是和她的丈夫一起去的。如果他們被發現，將他們逮捕並立即轉移到柏林。

蓋世太保沒有這個生病姑媽的名字，就不得不在一個人口超過一百萬的城市裡徹底搜查每個醫院，這是一項耗時的任務。蓋世太保在港口地區發出特別的全面警戒，監視逃亡者。

法布什確信，在瑞典副領事的協助下，科納斯夫婦正逃往斯德哥爾摩。接下來，他聯繫了負責鈾俱樂部安全的蓋世太保單位，詢問了漢斯・馮・利普曼博士的下落。被告知，他已經和妻子幾天前一起離開柏林，到東京出差，隨後將去度假，他很震驚。

柏林的蓋世太保總部，通過帝國外交部的管道向德國駐東京大使館蓋世太保聯絡處發出緊急電報，要求立即拘留德國公民漢斯・馮・利普曼和安娜・布門撒。這封電報是由駐東京的蓋世太保聯絡官約瑟夫・阿伯特・梅辛格上校收到的，他的綽號是「華沙屠夫」。

離開柏林動物園火車站後，沃夫岡乘坐當地的短程火車和公共汽車，用不規則的路線前往南方。

他花了兩天，換了很多班的火車和公共汽車，兩個晚上都睡在火車站或公園裡的長椅上，最後到達了德國最西邊的城市阿亨。

他在火車站遇到了山姆派來的行動員，被帶到一間書店後面的安全屋，在那裡他與一天前才到的，含著眼淚的莎莉重聚。

行動員告訴他們，將在當晚就要越過邊境，進入法國，因為沃夫岡夫婦的名字已經出現在蓋世太保的通緝名單上。

阿亨是位於北萊茵地區的一座城市，靠近比利時和荷蘭邊界，被盟軍轟炸過多次。邊境附近的許多房屋嚴重受損，居民已被疏散。這些空置的邊界房屋已經成為山姆撤離路線的關鍵轉捩點。

這些房子的後院矮樹籬，實際上是德國與荷蘭，以及與比利時的邊界。人們可以跨過矮樹籬離開德國。

儘管兩國被德國軍隊佔領和控制，但民事事務仍由荷蘭和比利時當地警察控制。

沃夫岡和莎莉被帶到不同的邊界房屋，天黑後將由特工帶領進入比利時。他們躲在路邊的巨石後面，在黎明前的黑暗時分，一輛卡車載著許多農夫來到了巨石前，山姆為沃夫岡和莎莉預先安排好的撤離開始了。

這對夫婦在白天的大部分時間是隱蔽著，天黑後才開始出發，他們以為他們要穿過法國南部的比利牛斯山脈去西班牙和葡萄牙，但是一架英國的萊桑德飛機降落在他們安全屋外的一塊地上，讓他們感到很驚訝。幾個小時後，他們在多佛附近的皇家空軍基地降落。

當他們看到山姆和海蒂跑來迎接他們時，兩人都禁不住哭了起來。

第十四章：格殺敵人和愛人的任務

在出發前的簡報會議上，山姆意識到他下一個任務的重要性。因為美國戰略服務處的負責人，比爾‧唐納文將軍，親自出席了簡報會議，強調這次任務不僅是簡單的人員撤離任務，而是會影響戰爭結果的行動。簡報會議持續了幾乎一整天，並進行了激烈的討論。山姆提出了很多問題，尋求詳細的答案。

美國戰略服務處告訴他，這將是他在敵後的最後一次秘密任務。德國的反間諜機構，尤其是蓋世太保，一直在收集有關他的資料，使他的處境越來越困難。在會議結束時，唐納文將軍宣佈：在巴黎的抵抗組織，二十三小組的電台被敵人破獲，操作員葛蓓蕾・蘭伯特在最後關頭完成重要傳遞任務，在電台被蓋世太保包圍，面對即將到來的抓捕時，葛蓓蕾和她的助手莫妮卡，在播放《馬賽曲》，蓋世太保蜂擁而上衝進電台時，啟動了自我毀滅裝置。兩位法國的愛國女士犧牲了。

這是在不久前，自由法國的第二十三獨立旅領導人，馬修・西蒙，犧牲後，接著而來的重大損失。山姆收到了一份關於這次事件的報告，因為無線電台是他的責任。秘密無線電台發送密碼的個人信息，是違反操作規則的，唐納文將軍給山姆一份葛蓓蕾在最後發送出的信息副本，是極不尋常的。它的最後一行是：

「電台遭受襲擊中，強大自動武器開火，全面破壞迫在眉睫。給美國戰略服務處山姆・李少校的個人訊息：再見，我的摯愛，請不要忘記我。」

山姆非常震驚，他決定不住在軍官宿舍，而去住進了一家小旅館。他想一個人待著。他沒想到葛蓓蕾的死會對他造成如此大的影響。他思念著葛蓓蕾，他們之間錯綜複雜的感情，愛情和友情。在他的生命裡還能有別的期待嗎？但是他的孤獨是短暫的。海蒂在幾個小時後就找到了他。

「你為什麼躲在這裡？」她問。

「我沒有躲藏起來。我只想一個人待一會兒。」

海蒂注意到山姆曾哭過，他的臉上還有淚水的痕跡。她過去擁抱了他：「你不應該自我責備。葛蓓蕾是個愛國者，這是她要追求的結局。」

山姆說：「他們讓你看了報告嗎？她是不必死的，我老早就應該把她撤離了。」

「葛蓓蕾的責任感很強，」海蒂回答。「她覺得，作為電台操作員，她最終有責任保衛無線電台。她自己也說過一次。」

山姆很激動：「在他們結婚之前，馬修就知道葛蓓蕾愛上了我。他們分手後，馬修要我把安娜忘了，和葛蓓蕾戀愛。他認為葛蓓蕾一定會抓住機會和我在一起。而我是個大糊塗蛋，一直以為安娜在等我，而馬修總有一天又會把葛蓓蕾接回去。妳說，是不是我把她害死的呢？」

海蒂說：「你說得沒錯，葛蓓蕾是想和你有個未來，但她不是因為你而死去，她是為法國犧牲的。」

「她發現我還在找安娜，所以她就拒絕撤離，並且還同意幫我去找安娜。但是我們成了情侶。不久之後，我被召回倫敦。現在她死了，馬修也走了，兩個人什麼都沒留下，要去紀念他們都沒地方去。」

海蒂握著山姆的手說：「不，葛蓓蕾沒有死。她將繼續活在我們心中。」

「也許吧。我們將永遠記住她。但正是我的愚蠢，沒有看到真正的安娜，才讓她死去。海蒂，妳告訴我，我真的是個可怕的傻瓜嗎？」山姆問。

「認識你的人永遠不會認為你是傻瓜。你很聰明，那是因為安娜。我們在海德堡的每個人，包括純種的雅利安人，沃夫岡和莎莉，都反對納粹。還有我們的法國浪漫主義者，你們美國人，甚至小蝦米，半個猶太人的海蒂，都在抵抗納粹。但是真正純種的猶太女人安娜，她選擇了納粹。這不是你的錯，你只是忠誠的履行自己的承諾，是被欺騙了。」

海蒂解釋了很久之後，山姆才平靜了。他問：「妳是怎麼找到我的？」

「我現在是一名訓練有素的外勤特工，記得嗎？在倫敦找人真是小菜一碟。」

「好吧，海蒂，恭喜你！這提醒了我。我們需要談談我們的任務。」

「太好了，我還真的害怕，你把這事完全忘了。」

「哈！我沒有這樣的運氣。」他回答。「我希望我能突然忘記一切。我甚至夢見整個世界都消失了。」

海蒂意識到山姆非常痛苦，可能有失去戰鬥意志的危險。她過來擁抱和親吻他。

「山姆，」她說。「我讀了美國戰略服務處關於葛蓓蕾最後時刻的現場報告。她是個真正的愛國者，她非常的愛你。如果你願意，我想和你談談她。你可能會感覺好些。」

「謝謝你，海蒂。妳也看過我們的任務簡報了嗎？」

「我看了。我的工作是協助你在柏林進行撤離任務。」

「他們告訴妳，我們的目標了嗎？」

「第一個是德國軍事情報局的阿克塞．戈茨。他原來是在慕尼黑的總部，但目前被派往柏林的德軍最高指揮部。當然，他是羅爾夫．斯珏勒先生，是我父親喬裝的。」

「海蒂，他之前兩次都拒絕被撤離。妳確定能說服他改變主意嗎？」

「當然。我是他唯一的女兒。此外，美國戰略服務處也同意把海倫也帶出來，作為一種鼓勵。」

「這個海倫是誰？她會成為一個問題嗎？你知道她的背景嗎？」

「她在我母親之前是我父親的女朋友。她出身於貴族家庭。她的全名是海倫・馮・霍德巴克。當年我父親是來自一個貧窮的工人階級家庭，但是他們分手的真正原因是海倫加入了納粹黨。」

「美國戰略服務處知道她的背景嗎？」

「你覺得呢？你覺得我們的老闆很笨嗎？」

「妳是在嘲笑我。對她來說肯定還有更多的資料，告訴我。」

「海倫是德國反納粹抵抗運動的重要成員。她年輕時曾被法西斯主義和愛國主義迷惑而搞糊塗了。」

「妳是怎麼知道這些的？」山姆問。

「我以前在柏林和她一起工作過。作為一名學生，我在校園和其他地方散發反納粹的傳單。」

「在希特勒的後院幹這種事是很危險的。海蒂，妳以前從沒有跟我說過。」

海蒂笑著說：「我還有很多的事沒有告訴過你。我不像你想像的那麼無辜，我有很豐富的人生經驗。」

「那妳就等著吧。今晚，我會讓你求我，要說妳的人生經驗。」山姆回答說。

「所以你今晚會和我在一起。很好，我們看看，是誰會來求人。」海蒂說。

「如果你不介意的話，我想和妳談談葛蓓蕾。」山姆說。

「我當然不介意。我認為這對你和對我們的任務，都有好處。」海蒂說。

「但是關於海倫還有一件事，」山姆問。「妳父親知道她參與了反納粹的抵抗運動嗎？」

「我不確定。但是美國戰略服務處不這麼認為，因為我父親在所有的通訊中都沒有提到過。」

「很好。這表示這位海倫女士是有紀律的，她沒有告訴妳父親她的地下工作。」

「山姆，我對另一件事感覺不好，」海蒂說。「他們在一年多前，就曾提到，我是他們的情報分析員。所以我父親應該知道我會看到他發來的情報。但是他從未提及我母親的遭遇。」

「出於安全考慮，永遠不要透露親屬的情況是正確的做法。」

山姆帶海蒂去了薩沃伊酒店的主餐廳，這是一家位於倫敦市中心，西敏寺市的豪華酒店。山姆告訴她，在執行任務之前，他總是會在那吃一頓豐盛的晚餐，結果是他的任務一定會成功。所以薩伏伊成了他的好運符。就在他們吃完飯之前，海蒂問：

「我們什麼時候出發？他們說，你會告訴我時間的。」

山姆回答說：「我在等待一些文件的製作，我想應該都已經好了。但是我們還需要等待一條重要的訊息。不過，我們最遲也要在一周內出發。」

海蒂有點害羞地笑了，山姆很困惑，海蒂接著說：「那我就有時間去練習，如何履行我的婚姻義務了，我們要以夫妻的身分去柏林，不是嗎？我們只要在表面上裝模作樣就行，還是要真正的過夫妻生活，承擔我們真實的角色？」

這回輪到山姆微笑了：「妳覺得呢？為了要愚弄蓋世太保，現在就開始練習。我們回旅館去吧。」

「廉價酒店會讓人想起不美的回憶。山姆，走，到我那去。」

山姆知道她是在說她以前的上司和情人：「我花了很長的時間，才意識到妳已經成長為一個如此出色的女人。」

「你是在說，你把我從皮爾森那傢伙的手裡救出來之後，我們的親密關係嗎？」

「海蒂，我們已經開始了我們的婚姻義務。我們只是需要更多的練習，所以我們要及早開始。」

「你也需要向我簡要介紹一下我們的任務。但首先，讓我們先嘗嘗美味的蛋糕。」

「我不知道烘培美味的蛋糕，也是夫妻義務的一部分。」

海蒂笑了：「不是。我是說去吃我的鄰居金凱太太做的美味蛋糕。記得嗎？你見過她。」

「是的，當然。那是我在等妳的時候，她真是個好女人，甚至還給了我一杯茶。」

巧克力蛋糕真的很好吃，在海蒂的公寓裡，山姆想知道海蒂是否能讓他再吃一塊，因為它嚐起來和他母親做的很像。

吃了巧克力蛋糕後，山姆開始向海蒂簡要說明她在接下來的任務中的責任。因為海蒂的柏林在地背景，她是被派去協助山姆。她對柏林的密切瞭解，對山姆的任務至關重要，既是要確定撤離的目標，還要執行在敵後的隱蔽行動，最後要安全抵達到英國。其中的一個目標是阿克塞・戈茨。

要找到他並不容易，更不用說要確認他的身分，並說服他離開德國了。第二個目標是漢斯・馮・利普曼博士。他掌握了已濃縮成為武器級的鈾原料所在的秘密儲存地點，更重要的是，他可能知道一旦盟軍入侵，原子彈將在大西洋長城內被引爆的地點。山姆的任務是：找到他，取得他所知道的資料，以換取他和他妻子的未來。

如果馮・利普曼博士同意這項安排，並且他的訊息得到核實，山姆將先把他們撤離到英國或瑞士，然後再轉移到他們所選擇的任何地方，做為他們的安全避難所。如果他們拒絕合作，山姆就需要將他立即處決。

在任何時候，如果被抓捕迫在眉睫，山姆也需要將他們處決，防止德國人發現他們的秘密鈾儲存地點和爆炸點已經被識破。撤離利普曼夫婦以及取得原子彈爆破點情報是山姆任務的目的，但是在過程中需要處決利普曼，甚至安娜本人的可能性非常高。山姆的情緒變得很低落，他的面部表情扭曲得可怕。海蒂低聲說：

「山姆，別再談論你任務的細節了。你會被送上軍事法庭審判的。」

山姆盯著海蒂看了很長的時間，然後深吸了一口氣：「我想他們已經告訴過你我的任務了吧？」

海蒂的沉默讓山姆明白海蒂也有她的特別任務；如果山姆沒有遵照指示，執行他的使命，美國戰略服務處已經命令海蒂必須將山姆處決。他很平靜的說：

「海蒂，請相信我，我是絕對不會要求妳，不要服從妳的命令。但是我也不想當叛徒被處死。」

海蒂打破了沉默：「是什麼理由，讓你認為你必須在這次任務中犧牲呢？」

「海蒂，我是一名經驗豐富的外勤特工。我的判斷是我無法保護他們免受蓋世太保的傷害。當這一刻到來的時候，我想我不可能扣動扳機。」

「我同意保護他們不受蓋世太保的傷害是很困難的。但是你為什麼不能扣動扳機呢？你聽說了沃夫岡和莎莉對安娜的評價。她背叛了你，你現在不欠她任何東西。」

「我想請你幫個忙，」山姆說，「讓我對蓋世太保發起攻擊，然後死在他們的手中。」

「你是想當英雄而不是叛徒去死，是嗎？」海蒂問。

山姆含著淚水懇求說：「海蒂，我現在是求妳，請幫幫我。」

「根據我們的情報，」海蒂告訴他，「安娜和她的丈夫都加入了納粹黨，他們都是德國原子武器計劃的一部分。盟軍宣佈德國原子武器小組的所有成員都是敵人戰鬥人員。你是盟軍的士兵，你有責任殺死敵人的戰鬥人員。」她繼續說，「山姆，安娜加入了納粹黨，她正在幫助她的丈夫殺死美國人，你的同胞。」

「我知道，」他絕望地說。「但是我愛過她，答應要照顧她。我不能開槍殺她。唯一的出路就是讓我死在蓋世太保的手中。請看在上帝的份上，妳必須幫助我。」

海蒂平靜地握著山姆的手說：「在我們進一步交談之前，我想告訴你一些葛蓓蕾要我對你保密的事情。我想現在是時候需要違背我的承諾了。」

「是關於安娜的事嗎？」

「那還有別的嗎？但我也想告訴你一些關於葛蓓蕾的事情。對我來說，她是一個遠遠超過安娜的人。」

海蒂把安娜從海德堡回來後的故事告訴了山姆。海蒂的母親和安娜的母親會不時的見面，因為她們有共同的猶太人朋友。

有時，海蒂和安娜會陪著她們的母親參加社交活動，她們就會談論著海德堡的日子，尤其是關於山姆的事。

起初，安娜仍然深愛著山姆，經常提起他們的情書。但有一天，安娜告訴海蒂她有了一個新男朋友。海蒂驚訝的問她和山姆的事。安娜回答說沒有任何變化。後來，海蒂的母親提到安娜的新男友，他來自一個名門望族。海蒂很生氣，直截了當的去問安娜，她是否因為新男友的特殊社會地位而背叛了山姆。

安娜說，他們必須生活在現實世界中，猶太人必須設法用任何必要的方式生存。

安娜沒有回答海蒂關於她是否仍然愛山姆的問題。但是在那之後，海蒂和安娜幾乎就沒有聯繫了，一直到她收到安娜的結婚邀請。

葛蓓蕾、馬修、沃夫岡和莎莉也參加了婚禮，它成為海德堡大學校友的團聚。當然，談話的中心就是圍繞著山姆。

因為葛蓓蕾和安娜是最好的朋友，葛蓓蕾很難過，安娜直到結婚前一刻才告訴山姆她有了丈夫。但是安娜有告訴海蒂，回到柏林後不久，她就開始和漢斯約會。她還透露，在一次高山滑雪旅行後，安娜和漢斯回到奧地利，因斯布魯克的家庭別墅，她把自己獻給了漢斯。他們還討論了德國未來的政治發展。

在海德堡的朋友中，只有安娜是猶太人，海蒂是半個猶太人。當海蒂告訴其他的人，她的家人打算從德國移民出去時，安娜說，她的家人之所以決定留下來，就是因為她的丈夫，漢斯，一位傑出的原子彈科學家，得到了蓋世太保和納粹黨黨軍的領袖，希姆勒的特別保護令。

婚禮結束後，葛蓓蕾找到海蒂，如果她離開德國後，會去見山姆的話，要求她不要告訴山姆，安娜從海德堡回來後，很快的就背叛了他。葛蓓蕾認為安娜是一個以自我為中心的人，很少考慮別人的感受。即使是在她結婚前夕給山姆的信中，她還要求山姆不要忘記她。她顯然想讓山姆繼續思念她。

葛蓓蕾擔心山姆可能沒有意識到安娜的動機，而受到傷害並承擔後果。最後，葛蓓蕾告訴海蒂她對山姆的真實感受。雖然她意識到山姆不太可能有一天會成為她的情人，但她仍然關心他的幸福。葛蓓蕾對山姆的愛是真誠和高尚的。

「你什麼時候發現葛蓓蕾愛上你的？」海蒂問。

「就在安娜回柏林之前，」山姆回答。「她告訴我，妳和葛蓓蕾都對我有感覺。」

「你們討論過德國的政治發展情況嗎？」

「我試圖告訴安娜，她的家人應該認真考慮他們的未來，因為他們有猶太人的背景。但是她似乎不感興趣，也不擔心。」

海蒂說：「柏林有一些享有特權和富有的猶太人家庭，他們覺得納粹不會去碰他們。我想布門撒就是其中之一。」

「他們一定是瞎了眼。」山姆評論說。

「當然，我們這夥海德堡大學出來的人，除了安娜，都成了反納粹鬥士，而她是我們這個群體中唯一的純種猶太人，我自己才是半個猶太人。」

「也許我也是個瞎了眼的人。」山姆說。

山姆顯然非常的痛苦，海蒂緊緊地擁抱著他，輕聲說：「安娜和她的丈夫正在盡一切的可能，幫助納粹殺死盟軍士兵。我不是想讓你難過，但是你必需要知道真相。」

「海蒂，別以為我的問題是在怪妳。當美國戰略服務處向我做簡報時，我就問自己，為什麼我從未考慮過，安娜會幫助納粹的可能性。當他們向我展示她與納粹合作的證據時，我覺得她在用刀刺我的心。」

海蒂說：「我從小就認識安娜。對我來說，她總是溫柔善良。她能如此突然的改變，真是令人震驚。但是，葛蓓蕾對她有不同的看法。」

「你知道，當我們談論希特勒和納粹的時候，安娜是那麼的沉默寡言，我以為她是在默許我們。」

「這只說明你不瞭解她，至少不是完整的安娜。實際上，我認為我們沒有人完全理解她。我是認識她最久的人，但是她現在對我來說像個陌生人。」

「但是我就是那個愛上她的人。也許我是我們之中最笨的一個。」山姆說。

「你不傻，你只是被愛情蒙蔽了雙眼。」

「那是同樣的，愚蠢和盲目的結果不是一樣嗎？」

「安娜結婚後，」海蒂說，「馬修發現她加入了納粹黨，他非常生氣，衝著安娜大喊大叫，指責她背叛了你，背叛了人性。馬修是你的真正朋友。」

「所以安娜的婚禮不是一件快樂的事。」

「不是，但對我來說，那是一個重要的事件。那是我真正開始認識和理解安娜的時候。」

「所以這不是完全的損失，」山姆咕噥道。

「葛蓓蕾告訴我，你對安娜是全心全意，忠心耿耿，即使葛蓓蕾赤裸裸地勾引了你，你也沒有穿刺她，儘管你知道安娜已經結婚了。」

「你怎麼知道這些？葛蓓蕾在巴黎時，你是在柏林和倫敦。」

海蒂說：「友誼真的是一個人的性格。安娜結婚後我就沒和她有過任何聯繫，儘管她試過幾次，我沒有回應。但是葛蓓蕾和我成了好朋友。我們常交換信件，戰爭爆發後，我們通過瑞士轉信。」

「現在想想看，妳和葛蓓蕾確實有相似的性格，」山姆說。「妳們成為這麼好的朋友並不奇怪。」

「當她嫁給馬修時，她告訴過我，她一直愛著你。馬修告訴她，永恆的愛對他來說並不重要，他只是想要擁有葛蓓蕾的心和身體一段時間。」

「他們是真正的法國情人，」山姆說。

「而且，你是他最好的朋友。他不介意你照顧她。馬修說只要葛蓓蕾高興，他就能繼續他的生活。」

山姆眼中含著淚水，他深情的說：「現在，一切都不復存在了。什麼都沒剩下來，我連想去埋葬他們，都找不到任何東西了。」

「一切都化為灰燼，」海蒂同意。「我譴責這場戰爭，希特勒和他的納粹信徒。山姆，你有沒有想到過？那些灰燼現在是如何漂浮在空中，它們無處不在，我們一直在呼吸它。」

「他們一直和我們在一起。海蒂，我愛你。」山姆深深地吻了她。

「告訴我，山姆，誰是更好的情人？法國人還是德國人？」

「那是最高機密的情報，我不能告訴妳。」山姆笑了。「但是我可以告訴妳一件事：我需要練習我們的婚姻生活。」

「我以為是我需要練習，好來愚弄蓋世太保。」

「蓋世太保沒問題，我知道如何來對付。我是在想在戰爭結束後的生活。我需要練習如何才能讓你快樂，我和我的好朋友馬修不同，永恆的愛對我來說，非常重要。」

海蒂的眼淚一下就湧出來：「山姆，你真的是認真的嗎？」

「我已經錯過了妳一次，我不會再錯過妳了。」

山姆還有一個任務，是一個最高絕秘的任務，他不能和任何人討論，包括海蒂。在美國戰略服務處關於撤離任務的簡報之後，唐納文將軍要求山姆留下來。每個人都認為，在山姆即將出發執行這個艱巨任務之前，大老闆將會對他說幾句鼓勵性的話。但是唐納文把山姆帶到了他的辦公室，在那裡他拿起電話，簡單的說了一句：

「請他進來。」

唐納文將軍拿起一張明信片，盯著它看。這張明信片似乎來自日本，因為背面的照片是東京的日本皇宮。唐納文沒有把眼睛從明信片上移開，他說：「山姆，我要你見一個人，你可能會記得他。」

有人敲門，唐納文的秘書把頭伸進來說：「他來了！」

秘書打開辦公室的門，一個日本人走了進來，山姆笑著站起來迎接他。

「啊，喬治・梅森教授，好久不見了。先生，您好嗎！」

「山姆‧李，你還記得我，真是個驚喜！」

他們握了握手，山姆繼續說：

「我當然記得您。您在歷史系開的一門《日本近代史》太精彩了，讓人難忘的一門課。」

唐納文打斷了他的話：「喬治現在是我們日本情報的首席分析員。我很驚訝，一位歷史系的教授會記得一個系外學生。」

「山姆是我那班最優秀的學生之一，」梅森說。「當教授的總是會記得班上最好的學生。」

「謝謝您，教授。有人告訴我，另一個耶魯人又被美國戰略服務處收集了。先生，原來就是您啊！」

秘書端著咖啡和餅乾又進來，把它們放在小會議桌上。唐納文告訴她從現在起，不要讓任何人來打擾。

然後，他開始了絕密簡報。

「山姆，這張明信片是給你的，但是寄到我們在瑞士的辦公室。寄信地點是日本駐柏林的大使館。你有任何印象嗎？」

山姆想了一會兒，然後說：「我不認識日本駐柏林大使館的任何人。寄件者的姓名是什麼？」

「晴子，沒寫姓什麼。」唐納文回答。

「我認識唯一叫晴子的人是我的耶魯大學同班同學。事實上，她還選修了梅森教授的《日本近代史》課程。」

「她姓什麼？她父親做什麼工作？」唐納文將軍問道。

「她的全名是武藤晴子，她曾經告訴我，她父親是個商人。」

唐納文看著梅森，梅森點了點頭。唐納文繼續說：

「我們已經證實，日本駐柏林大使館是有一個名叫武藤晴子的法律參贊。她和你一樣是從耶魯法學院畢業，並且是同一年。所以你們確實是同學。」

「她在明信片上寫了什麼？」山姆問。

「她寫的是：我父親不是商人，對不起，我撒謊了。但是請你一定要來，人命關天。」

唐納文把明信片推給了山姆：「這是你的明信片。但是只能看一看，你不能拿走。」

仔細的看了明信片上的字跡，山姆說：「筆跡確實像是晴子寫的。」

唐納文說：「梅森教授從她的作業本裡，提供了晴子的筆跡樣本和簽名。我們的專家已經證實，筆跡是來自同一個人。」

山姆很困惑：「我不明白晴子是在寫什麼。這和我去柏林的任務有關係嗎？如果是，最好有人給我解釋一下。」

「晴子的父親是日本帝國的武藤元一郎將軍。你聽說過他嗎，山姆？」唐納文說。

「當然。他是日本的傳奇間諜大師。我看過他的資料。」

「他是天皇的首席助理兼副官，更重要的是，他是天皇的軍事和外交顧問。現在，天皇下詔，命令他負責日本的原子彈發展計劃。」

唐納文保持沉默，讓山姆領會及消化這個令人震驚的信息。

「將軍，日本在原子彈項目上是與納粹德國合作嗎？」山姆問。「我想答案一定是肯定的，否則您就不會和我談話了。」

「你說得對，」唐納文回答。「但更重要的是，武藤元一郎將軍已經給美國戰略服務處發了一封信，要求與美國授權的代表召開緊急會議，討論可能影響戰爭結果的問題。他在這封信上的簽字，是用日本天皇的顧問和原子彈發展計劃負責人的名義，表明了他的許可權和天皇的認可。」

山姆還是半信半疑：「我從沒想到過，日本政府會這麼做。整件事會不會只是個騙局？」

「我們，我是說，梅森教授和我自已並不這麼認為。訊息看起來是真實的，但是日本政府可能不知道。」

「這太不可思議了。美國戰略服務處確實能肯定這封信的真實性嗎？」

唐納文笑著說：「送信的方法也讓我們信服了，這不是假貨。它是英國皇家空軍的湯馬斯・斯皮浩斯基中尉親手送到我們倫敦的辦公室的。我相信你認識他。」

「是的，他是波蘭裔的英國皇家空軍飛行員。駕駛空中接駁飛機，秘密來往於英國和法國。」

「他的姐姐奧爾加・亨特・菲利波夫，是一位俄羅斯軍事情報局的情報官員，負責領導蘇聯在法國的抵抗運動，同時她也是俄羅斯秘密警察的代表。當你為她的人提供武器來交換逃亡的德國雷達專家時，鞏固了她作為所有布爾什維克抵抗組織領導人的地位。」

山姆補充說：「我們還成功地進行了幾次打擊納粹的合作行動。」

唐納文笑著說：「美國戰略服務處很清楚奧爾加夫人對你特別喜愛。」

「我為她找到了她失蹤的弟弟，她很感激，」山姆回答得太快了一點。

「你是這麼說的。無論如何，奧爾加夫人在信上附上了自己的便條，解釋說，儘管這封信是由日本陸軍將軍寫的，但是它的送達繞過了所有的政府機構。它首先被送到了蘇聯駐東京大使館的軍事武官，他實際是軍事情報局的情報官員，他派了一個特別傳遞小組，途經中國東北的哈爾濱直接抵達巴黎，繞過了莫斯科以及蘇聯和歐洲的所有其他主要城市。很明顯，只有武藤元一郎將軍有能力做到這一點。」

山姆開始有點緊張：「將軍閣下，這與我去柏林的任務有關嗎？」

「沒錯，在信中，武藤將軍特別要求在柏林與你會面。」

「什麼！難以置信。」

「整個事情都不尋常，但它說明了一個非常重要的特點，」梅森評論道。「很明顯的，武藤將軍正試圖避開和繞過許多日本的重要人士，送出了這條訊息，它非常可能是來自天皇，他不想讓其他人知道，理由很可能是和這些重要人士的意見不合。除了武藤之外，天皇沒有能讓他信任的人。在東條英機首相領導的內閣裡，以及在多數的帝國陸軍和海軍將領中，武藤將軍是一匹黑馬。因此他要傳達的信息非常可能是天搖地動的驚人。」

唐納文將軍補充說：「我們認為，裕仁天皇，或者更準確地說，他想討論的問題一定是被大多數的官員們所反對的。在這群重要的將領中，武藤將軍是唯一反對偷襲珍珠港的人。有了這些背景資料，要討論一件可能影響戰爭結果的事情，就變得非常有趣了。」

「是的，似乎是這樣，」山姆同意了。「但我還是不太明白為什麼武藤將軍指名要我去見他。」

唐納文說：「喬治對這問題做了很好的分析。但是我還得先問你幾個問題。」

「武藤晴子是你在耶魯的同學，」唐納文繼續說。「你們很親近嗎？四年來你們一定每天都會見面。」

「將軍，如果您問我們是不是戀人，答案是否定的，但我們是好朋友。當然，我們在一起上課，做功課，也常常在一起喝咖啡、聊天。我們都是耶魯大學賽艇俱樂部的校隊成員。」

「是嗎？我以為賽艇是男生的運動。」

「是的，的確如此。後來規則放寬了。賽艇運動還是和體力有關，男女不可能平等，因此女同學只能擔任舵手，但是在賽艇運動裡，舵手也是隊長，因為需要指揮控制全隊的划船動作。晴子和我都被選入校隊，並參加了每年一度在泰晤士河上舉行的耶魯－哈佛划艇比賽。我們連續兩年都擊敗了哈佛，晴子還當選為耶魯的最佳運動員，拿到了大獎。她是我在耶魯時的一個亮點。」

「我聽說，耶魯大學很多人認為你們是一對情侶。」

「晴子和我都是我們班上成績最好的學生，時常在一起切磋功課，」山姆回答。「除了我們對划船的共同興趣之外，我們兩人都是西方和東方人的混血兒，在校園裡是異類，又常常在一起出現。所以大家認為我們是情人。雖然我非常喜歡她，但是那時我以為我在柏林還有個女朋友在等我。」

「這就是人生，充滿了遺憾。喬治會向你解釋，我們認為日本天皇要討論的問題。」

喬治・梅森的研究和分析可以追溯到裕仁天皇還只是太子的時代。武藤元一郎是日本帝國軍的將軍，但是他的整個軍事生涯幾乎都是在從事秘密地下工作和間諜活動。他被派往歐洲作為一名漫遊的大使館武官，訪問了德國、瑞士和瑞典，留在法國一段時候，然後有去到俄羅斯的聖彼德堡。

作為日本秘密情報機構的一員，武藤參與了在歐洲主要城市建立間諜網的任務。他秘密的支持俄國革命運動，特別是對利特維諾夫、奧爾洛夫斯基和列寧，在金錢和武器方面，幫助他們推翻了羅曼諾夫的沙皇王朝。

他有幾次很驚險的逃脫了俄國沙皇秘密警察奧赫拉納的追捕和暗殺。他在四十歲時被提升為上校，那時，他已經在歐洲當了十五年以上的間諜。武藤元一郎成為在日本軍界裡，唯一與歐洲的軍人建立有「私人關係」，其中許多人是「兩肋插刀，生死之交」的友誼。在布爾什維克的特工中，尤其如此。

他們中的一些人倖存下來，多年後在各自的國家成為身居高位的重要人物。一九〇五年，武藤被召回日本，派為第十四步兵師的指揮官，加入了在韓國的地面部隊，當時他是一名少將。在第一次世界大戰之前和期間，由於經驗豐富，他積極的參與了日本海外秘密活動的計劃和人員培訓。明治時代末年，當裕仁的父親繼承了王位時，很明顯的，前時代擁抱西方文化和經驗的影響，會將繼續。大正天皇決定讓皇太子裕仁到歐洲國家進行正式訪問，為他的統治做準備。

早在那之前，皇室的工作人員就要求武藤元一郎為太子推薦一位值得信賴的英語教師。經過一年的英語輔導，裕仁王子的英語有了很大的進步，但是同時他也讓他的英語老師，一個來自倫敦的年輕女子，懷了孕。

為了避免皇室醜聞，武藤元一郎將英語老師帶回家，幾個月後，一個女嬰誕生了。不幸的是，母親死於分娩時的難產。武藤將軍和他的妻子向他的同事們宣佈，一個名叫晴子的女嬰加入了武藤元一郎的家族。整個事件處理得謹慎而巧妙，完全避免了一個可能的「舉國震驚」醜聞。當然，裕仁太子是最感激武藤將軍的人，他給未來的天皇留下了深刻的印象。

當裕仁天皇登基時，他安排了武藤成為皇室的工作人員，擔任天皇的軍事和外交事務顧問。他們的相互信任是顯而易見的。

在裕仁天皇統治初期，日本已經是大國之一，它是世界第九大經濟體、第三大海軍武力和國際聯盟理事會四個常任理事國之一。但是，通過法律手段和法外手段，政府內部出現了令人擔憂的金融危機和軍人在政治上影響力的顯著增強情況。

自一九〇〇年以來，日本帝國陸軍和日本帝國海軍對內閣的組建擁有否決權，並且發生過多次政治暴力事件。

在兩起最嚴重的事件中，是武藤拯救了天皇免於重傷或死亡。在他擔任第十四步兵師師長時，武藤曾經接觸過朝鮮的抵抗組織。他從在歐洲的經驗裡瞭解到，在殖民地政府或外國勢力統治的任何地區，都會有抵抗組織，企圖用暴力推翻統治當局。他在當地人民中建立了一個間諜網，由軍隊的情報人員組織和控制。

武藤接到信息，朝鮮在上海的臨時政府，下屬的「韓國愛國團」成員已經制定了一項刺殺天皇的計劃。刺客的名字是李邦昌，此人已經進入地下，消失了。武藤取得了刺客的照片，在事發的前一天晚上，有了確切的情報，暗殺定於第二天進行，但沒有提及暗殺的方法。

由於次日行程的重要性，沒有足夠的時間改變天皇的行程安排。此外，武藤也曾接到情報，在帝國軍部以及其他高級政府官員中都有叛徒，他想到要把它們一勞永逸的一網打盡。他把刺客的照片分發給天皇的所有保鏢、宮殿保安人員和他自己的外勤特工，他下命令，刺客出現立即逮捕，如果刺客抵抗，就開槍擊斃。

裕仁天皇準時按計劃經由櫻花園大門離開皇宮，獨自坐在一輛皇家馬車上，馬車是由四匹馬拉著，而不是像往常一樣用兩匹馬。

更不尋常的是，武藤將軍本人跳上一匹領頭的馬上，親自駕馭皇家馬車，接近部隊閱兵的檢閱廣場。在離皇宮不遠的地方，武藤看見了偽裝成憲兵的刺客，正試圖接近皇家馬車。同時武藤也確定了刺客的意圖，他將要向馬車投擲炸彈或手榴彈。武藤立刻以馬靴上的馬刺重踢他的坐騎，猛烈地搖動韁繩，並大聲吆喝口令。

訓練有素的四隻皇家高大馬匹，突然都舉起了前蹄，開始了大跨步的高速衝刺。馬車突然向前移動，刺客大吃一驚，因為他估算錯了距離，手榴彈沒有投中馬車。它在皇室大臣，北野幸一男爵的馬車附近爆炸，導致兩匹馬死亡。

刺客很快就被帝國衛隊的成員逮捕了。武藤是一個非常有經驗的審問人員，有技巧的選擇使用心理和身體上的折磨。刺客很快就招供了。這是第一次有人提到天皇的弟弟，秩父宮雍仁親王的名字，他試圖殺死天皇。第二次事件更為嚴重，更具威脅性。它是開始於一九三二年，溫和的首相左野幸男的暗殺事件。

這是標誌著平民控制軍隊的結束。接著是一九三六年二月的一次軍事政變，當時一群軍官計劃謀殺一些高級的政府和軍隊官員。他們宣稱的目的是「以天皇直接控制的軍事獨裁取代腐敗的政黨政府」。他們也有一個秘密計劃，要替換天皇。再一次，武藤獲得了事先的情報，他果斷的採取了行動。

裕仁天皇秘密的被移出皇宮，並且安排了一個替身。叛亂分子入侵皇宮，格殺了一批人。天皇命令軍部大臣川島義久在一小時內鎮壓叛亂分子，要求他每三十分鐘報告一次進展情況。然而，最高司令部在打擊叛軍的努力，進展甚微。接下來，日本天皇下令武藤接管日本帝國衛隊，這是一個致力於保護天皇及其家人、宮殿和其他帝國財產的武裝部隊。武藤的第一個任務是鎮壓叛亂。

從他獲得的情報裡，列出了政變參與者和支持者的名單後，武藤採取了無情的行動，在每一次的鎮壓，他都會用壓倒性的力量來抓捕嫌疑犯，有任何抵抗的跡象時，帝國衛隊就使用暴力，向嫌疑人開火。甚至在逮捕各軍部的高級軍官時派出裝甲車，毫不猶豫地向建築物開火。

被捕後，他的手下會把被逮捕者衣服脫光，用繩子捆綁起來，用套索套住脖子，遊街示眾後，送進監獄。許多軍官選擇了自我了斷，而不願受辱。在一九三六年二月的軍事政變中，有數百名帝國軍官和支持者被清除。叛亂在三天內被武藤無情的徹底摧毀，整個事件在二月二十九日完全結束。

除了許多支持或同情政變的高級軍官外，最令人不安的就是天皇親弟弟，秩父宮雍仁親王的介入。雖然是親兄弟，他們從小就很不一樣，裕仁是很內向，保守，甚至害羞的王子。但是他弟弟則是非常外向，英俊瀟灑而非常國際化。他去了英國，在牛津大學馬格達倫學院念書。

在此期間，英國國王喬治五世頒給他維多利亞王室的十字勳章。雍仁親王在歐洲時常以戶外和登山運動而聞名。兄弟兩人對日本的政治發展也有截然不同的觀點，他們經常就「憲法的中止和直接帝國統治的實施」進行激烈的爭論。

雍仁親王在軍事政變中究竟扮演了多大的角色，不很清楚，但是他肯定和發起政變的軍官，有一致的政治觀點。武藤還掌握了一個秘密計劃的存在，就是在某種情況發生時，如何處理裕仁天皇。但是沒有情報表明天皇的兄弟參與了這個秘密計劃，以及如果計劃付諸實施，他將扮演什麼角色。

政變後，雍仁親王和妻子被派去歐洲旅遊，耗時數月。他們代表日本參加了一九三七年五月英國國王喬治六世在西敏寺大教堂舉行的加冕禮，隨後訪問了瑞典和荷蘭，分別作為古斯塔夫五世和威廉米娜女王的客人。

在這次旅行結束時，只有親王一人訪問了德國的紐倫堡。在那裡，他參加了紐倫堡集會，會見了阿道夫・希特勒和其他的納粹高級官員。回國後，他強烈主張日本的前途要與納粹德國掛鉤，並與天皇就日本加入德國成立軍事同盟，來對抗英國和美國。

為此，兄弟兩人發生了多次爭辯。武藤認為雍仁親王是對天皇統治的最大威脅。他利用政變後，為了需要加強安全的理由，說服天皇下令，現在由武藤指揮的皇家衛隊，負責雍仁親王的人身和住所的保護。新的安全人員登記並詢問所有與親王交往的人，以及訪問親王住所的遊客。

很快的，雍仁親王就被完全孤立了。但是最後一次親王被徹底趕出政界的打擊，是來自他自己的行為。武藤的特工發現，親王與菲律賓和馬來西亞的一些腐敗軍官合作，搜刮當地富裕人家的黃金，然後用日本帝國的海軍船艦運回日本。武藤將幾個親王的同夥逮捕，送到秘密軍事法庭受審。然後將法庭記錄拿給親王。告訴他，只要親王脫離政治，這份文件就會一直保密。這樣，對天皇的威脅就徹底的完全消除了。

裕仁天皇時常詢問武藤將軍，關於晴子小姑娘的近況，時間過得很快，小姑娘成長為一個漂亮的女孩。她有歐亞混血兒的特徵，深藍的眼睛，高高的鼻子和顴骨，以及雪白的皮膚。人們認為她是武藤將軍在歐洲國家工作期間，和歐洲女人的非婚生女兒。

晴子的生母因難產世後，武藤夫人把孩子當作自己的親生撫養。當一個可能的皇室醜聞陰影逐漸消失時，裕仁天皇發現自己可以很輕鬆的和晴子互動。

在天皇的要求下，武藤將軍聘請一位專業攝影師，每六個月拍攝一張晴子的照片送給天皇。也許是遺傳因子的原因，晴子在大日本帝國天皇面前，沒有任何猶豫和羞怯，很容易的敞開心扉交談。而裕仁天皇也非常喜歡小女孩的來訪。有時人們看到他們手牽著手，走過御花園。

當晴子十八歲時，武藤將軍和夫人帶著晴子去見天皇。她被告知裕仁是她的親生父親，而她的母親，一位英語教師，已經去世了。晴子會花更多的時間和天皇在一起，但是她仍然把武藤夫婦做為她的父母。

晴子的中學成績優異，進入了著名的東京帝大，畢業後，她表示希望出國深造，攻讀研究院。裕仁和武藤夫人並不十分贊成，但是武藤將軍非常支持，他說很明顯的，晴子是一個非常聰明的女青年，她學習用功努力，還表達了為日本現代化作出貢獻的抱負。她想為她的親生父親，日本天皇工作。晴子自己選擇了耶魯大學的法學院進修。三年半後，她從耶魯大學畢業，立即回到日本。她心愛的日本，正處於混亂狀態。從外部看，日本與西方的關係正在日漸惡化，與中國的戰爭正在進行。在內部，天皇是孤立的，對政治的影響很小。溫和派的日本內閣總理大臣，近衛文麿，辭職，由堅定支持日本帝國、納粹德國和法西斯義大利三方同盟的東條英機將軍接替。

在此之前，作為陸軍部長，他擴大了與中國的戰爭，這仍然是一項持續的政策。日本帝國軍隊正在實施大規模屠殺，強姦和掠奪平民等戰爭罪行。在武藤將軍的鼓勵和裕仁天皇的祝福下，晴子加入了日本外交部。利用父親的關係，她開始積極參與日本在歐洲的外交活動。

在梅森教授說完了他對裕仁天皇和武藤將軍的背景分析和解釋之後，山姆感覺似乎又回到了耶魯大學。他聽到梅森教授問：

「唐納文將軍，我有沒有漏掉的地方？」

「我想沒有，喬治。但是我相信山姆會有問題的。」

「是的，我想要知道，武藤將軍到底是想要什麼？」

「我相信那是天皇想要的，」梅森回答說。「唐納文將軍，請您向山姆解釋一下。」

唐納文開始說：「武藤將軍是少數瞭解實際情況的高級軍官之一。我們認為他說服了天皇，日本的未來是絕望的，盟國將尋求報復。根據歷史，戰敗國家的元首將被絞死，不管他是否有下令或參與戰爭罪行和侵略行為。」

「所以天皇想保住他自己的小命，也許太晚了，」山姆說。

唐納文說：「除非天皇能提供，避免大量美軍傷亡的情報。」

「裕仁現在唯一擁有的是關於原子彈的信息。」梅森補充說。

唐納文說：「李少校，你的任務是通知天皇的代表下列情況：日本提供有關大西洋長城內，隱藏原子彈位置的可靠信息，以換取日本投降後，盟軍將不以戰爭罪起訴天皇。」

「山姆，你可以理解，這對日本和盟國都很敏感，」梅森評論道。「武藤將軍只能信任自己的女兒。而她的唯一安全聯絡人就是你。」

在短暫的沉默之後，唐納文說：「喬治，謝謝你的背景和分析。我會把山姆留在這兒再談一件事。」

秘書進來給山姆和唐納文倒咖啡，唐納文讓她掛上「請勿打擾」的牌子。

「山姆，」他說，「我要告訴你一些事情，到目前為止只有我的副手和我自己知道。你將是第三個知情人。」

「這和我去柏林的任務有關，是嗎？」

「是的，是的。美國戰略服務處在柏林有兩個聯絡人，是替我們工作的長期臥底，我想讓你知道。」

「我會和他們見面嗎？」

「你一定會遇到其中一個。但是還有另一個，我想讓你試著去找他。美國戰略服務處裡沒有人見過此人。」

「將軍閣下，您需要告訴我更多一點，這樣我才能找到他們。」

「其中一個就是武藤晴子。」

「什麼！您是在開玩笑吧！這是什麼時候開始的？」

「大約四年前，她被派往柏林大使館後不久。」

「她是如何聯繫美國戰略服務處的？」

「有一天，我們在瑞士的瓦滕維爾大宅，收到了柏林寄來的包裹。裡面是『紫色機器』的密碼本，這是日本帝國軍部和大使館用來與東京通訊的密碼機器。有張便條上寫著『這是送給山姆的』。我們很快就發現寄信人，一定是你在耶魯大學的同學武藤晴子。」

「這太不可思議了。她是個有用的間諜嗎？」

「她提供密碼本後就再也沒有聯繫我們，我們也沒有試圖去打擾她。然而，幾乎所有日本大使館的密電都被我們截獲了，其中一些很有價值。例如，一份解碼後的密電被用來停止美國向西班牙油輪裝載石油。其他解碼的訊息詳細說明了盟軍的轟炸，對德國特定目標的破壞程度，為盟軍提供了有價值的炸彈損害評估。」

山姆說：「一個接一個的案例證明，最好的間諜就是敵人的譯電員。」

唐納文繼續說：「我們特別擔心日本駐納粹德國大使，大島浩男爵，他也是日本帝國軍的將軍。自從納粹執政以來，因為他是法西斯主義的堅定支持者和納粹主義的崇拜者，他成了希特勒的私人朋友。美國戰略服務處一直擔心，他可能會敦促日本政府協助德國防禦盟軍進攻歐洲大陸。」

「有證據嗎？」山姆問。

「據他們發送到東京的密電，大島浩已經在法國海岸的大西洋長城防禦工事，進行了為期四天的參觀。回到柏林後，他寫了一份非常詳細的，二十頁長的報告，說明了每一個德國師團的位置，以及它的人力和武器。他也詳細描述了反坦克戰壕、靠近海岸的炮兵陣地以及可用的機動部隊。」

「所以日本很可能會同意幫助保衛大西洋長城。」

唐納文繼續說：「在這份長達二十頁的報告被發往東京後不久，包括馮．利普曼博士在內的德國鈾俱樂部代表團，就被派往東京。」

「將軍閣下，您認為這一切都與天皇的要求有關嗎？」

「很有可能。你需要問問晴子。她父親一定會知道的。但是你的有關於馮．利普曼博士任務的命令沒有改變。你明白嗎，少校？」

「是的，將軍閣下！但是，如果晴子提供了我們需要的所有信息，是否仍然有必要處決馮．利普曼博士和他的妻子？」

「當然。這些原子武器科學家對我們的部隊的傷害比武器本身更大。這就是為什麼他們被視為敵方戰鬥人員的原因。根據你的臥底沃夫岡・科納斯的彙報，利普曼一直是鈾俱樂部的積極成員，為德國的戰爭努力作出了重要貢獻。」

唐納文還透露了：德國軍隊入侵丹麥後，其首席原子科學家海森堡前往被佔領的哥本哈根，視察沒收了的玻爾理論物理研究所。回國後，他去了中立國瑞士做了一次演講。美國戰略服務處派了兩名武裝特工去參加聽講。他們的命令是，如果這位德國科學家的演講表明德國即將完成一枚原子彈的研製，就開槍格殺他。

但是在演講過程中，這位科學家沒有明確的說出，是否已製成了原子彈，特工決定不開槍射殺他。顯然，這是一個錯誤，因為德國人正處於完成炸彈的邊緣。美國戰略服務處吸取了教訓。要求現場人員即時做出決定是錯誤的。

唐納文繼續說：「我們吸取了教訓，這就是為什麼關於你處決利普曼的命令保持不變的理由。」

「是的，我明白。關於柏林的其他美國戰略服務處聯絡人，你能告訴我些什麼？」

「他用的代號是『白烏鴉』。二十世紀三十年代，在美國戰略服務處成立之前，他就開始向我們發送有關納粹黨高層活動的情報。訊息總是從瑞士的不同地址寄出。我們認為白烏鴉一定是納粹黨的高級成員，很可能是貴族，因為他似乎經常去到瑞士。」

「有沒有預定的聯繫方式？」山姆問。

「有一次，他曾寫道：『我是一隻白烏鴉，哼著聖母瑪利亞的歌。』山姆，他給我們發送情報已經很久了。我們擔心他隨時可能會被曝光。你得把他趕緊撤離。這是我們欠他的。」

「這不是什麼好消息，但是我會找到他，把他撤離出去。我在柏林的時候，你們還想讓我做些什麼？」

「我想你這就會很忙了。但是山姆，最重要的任務是讓自己活著。別死在我身上！」

「我不會死在您身上的。我有九條命，像一隻貓。納粹殺不死我。」

「你在法國的所作所為已經讓你損失了八條命。也許他們沒有殺你，但是我們在倫敦的一些人，幾乎死於幾次心臟病發作。」

「對不起，將軍閣下。很高興聽到大家都這麼關心我。」

「你很容易無視我們的擔憂。但是我認識你的父母。如果你出了什麼事，我要對他們說什麼？你想過嗎？」

「將軍，別擔心我。我從來不是一個魯莽的人，否則，我活不了這麼久。因為我只剩下一條命了，我會非常小心的。」

「這還差不多。山姆，我們有證據表明德國的原子武器設施裡，正在利用囚犯做奴隸。很快的，我們將宣佈這些原子科學家，包括馮・利普曼和他的妻子，已經犯下戰爭罪行，並將受到起訴。這有助於你在時機到來時扣動扳機。」

「為什麼是他的妻子？安娜不是原子科學家。」

「她一直把囚犯當作僕人。」

「她是猶太人。雇用猶太僕人對她來說是很平常的。」

「法律規定，不按自願或無償將囚犯用於家庭服務是奴役。這是戰爭罪。」

在山姆前往執行任務之前，他被告知阿克塞・戈茨被命令向柏林的軍事情報局總部報到。此外，美國戰略服務處情報顯示利普曼博士一家人，已經離開柏林前往東京。

第十五章：深入敵區搜索猶太隔都

山姆和海蒂乘坐英國皇家空軍為接駁法國抵抗組織使用的萊桑德飛機，抵達巴黎郊外的環湖降落場。來迎接的特工安排他們在一個安全屋過夜。

第二天，一對年輕夫婦乘計程車來到巴黎火車站，他們出示了兩張護照，索取了路易・索雷斯先生和瑪麗亞・索雷斯夫人的車票，這兩張車票是里斯本一家旅行社為他們預定的。他們是乘坐從巴黎開往柏林的特快夜班列車的頭等車廂。一位和藹可親的列車服務員收起了他們的護照，這樣，當火車在夜間經過邊境時，就不會被打擾了。

在檢查過程中，邊境的安檢人員會被告知，里斯本的路易・索雷斯是在一家貿易公司工作，他要在柏林簽署一份向柏林市場供應農產品的合同，而索雷斯夫人是陪同她的丈夫到柏林。

幾年前，年輕的海蒂為了自救，匆忙的突然離開柏林。現在她回來執行一項危險的撤離任務，希望能夠將她的父母親拯救出德國。山姆想讓她慢慢地重新認識多年前離開的德國，所以安排了搭乘火車。

在車廂裡，山姆和海蒂沒有在看黑暗的窗外，他們是在做愛。經過數天讓精神疲憊的任務簡報，以及即將面臨的生命威脅，兩人時而溫柔，時而蹂躪的享受著對方的身體。海蒂臉上帶著頑皮的微笑，告訴山姆，進入她久別了，但是深愛著的祖國時，她需要把他緊緊的包在她身體裡。

幾個小時後，山姆累了，他呆看著窗外，思潮洶湧，火車已過邊境，停在一個車站，可能是多特蒙德或是比勒費爾德，或者是另一個他不知名的車站。昏暗的燈光和寂靜無聲的月台，只有偶爾出現的乘客，鐵路搬運工，或是牽著警犬的警察。躺在他旁邊的赤裸身體微微動了動，山姆看著海蒂沉睡的臉上帶著滿足的微笑，他強迫自己入睡，知道她可能會在到達柏林之前再度做愛。

一輛計程車載他們去了座落在勃蘭登堡城門對面的柏林阿德倫酒店。當年海蒂從柏林落荒逃出時，就是從這裡出走，這裡也是斯玨勒一家最後一次相聚的地方。

納粹黨更喜歡利用在威廉赫姆廣場的凱瑟霍夫酒店，因為就在希特勒的總理府和宣傳部的正對面。但是，阿德倫酒店仍然是柏林的社會活動中心。

現在，海蒂回來了，她打算這次要和家人一起從這裡離開。就像是真正的德國人妻子一樣，海蒂打開了行李和手提箱，放下了床罩，試了試床墊的柔軟度，她說：

「這要比火車的臥鋪好多了。現在，我可以更高興的享受你了。」

海蒂打開紅木書桌上的阿德倫文具夾，拿出一張精美的信紙，用優美的字體寫了一行字：

「請來看看瑪琳・迪特里希。」然後寫了個H作為簽名。

這張信紙放進一個厚厚的奶油信封裡，交給大廳的服務員郵寄。柏林的郵政系統效率高，投遞快速。

山姆和海蒂將房間安頓好了後，悠閒的走出去看看環境。在半黃昏的時候，他們朝著萊比錫大街走去，經過韋特海姆百貨公司，然後繞道返回酒店。站在拐角處的是一個矮胖的人，嘴唇厚厚的像是橡膠，他的臉看來有點惡毒，好像他不在乎這世界上的任何東西。他開始在街上散步，一直盯著阿德倫酒店，毫不掩飾他是在監視目標。山姆和海蒂有些警覺，但隨後他們注意到，這名男子實際上是正在看著隔壁的大門，那是希特勒女青年同盟的辦公室。

當他們繼續在搜索任何可疑的監視時，海蒂也在尋找柏林在她離開後的變化。她發現街上的人似乎都沒變，但是空氣中是有某種東西存在，傳到了她身上的不是恐懼，而是感覺到這裡的人都有一個秘密，是同樣的秘密。但是不知道為什麼，讓別人知道這秘密是不明智的。柏林在外表上看起來很正式，它有警察、電車售票員和動物園管理員。但是，現在這是一座盛裝參戰的城市。

身著黑色制服的納粹黨衛軍，全身制服戴滿了閃電標誌。還有陸軍、海軍、空軍，和其他她不認識的軍種。當兩名身著棕色制服，頭上戴著有下巴帶帽子的納粹黨震暴民兵，走在擁擠的人行道上時，人群像神奇似的為他們開出一條道路。

山姆和海蒂停在一個販賣亭前，一排排的雜誌，《信仰與美麗》、《舞蹈》、《現代攝影》，吸引了海蒂的注意。所有的封面都顯示裸體女性在從事各種有益健康的活動。納粹政府在掌權後立即禁止了所有的色情作品，但這是他們的版本，目的是鼓勵男性入口，壓住最近身邊的女人，去生產一名為德國作戰的士兵。

山姆要求使用販賣亭的電話。戰爭的陰影籠罩著這座城市，人們快速步行，面色凝重，目光低垂，但是軍用轎車風馳電擊的在馬路上疾馳而過，賓士大型廂車，保險杠上懸掛著令人敬畏的三角旗，排成一排停在阿德倫酒店的入口處。

沃納．斯特恩請阿德倫酒店的門房給山姆的房間打電話。

「索雷斯先生嗎？這是大廳，您的計程車到了。」

「謝謝。我們幾分鐘後就下來。」

當山姆和海蒂走出大廳的電梯時，立刻就注意到一個身穿計程車司機制服的年輕人，他手裡拿著他的帽子。海蒂走進了就近的禮品店，山姆右手放在口袋裡，接近計程車司機：

「對不起，你是斯特恩嗎？」

「是的。您一定是路易・索雷斯先生了。」

「是的，我是昨天給你打過電話。我和妻子都帶著武器。我們的槍正對著你，所以你的回答要小心。」

沃納・斯特恩顯然很緊張。山姆繼續說：「昨天是星期一，正在下雨。」

「昨天是星期二，天很陰，」沃納回答說。

「風是從南方吹來的嗎？」山姆問。

「風從東方吹來，非常強勁。」

「好的。我相信你就是沃納・斯特恩。很高興終於見到你。你的計程車在哪裡？」

「在外面的停車位。」

「我們到你的車上去，然後回來接我妻子。」

山姆全神貫注，企圖找出是否有蓋世太保特工在監視。他非常明白，這是最危險的時期，因為他們剛抵達敵方領土，並與陌生人在會面。

在計程車裡，山姆坐在前排，海蒂坐在後排，右手放在錢包裡，握著一把華特P三八式手槍。它不僅是為了防備德國的安全人員，也是為了前面的司機。山姆需要執行反監視行動，以確保安全。

他們走了兩次回頭路，來檢驗是否有跟蹤車輛。山姆滿意後，沃納・斯特恩帶他們去了家顧客很少的小咖啡館，坐在角落的桌子旁，點了咖啡。山姆說：「我可以叫你沃納嗎？目前，我和我的妻子是被稱為從里斯本來的索雷斯先生和夫人。明白嗎？」

「明白，索雷斯先生，」沃納回答。「過去的幾個月對我來說很艱難。我有很多話要對您說。」

「讓我先問你，你走路一瘸一拐的，你是受傷了嗎？」

「那是因為我小時候感染了小兒麻痹症，不是受傷。這就是為什麼我被排除在徵兵之外的原因。」

沃納拿出一張證明：「我經常被那些高傲的納粹分子攔住，指責我逃避服兵役。」

「我是擔心你最近受傷了。沃納，為了確保我們沒有任何內部安全問題，我想知道你最近發生的事。」

「一天早上，我到了計程車公司，有一個留言在等我。說是沃斯先生的預定時間推遲到上午十點。」

「這是沃夫岡・科納斯先生事先安排好的嗎？」

「是的。這是一個緊急信號。我不認識沃斯先生，也沒有人預定我的車。這是告訴我即刻逃命。索雷斯先生，沃夫岡是我的主要聯絡人，我的第二聯絡人是瑞典大使館副領事尼爾斯・漢森先生。我試圖聯繫他，但被告知漢森先生在一次交通事故中喪生。」

「是的，他被特工綁架，在被拷問的時候，從三樓破窗跳樓自殺了。一個非常勇敢的人。」

「那你為什麼不逃跑？」海蒂打斷了他的話。

「也許你們不會相信我的理由，」沃納說，「我不曉得往那裡逃跑。我沒有回我的公寓，我休了一個星期的假。晚上睡在公園長椅上或火車站的候車室裡。同時，我一直在監視我的公寓和計程車公司。一個星期裡沒發生任何事，所以我覺得很安全。」

「我很高興，你做得很對。」山姆輕鬆的說。

「索雷斯先生，你知道沃夫岡・科納斯先生和他的妻子莎莉發生了什麼事嗎？他們似乎消失了。科納斯先生曾經救過我一命。」

「科納斯夫婦現在撤離到在倫敦，很安全，」山姆回答。「我知道是他招募了你，但他沒有告訴我，他拯救你生命的事情。」

「我是一個患小兒麻痹症的孤兒，四歲時，我被父母收養，他們是醫生，讓我度過了一個美好的童年和青少年期。當納粹上台並開始他們的反猶太種族政策時，我們的生活變得很困難。我的父母是猶太人，而我是雅利安人。等到我二十歲的時候，我的父母到法院去聲明，他們和我脫離關係。他們是想救我，但是他們很傷心。」

「你見過他們嗎？」海蒂問。

「有時候我會在午夜後偷偷回來看他們，帶上一些他們不允許買的食物。」

「你是他們的好兒子，他們應該為你感到驕傲。」山姆說。

「有一天，他們消失了。沒有人知道他們去了哪裡。那時我已經在做計程車司機了，有人告訴我蓋世太保把猶太人圍捕到集中營去了。」

「這是納粹黨的最終方案，來解決猶太人問題。」海蒂評論說。

「我去尋找父母的所有努力都失敗了。有人說，他們很可能已經被殺害了。後來有人告訴我，看見我父母被送上了開往奧斯威辛比肯瑙的火車，我開始感到絕望。我知道那裡是用毒氣格殺猶太人的殺戮營。」

喝了一口咖啡後，沃納繼續說：

「我的絕望變成了憤怒，然後又變成了復仇的欲望。我開始了自己的抵抗活動，汙損納粹海報，在蓋世太保汽車的油箱裡放沙糖，諸如此類。但是科納斯先生阻止了我。」

「你是怎麼認識沃夫岡的？」山姆已經知道了事情的細節，他只是正在做安全檢查。

「一天，我在百貨公司附近等乘客，科諾斯先生夫婦來乘我的計程車。

顯然，他們注意到我在哭，我們聊了一會兒。他問了我的名字和公司的電話號碼。」

「第二次見面呢？」

「科納斯先生打電話給公司，特別要求我為他到外地出差提供來回服務。我們有了更長的時間交談。他建議我停止破壞活動，因為我遲早會被抓住。科納斯先生說服了我，如果我想死的話，還有很多更值得做的事情來犧牲自己的生命。」

「我相信那是你和沃夫岡合作的開始。」

「是的。大多數時候，他是我計程車上的乘客。但我們經常會花很長時間來討論德國的未來以及我們應該做些什麼。他們真是好人，他們甚至邀請我到他們的公寓吃飯。六個月後，我被他招募了。」

「你的任務是什麼？」山姆問。

「基本上，我是一個移動的傳遞通道。科納斯先生會把一些文件放在乘客座位下面的一個秘密隔間裡。我會在特定的時間開車經過特定的街道，尼爾斯・漢森會在那裡等我。當我把他送到大使館時，他就會帶上那些隱藏的文件。」

山姆笑了：「這是沃夫岡的巧妙安排之一。因為他的外交官身分，蓋世太保是不能搜查漢森先生。」

「是的。科納斯先生的確是個非常聰明的人。」

「沃納，我們要告訴你，你與沃夫岡和漢森先生的出色合作，已經對盟軍做了非常重要的貢獻。因為你的處境會越來越困難，如果你同意，我們會把你從德國撤離。」海蒂說。

「謝謝您，索雷斯夫人。但是我不會離開德國的，除非我知道了我父母的下落。」

「沃納，索雷斯先生有更多關於你父母的信息，」海蒂笑著打斷了他的話。

「沃納，」山姆說，「不久前，沃夫岡請求動用我們的敵後資源，來追蹤你的父母。結果發現，柏林的喬納森・斯特恩醫生和他的妻子，護士蘿拉・斯特恩是達豪集中營的囚犯。」

沃納懷疑地喘了口氣，大聲說：「天哪，他們還活著！」他倒在小桌子上，眼淚滾滾的掉落下來。

「沃納，這是個好信息。你應該高興，不要哭。」海蒂說。

「我太高興了，忍不住流下了幸福的眼淚。我該怎麼感謝你們呢？」

「你應該感謝沃夫岡。正是他的辛勤努力取得了成效。他很欣賞你。」

「你的父母仍然面臨著危險。你需要拯救他們。」海蒂插話。

沃納坐直起來：「請二位告訴，我應該怎麼做。」

「仔細聽，」山姆說。「達豪是位於慕尼黑西北約十六公里的地方。美國戰略服務處在慕尼黑地區有很好的聯絡通道，他們已經證實你父親是被指派擔任集中營的醫生。壞消息是，當盟軍發起攻擊時，納粹肯定會摧毀他們所有在集中營的暴行證據。包括清除營內的猶太人醫生。」

「我能做什麼來拯救他們？」沃納焦慮的問。

「我讓瑪麗亞來解釋。」山姆說。

「沃納，我們有可靠的情報表明，納粹在達豪集中營關押了很多遭到擊落被俘虜的盟軍的空軍人員。情報還提到這些戰俘受到的不人道待遇。我們相信當盟軍接近時，他們將遭到和猶太人同樣的命運，將被營地警衛處決。

美軍將空投救援小組來解放集中營，拯救盟軍戰俘和猶太人囚犯。美軍需要一名在地情報員在現場，最好是達豪居民，提供情報並引導救援小組接近集中營。」

沃納反應很迅速：「我想成為那個在地情報員。」

「你確定嗎？」山姆問。「這是一個很大的責任，而且風險很大。你還得離開柏林。」

「我明白，我會到慕尼黑去找一份工作，讓我進出營地進行密切觀察，成為真正的在地情報員。」

「很好，沃納。我會通知總部，你將是我們在達豪的情報員。有人會跟你聯繫，給你帶來一套新的身分證件和相關文件。然後沃納・斯特恩就將從柏林消失。」

「我要去什麼地方？」

海蒂解釋說：「美國戰略服務處會在瑞士為你提供強化培訓，讓你成為一名無線電操作員。然後你和一個無線電台將被偷運回慕尼黑地區。到時候，你將成為前進的盟軍在敵後的聯絡點。達豪集中營的救援行動時間進程將取決於你的情報。你必須盡最大努力生存下去。」

山姆補充道：「沃納，我很可能會和前進的盟軍的先頭部隊在一起。你和我將通過無線電在敵前和敵後通話。你將成為一名美國戰略服務處的外勤行動員，在混亂的時間裡，及時拯救你的父母。」

韋納・斯特恩很高興，因為他的父母還活著，美國戰略服務處也與他重新建立了聯繫。他的下一個任務也已決定。山姆說：

「現在我們已經討論完你的顧慮。我們來說說，你對沃夫岡最後給你的任務。」

「是的。來自慕尼黑德國軍事情報局的阿克塞・戈茨，實際上是在武裝部隊最高指揮部的辦公室工作。他住在一個納粹黨高級成員，海倫・馮・霍德巴克，的住處。」

「你有沒有觀察過這座住宅，並確認進出這座房子的人，都是什麼身分？」海蒂焦急地問。

「是的，我在不同時間，總共四次。除了房子的主人馮・霍爾德巴克夫人和房客戈茨軍官之外，還有一名住家的女僕，和一位老司機。最近有一個年輕的女僕人，是個兼職工。」

「兼職女傭？你確定不是安全人員嗎？」海蒂問。

「起初我也有類似的懷疑。後來我聽說，當戈茨軍官還住在柏林時，這位女僕已經在為他工作了。」

「為什麼是兼職？你知道她的名字了嗎？」

「根據鄰居們的說法，她叫葛麗塔。事實上，因為她的丈夫是被俄羅斯關押的戰俘，目前她是在拿丈夫半薪。所以她不允許全職工作。」

山姆站了起來：「我們先去簽這個農產品合同吧，然後就可以開始真正的工作了。」

當德國軍隊集中力量加固大西洋長城的防禦工事時，對希特勒宣佈的第三帝國將延續一千年的懷疑，開始出現在納粹的最高領導層。

希姆勒是整個第三帝國行政的全權代表。他既是德國安全部部長，就是全國的警察首長，又是內政部長，負責監督包括蓋世太保在內的所有內外部警察和安全部隊。

希姆勒是納粹德國最有權勢的人之一，是繼阿道夫・希特勒和赫爾曼・戈林之後納粹政權領導層的第三人。他曾是猶太人大屠殺的主要策劃者，利用他對種族主義，納粹思想的深刻信仰來為數百萬受害者的謀殺辯護。然而，他也是那些意識到戰爭很可能會失敗的最高領導人之一。

希姆勒想在希特勒不知情的情況下與西方盟國展開和平談判。他通過瑞典紅十字會建立了一條通道，希姆勒的密友和兩名來自美國戰略服務處和英國軍情五處的高級情報官員，在斯德哥爾摩舉行了秘密會議。

但是很快的，有關人士們就清楚的要求，希姆勒必須為和平談判提供一些切實可行的條件，僅僅預言希特勒會被趕下台是不夠的。這是一個明確的要求，作為西方盟國代表會返回談判的條件。同時，盟國代表暗示，他們將對在歐洲國家為蘇聯臥底人員的完整名單很感興趣。

希姆勒明白西方列強擔心戰後的歐洲地緣政治，擔心共產主義的影響。對他們來說，打敗德國是一個必然的結果。希姆勒很清楚從誰那裡能得到這樣的名字，但他也知道他必須為此付出代價。好的是，他提出的建議不能被拒絕。

在一九三九年簽署的《莫洛托夫－里賓特洛普條約》後，德國和蘇聯入侵了波蘭，隨後將該國劃分為不同的地區以供佔領。為了實現希特勒和史達林在此之前就同意了的具體目標，兩國的職業外交團隊舉行了一系列的會議。

蓋世太保負責人希姆勒是德國的代表，蘇聯的代表是史達林非常信任的密友，蘇聯秘密警察頭子，拉夫連季・貝利亞。他們面對面會晤了幾次，討論了兩國之間的重要和困難問題。儘管兩人在其他問題上存在著分歧，最後，雙方產生了默契，以及相互的尊敬和欽佩。但就戰前波蘭的命運而言，他們的目標是相似的。

貝利亞也是來自喬治亞，那是史達林起家的地方，當時名義上他只是個人民內務委員。但實際上他是秘密警察的反情報部門負責人，專注於反間諜的秘密行動，以及反叛亂的安撫行動，他直接向史達林負責。

俄羅斯科學家是在二十世紀的二〇年代初，開始研究原子物理學。他們一直在和英國物理學家，厄斯特・盧瑟福的卡文迪什實驗室的歐洲同行進行聯合研究。當政治局勢緊張時，合作就停止了。

一九四〇年代初，蘇聯空軍的物理學家，弗羅夫，給史達林寫信，提醒他原子武器發展的後果。他還指出，儘管西方物理學家在許多領域裡取得了很大的進展，德國、英國和美國的科學家已經停止發表有關核子科學的論文。

這顯然是一個跡象，表明他們開始了一項積極的秘密研究計劃，並且可能已經取得了重大成果。史達林立即批准了一個原子彈的研究計劃，並很快的建立了重要的相關設施；包括莫斯科附近的第二實驗室，側重於合成元素和熱反應的核反應實驗室，以及在杜布那的核反應實驗室。

一九四二年底，史達林注意到計劃正處於停滯狀態，他命令國防委員會正式將該計劃委託給蘇聯軍方，同時由貝利亞擔任計劃主持人。他在職責和技術上毫不妥協的冷酷無情做事方法，得到大多數科學家的認同。面對西方列強取得的巨大進步，蘇聯將工程發展放在絕對優先的地位，它動員了至少三十三萬人，其中包括一萬名技術人員。

由於勞動密集的性質，貝利亞從監獄式的「勞動營」抽調了數萬的「勞動改造犯人」進入鈾礦和鈾加工廠。他們在蘇聯廣大，人煙稀少的地區，建立了試驗基地。所有的設施及人員都由秘密警察負責，確保安全。貝利亞瞭解研究內容的範圍和人員的互動，他代表在現代俄羅斯歷史上邪惡的化身，但是他也擁有巨大的精力和工作能力。科學家們不得不認識到他的聰明智慧，意志力和目標集中的特性。

史達林找到了一個能把工作完成的一流領導者和管理人員。然而，令史達林非常高興的是，貝利亞建議，蘇聯開始進行間諜活動，從西方獲取原子彈技術，並尋求從國外獲得必要的材料，特別是通過滲透德國的核子計劃。

希姆勒要求他在斯德哥爾摩紅十字會的連絡人，打電話給莫斯科的一個號碼留言。貝利亞收到了一條訊息：「柏林來的禮物」。

舍菲德是位於柏林東北五十英哩的地方，是一個以荒蕪的鄉村、沼澤和森林、深水湖、豐盛的野生動物，以及華麗的狩獵屋而聞名的地區。其中的一個就是赫爾曼．戈林的卡琳大堂。

卡洛琳．斯玨勒活著的時候，她和赫爾曼．戈林的弟弟阿伯特一同為沒收的猶太人藝術品制定詳細的索引書冊，以便有一天能把這些藝術品歸還給合法的主人。卡洛琳死後的骨灰也是葬在卡琳大堂的花園。

戈林安排了德國空軍的安全人員負責看守任務，使蓋世太保遠離。葛麗塔在墓碑上做了特殊圖案，只有羅爾夫、海蒂和她自己才能認出它。

當羅爾夫回到柏林時，他去看了卡洛琳的墳墓，並在那裡徘徊了很長一段時間。保安人員曾警告他，不要太頻繁的來這裡，因為在戈林莊園的正後方是希姆勒的一個大型狩獵小屋，他的蓋世太保軍官經常來來去去，在那裡舉行活動，那時就有不少的蓋世太保出現。但是與希姆勒本人來訪時，蓋世太保們的前呼後擁相比，那是小巫見大巫了。

在看到希姆勒的個人安全保護後，羅爾夫確信他幾乎沒有機會殺死這個人。但他還是要求阿伯特，如果可能，還是通知他，希姆勒什麼時候會來他的狩獵小屋。羅爾夫很好奇，想親眼看看這個想要強姦和殺害卡洛琳的野獸。

阿伯特在電話裡告訴他，有人在希姆勒的狩獵小屋裡忙碌的工作，似乎在準備重要的會議，同時異常的安全措施也正在開始，希姆勒可能會出現。

與此同時，羅爾夫在軍情局的同事們也散佈謠言說，希姆勒計劃與外國高級代表舉行一次重要會議，但是對會議保密，甚至連希特勒的辦公室都沒有接到通知。

羅爾夫把他的相機和一個長距離鏡頭交給阿伯特，教他如何使用。相機是藏在卡琳大堂屋頂上的閣樓裡，鏡頭可以覆蓋整個的希姆勒狩獵小屋。阿伯特在會議當天拍了一系列的照片，顯示一個斯拉夫人，以及穿著制服的蓋世太保軍官，整天進出狩獵小屋。

羅爾夫把照片交給了軍情局局長，卡納里斯海軍上將。這位看起來像是斯拉夫民族的人，被確認是帕維・阿特米將軍，他是莫斯科軍區的負責人，也是史達林信任的將軍，同時也是貝利亞的密友。穿制服的蓋世太保軍官是大家都認識的，希姆勒最信任的左右手，格雷戈・法布什。

在蓋世太保和軍情局之間一直存在有長期的相互敵對狀態，事實上，希姆勒和他信任的密友，黨衛軍的萊因哈德・海德里希將軍曾多次試圖接管軍情局，不但沒有成功，反而更增加了他們之間的鬥爭。

阿克塞・戈茨的報告就像是天賜給卡納里斯上將的禮物，他希望在希特勒面前，把希姆勒重重的打擊一次，希望減少蓋世太保的氣焰，把他們的地位拉下一級，從而防止他們在未來對軍情局的攻擊。

一支全副武裝的軍情局突擊隊，一百多名士兵和兩輛裝甲車，包圍了希姆勒的狩獵小屋。蓋世太保面對人多勢眾和壓倒性火力的突擊隊，他們投降了。格雷戈・法布什被發現藏匿在狩獵小屋後面，大約五十公尺處的一個小茅屋裡。

和他在一起的是他的情婦艾瑪・哈斯。她是來自奧斯維辛集中營和博根貝爾森集中營，臭名昭著的女警衛。她曾積極的參加送進毒氣室囚犯的選拔，還獲得了施虐者的名聲。她被認為是一個色情狂，在集中營的黨衛軍中有好幾個情人，包括惡名昭昭，用犯人從事恐怖人體實驗的約瑟夫・門格爾醫生。

哈斯喜歡和黨衛軍警衛睡覺，還命令年輕的猶太女孩看著她強姦其他囚犯。她喜歡鞭打發育良好，年輕女囚犯的乳房，觀看女性受苦，會令她的性欲高漲，是一種特殊的春藥。集中營的犯人給她的綽號是「奧斯維辛的土狼」。

她和綽號是「蛇怪」的法布什墜入了愛河，他們有一個重要的共同嗜好，就是觀看囚犯的痛苦。希姆勒希望獎勵他最有能力的助手，就特別批准將集中營的女警哈斯，調任為法布什的助手。此外，他還把狩獵小屋後面的小茅屋作為他們的愛巢。

投降的蓋世太保軍官被軍情局人員逮捕和審問。鑒於長期的相互仇視，蓋世太保官員遭受了相當大的毆打和折磨。但是顯然他們都不知道，一位高級紅軍將領和格雷戈・法布什會面的真正目的。軍情局把他們所有的希望，都寄託在對法布什和哈斯的審問上。法布什忍受著所有的刑訊折磨，只說他要見到希姆勒之後才會招供。

在審問哈斯時，她開始抵抗，但是當她被告知，她將作為囚犯而不是警衛被送回到奧斯維辛時，她就完全配合了。哈斯明白，一旦她被安置在她以前的受害者之中，她肯定會受到犯人們的報復懲罰。

她招供說，這次會議的目的是交換訊息和文件。一份為布爾什維克政府臥底的歐洲國家公務員完整名單，以交換德國濃縮鈾的儲存地點位置。艾瑪・哈斯說；法布什曾告訴她，蘇聯計劃派遣一支突擊隊，緊隨著挺進中的紅軍，他們的任務是確保儲存地點的安全，並防止被俄國人接管之前遭到破壞。儲存地點是在柏林以北三十五公里的哈威河畔的奧然寧堡集中營，一九三六年，該集中營的囚犯們被轉移到了薩森豪森集中營，而在營內建造了一個秘密儲藏設施，但是仍然保持了一個普通集中營的外觀。

現在軍情局掌握了蓋世太保的秘密，一份完整的事件報告被卡納里斯上將送到希特勒的桌上。他勃然大怒，找希姆勒問話。希姆勒意識到，拯救自己的唯一途徑，就是犧牲他最得力的助手法布什。希姆勒裝傻，他答應開始徹底調查，找出真相。同時要求法布什由蓋世太保來關押監護。

但是希特勒否決了他的要求，決定設立軍事法庭，指控法布什叛國，並將他交由軍情局拘留候審。此外，他還命令空軍總司令戈林，主持召開軍事法庭的一切工作，將蓋世太保完全排除在軍法程序之外。三個月後，穿著全套制服、胸前掛滿了勳章的被告，格雷戈．法布什，被帶進了擁擠的軍事法庭。就在檢察官完成了對被告的叛國罪指控聲明時，希姆勒走進法庭，大聲喊著：

「叛徒！叛徒！你這個卑鄙的叛徒！」他拔槍射擊，一整彈夾的子彈全射入了法布什。

希姆勒親手格殺對他忠心耿耿的法布什，讓他在希特勒面前的地位沒有動搖。許多德國人失望，包括軍情局裡的高層，但是阿克塞・戈茨獲得了製造原子彈所需的濃縮鈾儲存地點，以及在歐洲政府裡臥底的蘇聯間諜完整名單，成為他為美國戰略服務處的最大貢獻。艾瑪・哈斯被作為囚犯送進了奧斯維辛集中營，兩天後，屍體被發現，死況恐怖，慘不忍睹。

柏林的星期六下午，人行道上擠滿了人。葛麗塔下了電車，走得比平時快。今天是市場重新進貨的日子，她買到了一些很好的牛肉、豬肉和一整隻雞。她堅持自己要為斯玶勒先生做飯。顯然她的烹調可口，深得斯玶勒的喜愛，讓他恢復了減掉的體重。

葛麗塔很高興，因為她又可以為斯玶勒先生工作，而斯玶勒先生仍然像從前一樣的對待她。女主人海倫也很善待她，這使其他家庭工作人員更容易對葛麗塔友好。然而，她擔心海蒂到現在還沒有任何消息。

但是前一天，來了一封神秘的信，還是蓋世太保要抓住海蒂的陷阱詭計？無論如何，葛麗塔決定去阿德倫酒店。儘管蓋世太保可能會逮捕她，但她不會錯過見到海蒂的機會。發生了這麼多事情，海蒂需要知道她母親已經死了。

葛麗塔一直在想斯珏勒夫人，一位善良的女士，像對待自己的女兒一樣對待葛麗塔。現在，女主人顯然愛上了斯珏勒先生，葛麗塔想知道她是應該告訴海蒂還是保持沉默。

葛麗塔提著購物袋來到了阿德倫酒店。突然，她想到海蒂不會用她的真名，那她要怎麼在酒店裡找她呢？然後她想起了海蒂寫的一封信：「請來看瑪琳・迪特里希。」

這一定是要她去一樓的大舞台外見面，因為在那裡她們一起看了這位著名的女演員，也是她們最後分手的地方。葛麗塔走到大舞台門口。她聽見身後的一個女人聲音，嚇了她一跳。

「葛麗塔，是我。不要轉身，什麼也不要說。跟著我。」

她的心臟跳得太快了，她害怕會暈倒。葛麗塔跟著海蒂走進了大廳的電梯。

「夫人，請問要去到哪一層？」電梯操作員問。

「四樓，謝謝。」

操作員看著葛麗塔，她平靜的回答：「同樣的一層。」

就在電梯門關上之前，一個人匆匆走進來，對操作員說：「對不起，三樓。」

葛麗塔被帶到走廊盡頭的最後一個房間。一旦進了房間，她終於可以盯著看一看帶她進來的女人。

「妳真的是我的海蒂嗎？你現在是個很漂亮的女人了。」

「葛麗塔，是我！天哪，妳把我想死了。」

兩人淚流滿面，緊緊地擁抱著對方。直到有人敲門，海蒂立刻放開了葛麗塔，從手提包裡拿出了一把華特P三八式手槍。

「是誰？」她問。

一個聲音回答說：「是我。解除警戒。」

海蒂收起手槍，打開了門。葛麗塔驚訝地發現，原來就是最後進入電梯的同一個人。海蒂注意到葛麗塔的困惑，解釋道：

「我叫瑪麗亞・索雷斯，這是我丈夫路易・索雷斯。我們來自葡萄牙的里斯本。我們必須非常小心，因為我們是美國政府的情報人員。葛麗塔，妳見過我父母親嗎？」

海蒂含著淚說：「斯玨勒先生，他現在改了名字，叫阿克塞・戈茨，他很好。但是斯玨勒夫人去世了。對不起，海蒂，我沒有好好的照顧她。」

「告訴我發生了什麼。」

兩個女人都哭了，葛麗塔告訴海蒂，她離家後所發生的事。葛麗塔忍不住又哭泣著說：「是我沒有好好的照顧夫人。海蒂小姐，你必須原諒我。」

「葛麗塔，別自責。是納粹殺了媽媽。現在，我想見我爸爸。」

他們乘坐了沃納・斯特恩的計程車，在海倫的大房子前，來回經過了兩次，試圖發現任何跟蹤監視。山姆坐在前座，告訴沃納可以接近了。在最後一個右轉後，海蒂對葛麗塔說：

「快進去，如果沒有陌生人或可疑的人，就空著雙手再次出來。如果有危險，就拿著手帕出來。」

葛麗塔很快穿過街道，用鑰匙打開前門，發現羅爾夫和海倫正在客廳喝茶。他們看著葛麗塔拿著購物袋急匆匆的進去，也沒有跟他們打招呼，很奇怪的到所有的房間看看。

「房子裡有陌生人嗎？」她大聲的問。

羅爾夫笑了起來，海倫溫柔的問：「葛麗塔，妳是怎麼了？好像是看見鬼魂了。妳今天晚了，市場一定很多人。」

葛麗塔不理睬，又走出了大門。羅爾夫感覺到是有什麼事了，他朝大門走去，但是大門又開了，葛麗塔衝了進來，興奮地喊道：

「你們看，我把誰帶來了！」

海蒂走進房子：「爸爸，我回來了。海倫阿姨，妳好嗎？」

海蒂緊緊的抱著父親，哭了起來。羅爾夫拍著她的背說：

「海蒂，別哭了，妳已經長大了。讓爸爸好好看看妳。」

海蒂抱著海倫說：「海倫阿姨，葛麗塔把一切都告訴了我。謝謝你照顧爸爸，媽媽已經離開我們了。我也很高興你邀請葛麗塔為妳工作。她的丈夫被紅軍俘虜，她只是一個人了。」

「我喜歡葛麗塔。她很聰明，工作也很努力，」海倫回答。「而且，她知道如何照顧羅爾夫。更重要的是，這些年來妳過得怎麼樣？我們沒有任何關於妳生活的消息。」

羅爾夫也說：「除了有幾次，從瑞士送來一些模模糊糊，似是而非的訊息。讓我很擔心妳。」

「很抱歉，讓爸爸擔心。但是我對您的處境倒是有所瞭解。」

海倫說：「看看妳，長得這麼漂亮了，就像妳媽媽卡洛琳一樣。」

門是開著的，山姆悄悄的走了進來。他全神貫注的觀看正在上演的家庭團圓戲劇。山姆注意到牆上掛著一幅引人注目的油畫。它是一隻精心繪製的烏鴉，站在樹枝上張開著翅膀。但是它不是通常的黑色烏鴉，而是少見的白色。當山姆盯著那隻白烏鴉時，他立刻陷入了沉思。與此同時，海倫注意到了他，葛麗塔請大家注意，她介紹說：

「這是海蒂的丈夫，路易・索雷斯先生。」

海倫微笑著說：「請坐。讓我放點音樂吧！」

她從櫃子裡拿出一張唱片，放在留聲機上打開，整個客廳裡立刻充滿了悅耳的歌聲。那是一首《聖母瑪麗亞》的名曲！唱片播放完後，海蒂目瞪口呆。但是山姆平靜的問：

「柏林動物園裡有黑鳥嗎？」

「沒有黑鳥，但有袋鼠，」海倫回答。

「昨天是星期一，還有下雨。」山姆繼續說。

「昨天是星期二，天氣很陰。」海倫也繼續回答。

「風是從南方吹來的嗎？」，「風從東方吹來，非常強勁。」

山姆長歎了一口氣，不相信的說：「我們都被詛咒了。所有的人都搞錯了！原來是女人。」

海蒂很興奮的說：「海倫阿姨，妳真的是代號白烏鴉的臥底嗎？妳已經給出了所有正確的驗證。」

「是的。當妳還在大學裡分發傳單，做反納粹活動時，我已是往瑞士去送情報了。」

突然，一個老人拿著一把巨大的毛瑟盒子炮手槍衝進房間。他喊道：

「怎麼回事？大家都不許動！」

但是山姆和海蒂已經拉開距離，拔出了華特P三八式手槍，雙手握槍，兩臂伸直，手槍瞄準了老人：「放下武器，舉起手來！」

海倫走上前，喊道：「大家都不要緊張！奧托，他們都是朋友，你不認識年輕的海蒂嗎？」

奧托很勉強的回答：「海蒂是個漂亮的小女孩，但她是個女人，我怎麼能認出她來？」

老司機揮舞著他的盒子炮，嘴裡念念有詞的走了。海倫搖了搖頭：

「奧托越來越老了，自從我父親雇用他以來，他一直為我們當司機。」

葛麗塔接著說：「奧托看上去又老又暴躁，但他真的是個很好的人。」

山姆咳嗽了兩次，清清喉嚨引起大家的注意：

「對不起，大家。既然我們已經確定了我們的身分，看來我是找到了正確的地方。我是我們中間唯一的陌生人，所以讓我先自我介紹一下。我是美國政府的情報軍官，海蒂是為我在柏林任務的助手。我們的任務是要把你們安全撤離柏林。」

羅爾夫補充道：「太好了，海蒂和我將成戰略服務處的父女團隊。」

海蒂補充說：「別忘了，還有白烏鴉，她將是我們的資深團員。」

山姆繼續說：「在這次任務中，海蒂和我被稱為路易・索雷斯先生和瑪麗亞・索雷斯夫人，來自里斯本。我們的任務是把斯玨勒先生和白烏鴉撤出德國。我們有可靠的情報表明蓋世太保特工正在接近你們。並且情況對你們越來越危險了。」

海蒂接著說：「總部已經討論過，爸爸和白烏鴉將會更有效的在總部，而不是在德國，為盟軍進行情報分析。另外，我想請葛麗塔也和我們一起去。在柏林，蓋世太保發現爸爸和海倫阿姨失蹤後，她們會折磨她，獲取情報。」

葛麗塔說：「但我得在這兒等我丈夫彼得回來。」

山姆說：「戰爭結束後，局勢將非常混亂。遣返戰敗國家的將戰俘將是最後考慮的問題。特別是，蘇聯會把戰俘關押在勞動營從事重建工作，不能確定哪年才會遣返。但是我們戰略服務處可以要求蘇聯將美國政府雇員的家屬移交給美國軍隊。我需要說服上司先雇用葛麗塔。但我不認為這會是一個問題，因為我們的英雄們，如敵後臥底特工羅爾夫・斯玨勒和傳說中的白烏鴉，都會有同樣的強烈要求。」

海蒂很高興：「這真是太好了。我所有的親人又會在一起了。海倫阿姨，很多年前，妳不要我問，妳為什麼要加入納粹黨。妳現在能告訴我了嗎？」

海倫握著海蒂的手：「我要先告訴妳納粹黨的一些歷史。在成立後不久，他們就在意識形態上發生了分歧。一些最初的成員堅持致力於社會主義理念。畢竟，這是一個國家社會主義的政黨。納粹一詞就是以這些字的第一個字母所集成的。他們的理念是德國的財富和土地，必須與工人階級分享。但是黨裡另一部分人，包括富有的支持者，例如：克魯普男爵、弗里茨・馮・蒂森和類似背景的其他人，強烈的不贊同。」

羅爾夫評論道：「財富和社會良知通常是不相容的，這並不奇怪。」

「羅爾夫，別打斷我。當時，希特勒急需要錢，所以他站在富裕黨員的一邊，這導致了反對派組織的成立。」

羅爾夫補充道：「我還記得，那是納粹黨的左翼份子，他們成立了『黑陣線』成為希特勒的對手。」

「是的，你是對的。奧托・斯玨瑟認為納粹黨最初的反資本主義性質已經被希特勒出賣了。他是在一九三〇年被納粹黨開除後，成立了一個政治團體，稱為，全國革命社會主義者戰鬥聯盟，後來又被稱為：黑陣線。」

海蒂很好奇：「黑陣線最後的下場如何？」

「他們無法作為有效的反對派，納粹黨執政後，他們走上了被滅亡之路・奧托・斯玨瑟被流放到捷克斯洛伐克。在一九三四年的『長刀之夜』，奧托的哥哥，格雷戈・斯玨瑟和黑陣線的許多成員，被希特勒的一道命令謀殺了，從此黑陣線組織就被徹底根除。與此同時，希特勒強迫其他的納粹黨員效忠和支持納粹黨的右翼思想。」

「我不相信這些事件會促成妳加入納粹黨。」海蒂堅持說。

「我父親是黑陣線的地下成員。在口頭上承諾和滿足希特勒的要求，但是在他生病和最終死亡之前，將大部分財富和家族事業，轉移到瑞士。他對我說的最後一句話是：加入納粹黨，繼續與希特勒搏鬥，以拯救他熱愛的德國。」

羅爾夫痛苦的說：「妳以前為什麼不跟我說這些事情呢？」

海倫盯著她的腳，整個房間都沉默了很長一段時間。然後她說：

「放棄你是我在一群納粹中生存的唯一途徑。羅爾夫，我比你苦多了。卡洛琳走進你的生活，帶給你幸福，然後她給了你海蒂，讓你成為一個完整的男人。」

羅爾夫變得非常情緒化。「對不起，海倫。我太傻了，沒想到妳是真正的德國愛國者。」

「羅爾夫，不要為我的遭遇責備你自己。我很清楚加入納粹黨會把你趕走。我是故意這樣做的，因為要繼續我父親的抵抗活動是非常的危險。就像很多地下的黑陣線成員一樣，我可能會被處決，所以不得不切斷所有以前的聯繫。」

海蒂說：「海倫，你曾經對我說，我父母的美滿婚姻，讓人們很快忘記了妳和我父親以前是情人。」

「是的，那是真的，但這也讓我很難過，我會想起自己的孤獨悲慘生活，直到我發現妳在大學校園散發反納粹的傳單，讓我想起了羅爾夫。」

「妳保護我，讓我免遭蓋世太保的逮捕。海倫，我將永遠感激妳。」

「這是我母性的本能。我也很高興，因為妳讓我想起了妳父親和那些充滿愛的日子。妳知道，妳是可以作我的女兒。」

海蒂笑著說：「海倫，如果你同意嫁給我父親，我不就變成是妳的女兒了嗎？爸爸，你為什麼不出聲呢？」

突然，山姆打破了沉默：「海倫女士，我希望提醒您，在您的婚姻裡，將會有額外的好處。那就是您也會得到一個優秀的女婿。」

海蒂很快補充道：「但我們是一對虛假的夫妻，是我們在柏林的行動，需要掩飾我們的身分。」

「如果妳願意，我們可以把它變成真正的事實。」

「山姆，你是在這些見證人面前說話，你應該知道會有什麼後果。」

「我當然知道。妳還有什麼想法？」

「在我們離開柏林之前，我想在我母親的墳上放些花。」

這是海蒂在柏林的任務最後一晚。在阿德倫酒店寬敞舒適的床上，山姆和海蒂激情的相愛著。他很溫柔，在她耳邊低聲細語的說著愛情故事，但是在下一刻，他也會強力的蹂躪她。海蒂發現山姆有能力讓她靈魂出竅，進入虛幻的世界。她唯一能確定的是，他對她的態度發生了變化。對他來說，以前她只是個小女孩或是小蝦米，而現在，在山姆的眼裡，她已經是個成熟的女人。

來到德國，尤其是柏林，安娜在最終背叛了他的事實，終於深深的印入了他的腦海。山姆一直在思考要如何追查安娜的丈夫和相關的原子彈事件的關係，山姆是以非常專業的方式討論，這給海蒂減輕了很大的壓力。

柏林任務也是海蒂的一個分水嶺，因為她現在可以感覺到，山姆是在和她戀愛。以前，她覺得他是因為關心，在照顧一個有需要的女人。兩個赤裸的身體仍然緊緊地纏在一起，山姆在發洩之後，進入了熟睡。

現在，他動了動，眼睛還閉著：

「我還想要。」

「還想要什麼？」海蒂開始撫摸他。

山姆睜開眼睛，看著海蒂漂亮的臉蛋：「妳，我還想要妳。」

海蒂深深地吻了他，發現他已經劍拔弩張，準備好了：「山姆，你剛剛才要了我，差點殺死我三次。現在我們必須作一次在柏林的最後談話。」

「你可以讓我進到妳身體裡，我保證，除非是妳要，否則我就一動都不動。」

「好的。我會把你包起來，為你保暖。」海蒂調整了一下，開始說話。

「你知道阿伯特・戈林是個好人。我從來沒有想到，邪惡的赫爾曼・戈林會有這麼好的弟弟。」

「赫爾曼・戈林是一隻血腥的法西斯主義肥豬，但他不是一個反猶太主義的魔鬼。就猶太人而言，希特勒和希姆勒才是真正的魔鬼。」

「我很高興我母親能在她生命裡的最後一年，做些有意義的事情，而不僅僅是為了生存而隱蔽在愛她的納粹背後。」

「海蒂，別忘了，是你父親受苦最深。對他或任何男人來說，把自己的妻子推到另一個男人的懷抱中是最痛苦的，因為他知道男人會日夜擁有她的身體和靈魂。」

「是的。昨天我們去到母親的墓時，我注意到父親臉上的痛苦表情。我知道他的心在流血。我為他哭泣，但是我告訴他，我是在想念母親。」

「有一點，妳母親是一個非常幸運的女人，這麼多年來，赫爾曼・戈林仍然非常愛她。你能想像，今天在柏林有哪一個猶太女人，能有這樣的埋葬？」

「你說得對，山姆。我媽媽總是那麼漂亮，而且性格很好。男人就是愛她。海倫告訴我，我母親離開戈林是因為他加入了納粹黨，然後她嫁給了我父親。這正是我父親離開海倫娶了我母親的原因。」

山姆說：「但是你父親不明白海倫加入納粹黨的真正原因，因此失去了她。但是在這兩個男女的關係裡，愛情最終征服了一切。」

「是的，我父親和海倫終於在一起了，他們很快樂。當父親發現母親因為希姆勒想強姦她而自殺時，他決定要去殺了希姆勒，儘管他的安全非常嚴密，父親也不在乎自身的生死，可見他懷恨多深。我不能想像這些年來，他如何的思念母親，而還活得下去。」

「幸虧他沒有魯莽衝動，沒去作傻事。但是說不定有一天，你父親會有機會把希姆勒親手殺了。」

海蒂說：「當然，這是海倫用她的女性力量說服了父親放棄這個想法。」

「但是別忘了，妳父親曾經促成希姆勒親自把他的得力助手殺死，格雷戈・法布什在被審問之前被打死，這一事實讓希特勒對希姆勒對納粹的忠誠，產生了極大的懷疑。從而降低了希姆勒在納粹的領導層地位，間接的幫助了胖子戈林。」

「是的，我父親也是這麼說的。順便告訴你，我父親對你印象很好。」

海蒂接著說，「我父親還告訴我，英國廣播公司已經廣播說，盟軍最高司令部已經宣佈，所有德國原子彈科學家現在都是敵方戰鬥人員以及戰犯，因為他們奴役了囚犯。他們還將科學家的配偶列為戰犯，因為他們在沒有適當補償的情況下使用囚犯。」

山姆說：「是的，在這次任務的簡報會上我得到了同樣的通知。」

「這會讓你更容易執行你的命令嗎？」

「你是說，殺了安娜的丈夫，甚至開槍打死安娜？」

「是的。你能告訴我在這個新的發展之後，你再次考慮過你的任務嗎？」

「在我們離開倫敦之前，我終於明白安娜回到柏林後不久就開始了她新的生活。我們之間發生的一切，就她而言，已經是過去了，這只是她生命中的歷史。我是一個足夠愚蠢的人，一直堅持著一些不復存在的東西。當我找到他們時，我會以戰爭罪逮捕他們。如果他們投降，我就把他們交給當局。如果他們提供有價值的信息，我會報告當局，讓他們在決定判決時，用來考慮。」

海蒂問：「如果他們抵抗你執行逮捕他們的任務，你會怎麼做？」

山姆回答說：「這很簡單。我將遵循很久以前就已建立的標準程序。包括制服他們，嚴重時甚至開槍。」

兩人都沉默了很長一段時間，山姆突然問：「海蒂，妳在幹什麼？這就是你所說的女性力量嗎？」

「我喜歡你在我身體裡，所以我要緊緊的包住。山姆，你不喜歡嗎？」

「當然喜歡。但是如果妳繼續這樣做，妳必須對後果負責。」

海蒂把他推倒，騎上他。她說：「閉嘴，好好享受吧。」

海蒂開始拚命的騎著他在草原上奔馳，但在最後，是海蒂昏迷了，進入虛幻世界。這次，她的眼睛裡含著淚水。

離阿德倫酒店不遠的大房子裡，羅爾夫和海倫在激情過後躺在床上休息。看到她臉上露出滿意的微笑，羅爾夫高興地說：「這是我們告別柏林的做愛。海倫，妳滿意嗎？」

「你不知道嗎？你是一隻大野獸。我當了二十多年修女，可是你一出現，你每晚都要侵犯我。難道你不累嗎？」

羅爾夫斷然回答說：「從來不累！都是妳的錯，是妳太誘人了。」

「說真的，羅爾夫，我要你答應我，等希特勒和所有納粹分子都消失的時候，我們會回來。我們從出生，柏林就是我們的家。這裡有太多美好的回憶。」

「是的，我們一定會回來的。我希望他們在重建工作中需要我。我也需要賺點錢，我失去了一切，現在我是個窮光蛋了。」

海倫說：「也不完全是。記得嗎？你逃走的時候把所有東西都廉價出賣。是我買了你所有的財產和生意。我把它們變成了一個信託，把它存到了瑞士的一家銀行。所以別擔心，你還有你的錢。此外，我很富有。」

「我知道妳很有錢，但我不想用妳的錢。當年你父母為什麼看不起我的記憶，在我的腦海裡還栩栩如生。無論如何，我不知道該如何感謝妳對我的關心。也許我需要一天和妳做愛兩次，而不是一次。」

「羅爾夫，你想謀殺我嗎？」

「海倫，說真的，妳覺得這個美國人山姆怎麼樣？他請求我允許他娶海蒂。」

「我覺得他很不錯，顯然海蒂非常愛他。你怎麼認為？」

「我也喜歡他。我注意到他，在有不明人物接近時，他總是會站在海蒂的前面。而且，我認為他是個非常聰明的人，表現的很負責任。」

「那麼，關於他的要求，你是怎麼回答的？」

「我告訴他，那是海蒂要做的決定。他很高興。我相信海蒂已經答應和他結婚了。」

「我很驚訝，羅爾夫。既然海蒂是唯一的女兒，我想你會捨不得她嫁給外國人。」

「妳知道，雖然海蒂在外貌上非常像卡洛琳，但她已經成長為一個具有不同個性的女人。卡洛琳總是需要男人來保護她，這也是她魅力的一部分。但是海蒂充滿自信，她知道在任何情況下該怎麼做。即使山姆站在她前面保護她，她也會迅速配合，拔出槍來增強他們的火力。某些地方，海蒂更像妳。」

海倫說：「是的，我也注意到了。在某種意義上，他們是非常般配的。」

「我同意，但我也有一個顧慮，海倫，」羅爾夫繼續說，「你看，在種族上，海蒂是一半猶太人，一半雅利安人。我聽說山姆是歐亞混血兒，一半中國人，一半葡萄牙人。現在，妳能想像我們的孫子輩會有什麼樣的基因嗎？」

海倫興高采烈：「天哪！太美妙了！我們的孫子、孫女會是世界上最漂亮和最聰明的孩子。想想他們血液中所有的好基因。現在我等不及要見他們了。你去告訴海蒂，一定要快一點。」

「妳確定嗎？現在，如果我能抓住希特勒或者希姆勒，我會告訴他們，納粹的種族政策是多麼糟糕。」

柏林機場位於柏林市內，距離市中心不是很遠。老奧托開車送羅爾夫和海倫以及葛麗塔去機場。山姆和海蒂是坐沃納・斯特恩的計程車去機場。除了山姆，別人都是要去巴黎，山姆是陪他們，看他們安全的上飛機。為了隱私，海蒂和山姆單獨留在機場的一角，山姆說：「海蒂，妳確定妳能自己處理以後的撤離任務嗎？」

「別擔心我。我在外勤訓練班上名列前茅。」

山姆緊緊地抱著她，變得嚴肅起來：「現在，妳必需要規矩點。別想去冰島了。」

「山姆，我全是你的，其他人不許擁有我。放心，不是所有的德國女人都像安娜。」

「妳太漂亮了，男人不會放過妳的。」

「他們發現那位法西斯笨豬，皮爾森身上發生的事之後，就會對我避而遠之。現在我是以用開水燙男人的老二而聲名狼藉。但是你仍然有魅力讓女人獻身。我允許你，為了拯救你的小命，在必要關頭，可以去服侍她們。重要的是，你必須活著回來，否則有你好看的。」

「唐納文將軍已經給了我同樣的命令。」山姆說。「如果我不是完整的回來，他會炒我的屁股的。」

海蒂注意到這句話不合邏輯，但沒有指出。相反，她深深的吻了他，然後進入機場，辦理護照和通關手續。

柏林機場的工作人員，包括官員和蓋世太保，都是帶著微笑和有禮貌的，因為納粹政府已經決定，高官、商業人士，最重要的是，外國記者進出柏林必須看到德國和藹可親的面孔。

因此，前往巴黎的旅客，如一名身著便服的軍事情報局軍官，阿克塞．戈茨，在一名高級納粹女黨員和一位年輕時髦的葡萄牙女士，以及一位女僕人的陪同下，出示了他們的證件後，就被揮手通過。

當蓋世太保注意到出示的文件中包括了托德組織的邀請信，他平伸僵硬的手臂，向希特勒敬禮以示尊敬。托德組織是第三帝國的一個土木和軍事工程機構，以其創始人，也是高級納粹人物，弗里茨．托德的名字命名。該組織曾負責德國本身和從法國到蘇聯的佔領區的大量工程項目，包括大西洋長城的防禦工事。在柏林坦普霍夫機場運營的航空公司之一是法國航空公司，它已在歐洲與北非和遠東等更遠地區的法國殖民地建立了廣泛的空運網。在最繁忙的巴黎－柏林航線上，它使用了由德沃伊坦飛機公司製造的D三三八客機。它是為開拓法屬印度支那和遠東地區的香港和上海目的地而設計的。

在今天相對的短途飛行，它準時起飛。控制塔台指示飛機滑行至跑道末端，等待入境飛機降落。然後管制員簽發了起飛的最後許可證。在三個引擎全馬力運轉的情況下，飛機在逆風中呼嘯升空。當飛機升到高空時，可以看到街道、公園和小城鎮的教堂尖塔的全景，然後在黃昏時分，一片片方格的農田仍然隱約呈綠色。

儘管非常平靜，羅爾夫・斯玨勒心中感到不安。這就是盟軍轟炸機上的機員，在投擲炸彈和毀滅目標前所看到的景色。羅爾夫曾經目睹過德國轟炸機在西班牙內戰時對城鎮造成的毀滅。

現在，在這些德國小鎮上，他的德國同胞正在吃晚飯。他們會知道將要發生的事嗎？想到自己將離開他所愛的祖國，離開曾一起生活的同胞，他還會回來嗎？那時下面的土地和在土地上生活的人，會是如何呢？

羅爾夫想起了他的妻子卡洛琳，看了一眼坐在後面兩排的海蒂。卡洛琳現在是去了沒有人能再傷害她的地方。但他還需要保護海蒂，因為她還有一大段人生在她面前。坐在他旁邊的海倫感覺到羅爾夫的神智正處於一片混亂之中。她緊緊握著他的手，直到飛機降落。

勒波傑機場於巴黎東北部約七英哩的地方，在到達大廳，有兩名托德組織人員舉著歡迎阿克塞・戈茨的牌子。

羅爾夫不理睬他們，和海蒂和葛麗塔一起走出大門。現在是海蒂在指揮，兩輛事先安排好的計程車將他們接走，駛離機場。當最後一批從柏林來的乘客出來時，來自托德組織的迎接人員感到困惑。他們詢問航空公司，被告知乘客阿克塞・戈茨和海倫・馮・霍德巴克，以及葛麗塔不在從柏林起飛的航班旅客名單上。也許他們會在下一班飛機到達。

計程車以謹慎的高速從北向南穿過巴黎市區。司機不想引起任何注意，但是他們要在宵禁前到達目的地。

安全屋位於市中心西南約二十七英哩的蘭布依小村莊，座落在一片廣闊的森林邊緣。在茂密的樹木中，有一個湖，因其形狀而名叫環湖。它的一邊是一片相對平坦的草地，安全屋是一個廢棄的穀倉，在那裡他們見到了四名戰略服務處的行動員，正在準備迎接英國皇家空軍，特種任務中隊的萊桑德飛機，執行撤離任務。

出於明顯的安全考慮，飛機將在地面停留不到五分鐘的時間。午夜過後不久，在地勤人員的引導指揮下，兩架萊桑德飛機安全著陸。四名乘客分別被塞進兩架飛機。發動機以最大馬力，在地面短暫但顛簸的滑行之後，飛機一架跟著一架，騰空而起。在英國皇家空軍的一個基地，美國戰略服務處的高級官員以及海蒂的一些同事，歡迎他們的到來。

第十六章：離別上海終結愛情故事

日本駐柏林大使館的法律參贊，武藤晴子，幾天前收到了一張明信片。上面寫著：「久別無恙，希望很快能見面。」在下面只是簡單的地簽了個S。

明信片上的照片是一所河邊上的房子。晴子立刻認出那是康乃狄克州，新倫敦鎮附近泰晤士河畔的船塢。耶魯大學與哈佛大學的划艇比賽，還有山姆的影像在她腦海中開始湧動。

山姆已經到了柏林嗎？他會是日本在這次大戰裡的最後希望嗎？隨後她就鬆了一口氣，如果答案是否定的，美國政府就不必回答，也就不用派山姆來了。無論如何，她很高興能見到她曾經深愛過的同學。

晴子給在義大利、羅馬等著的父親發了電報。她的父親，武藤元一郎將軍，是日本天皇最信賴的助手，也是皇宮的幕僚之一，在軍事和外交事務上為天皇提供建議，實際上他是天皇的副官。晴子住在離大使館不遠的地方，如果天氣好，她也不太累，就像今天一樣，她通常喜歡步行回家。當晴子在街角轉彎時，有一輛計程車的司機站在車外，他問：

「小姐，您有興趣去船塢嗎？」

晴子愣了一下，花了一點時間才恢復，明白這是山姆的接觸。她問：

「船塢在哪裡？」

計程車司機回答說：「在泰晤士河岸邊。」

晴子上了計程車，司機說：

「武藤小姐，明天下班後，您需要去阿德倫酒店，四三一號房間。從里斯本來的，路易・索雷斯先生在那裡等您。」

晴子回答說：「很好。你現在帶我去柏林火車站。」

當計程車到達目的地時，晴子很快的走進繁忙的候車大廳，然後穿過車站的自助餐廳，和用餐完畢的旅客一起走出側門。為了確保沒有人跟蹤她，晴子很快的跳上了一輛電車。

在阿德倫酒店，禮賓部打電話到四三一號房間，通知索雷斯先生，武藤小姐已經到了。山姆讓門房送她上來。這些年之後，山姆驚訝地發現，晴子沒有什麼變化。就像是時間在她身上凍結了，她看起來更是年輕美麗，她伸出手來，但是山姆說：

「這是妳問候老朋友的方式嗎？」

「你在期待什麼？我一直是過著尼姑般的生活。這都是你的錯。」

然後她緊緊地抱住他，把頭埋在他的脖子和胸口，不想讓山姆看到她臉上的淚水。但是她企圖隱瞞失敗了，她聽到山姆說：

「晴子，請不要哭了，我很抱歉。我是個大傻瓜。」

「不，你不是傻瓜。你就是個頑固的人，我又不如你的德國愛人，所以我沒戲唱。我哭是因為我的國家處於絕望中。現在，請你吻我。」

他們深情地吻了很長一段時間，然後就分開了。

山姆說：「好吧，現在妳可以嘲笑我，我是個多麼愚蠢的人。」

「不，你不笨。在我遇見你之前，你剛剛對一個女人做出了承諾。我當然知道你對我有感覺，有時候還挺強烈。但是你太高尚了，即使在她背叛了你之後，你還不肯放棄她，即使我用了渾身解數，你也不肯穿刺我。」

「這就是一個男人最愚蠢的地方。可是妳已經原諒我了，是嗎？」

「但是一切都太遲了。我們日本人已經沒有前途。我唯一確定的是，你仍然有能力給我那毀滅性的親吻。」

山姆又吻了她一次，但是這次吻得更激烈，有更大的索求。他的雙手在她身上開始侵略性的撫摸，打動她的情緒，使她的身體扭曲，她的呻吟聲越來越大。他把舌頭伸進她的嘴裡，身體的每一寸都緊緊地貼在她身上。她的體溫迅速上升，她的自控力正接近極限，但是她突然把他推開。

「山姆，等等。我父親來了，正在等你。他有來自東京的壞消息。」

「晴子，武藤將軍是什麼時候到達柏林的？我確實從美國政府那裡得到了好訊息，他應該很高興的聽我報告。」

「我父親昨天從義大利來到柏林。他非常需要見你。現在東京的局勢非常緊張。」

「他在什麼地方？我們現在就去見他。」

山姆和晴子乘坐沃納・斯特恩的計程車到柏林市中心的蒂爾花園。計程車在公園北邊開進一條小巷，停在一家專門銷售東方和日本書籍和出版物的書店前。晴子帶著山姆上樓梯到二樓的公寓。她說：

「這是我在柏林的避難所。有時我會留在這裡，為了安靜。只有幾個值得信賴的同事知道這個地方。」

晴子敲了敲門，喊道：「是我，晴子。」

門開了，一個日本男人在關門之前，仔細查看了外面的街道。

晴子說：「山姆，請見見我父親，武藤元一郎將軍。」

山姆站在一旁，向他舉手行軍禮：

「將軍，我是美國陸軍情報軍官：山姆・李少校。將軍閣下，我奉命將我國政府的口信傳給將軍。請允許陳述。」

「是的，當然許可。少校，請坐。」

「閣下，如果可以的話，我希望站立著。」

「那麼，少校，你可以稍息放鬆。」

「是的，謝謝閣下。口頭信息傳達如下：『美國政府及其盟國同意，在日本投降後不起訴日本天皇的戰爭罪行。唯一的必須條件是日本天皇提供可靠信息，明確指出德國的大西洋長城防禦工事中，隱藏原子彈的精確位置。』」

將軍回答說：「李少校，我代表我的上級，日本帝國天皇，接受陳述之條件。我已經在地圖上標定了這些可能的隱藏地點，並已要求晴子用日本使館無線電台向倫敦發送。現在請坐下。我有一些關於新發展的重要信息，這可能會給美國軍方帶來潛在危險。」

將軍坐下後問道：「晴子，我們可以喝點茶，或者少校喜歡喝咖啡。」

「爸爸，他喜歡喝茶，」晴子說。

武藤將軍露出會心微笑：「我忘了你們曾是多年的同學。」

「是的，我們在耶魯大學的法學院，做過四年的同學。將軍，您來到柏林是秘密行動嗎？」

「是的，基本上只有晴子知道我在這裡。因為我剛才提到的，在日本國內的新情況發展，這次的行動必須保密。所以，這就是我在義大利而不是柏林等你的原因。」

「請原諒我問的細節。柏林是我們的敵區，為了我們的安全，需要瞭解所有的情況。如果我理解正確的話，您不僅要保護自己不受德國安全人員的傷害，而且要保護自己不受日本大使館人員的干擾。」

「你說得對，李少校。如果我在柏林出現被曝光，這將使日本天皇陷入絕境。這是我必須強調的。」

晴子問：「父親，那您是怎麼安排從東京到柏林的交通？」

「日本皇宮代表團需要對羅馬正式訪問，這是一次禮貌的回訪，大約一年前就安排好了。天皇任命我為代表團團長。皇宮與日本帝國航空公司關係密切，我們是用他們的包機飛到羅馬。包機雖然是使用三菱五七式朝雲號遠程運輸飛機，整個旅程仍然花了幾天的時間。晴子，妳一把李少校來的消息告訴我，我就化裝成商人，降落在柏林郊外的一個軍用機場。」

「將軍閣下，非常的好，」山姆說。「我相信您的身分還沒有暴露，請告訴我日本的新發展，我將不勝感激。」

武藤將軍喝了一口茶後開始說：「日本大使，大島浩男爵，是法西斯主義的堅定支持者和納粹主義的崇拜者。在柏林，他成了希特勒的私人朋友。大島浩本人是日本帝國的將軍，不久前，希特勒邀請他參觀法國海岸的大西洋長城防禦工事，為期四天。回到柏林後，他寫了一份二十頁的詳細訪問報告。」

山姆打斷了他的話：「對於一個外交官來說，這似乎是正常的行為。」

武藤將軍繼續說：「但是這位日本大使沒有向他的上級外交部長提交他的報告，而是將報告直接交給了東條英機首相。」

晴子補充說：「東條英機首相本人也是高級陸軍將領，是他強烈建議，發動偷襲珍珠港，摧毀美國在太平洋的海軍實力，引發了第二次世界大戰。」

將軍說：「接下來的情報是來自那些多年的老朋友，以及我的工作人員。顯然，大島浩大使與德國軍事將領進行了廣泛的討論，大多數職業軍人都反對大西洋防禦工事的概念。但是希特勒一直認為，必須將盟軍阻擋在灘頭陣地之前，使其不能挺進歐洲大陸。德國將領們認為：盟軍已經擁有壓倒性的空中和海上力量的絕對優勢，要在廣大的大西洋海岸灘頭阻擋入侵是不可能的。」

山姆問：「那麼他們建議的防禦計劃如何？」

「他們的戰略是將盟軍引導深入歐洲大陸，然後再摧毀他們。他們設想紅軍將從北方進攻，西方盟軍將從南方進攻，南北夾擊德國本土。然而，進攻部隊必須集中大量的裝甲和步兵來突破德國的防禦工事。因此，比利時東部，法國東北部，以及森林茂密的盧森堡，瓦隆尼亞阿登地區，會成為盟軍最理想的突破口。這是引爆原子彈的理想地點。」

山姆又問：「將軍閣下，您是如何取得這種特定，有指標性的防守計劃？」

「在很久，很久以前，我在歐洲結交了幾個朋友，事實上，成為了終身的生死之交朋友。」

「我在受訓時就曾讀到過，武藤元一郎將軍在無硝煙戰場上的輝煌事業。但是，這種詳細的具體信息，必然是來自現任的參與者。」

「你說得很對。現任的德國軍事情報局局長，卡納里斯海軍上將還是個下級軍官時，我在烏克蘭的黑海岸城市奧德薩，曾經兩次救了他的命。所以他很難不回答我的問題。」

「所以我相信您在這次柏林之行中，已經見過他了。」山姆說。

「是的，他安排了一個非常秘密的地點，多年的老朋友相見雖然很高興，但是我們的祖國都在面對滅亡。」喝了一口茶，默不出聲一會後，武藤將軍繼續說：

「我得到的情報是：德軍軍官向日本參謀本部討論了原子彈作為大規模殺傷性武器的概念，基本就是在對方部隊集中的地點，及時引爆。會議的結論是，西太平洋的硫磺島和沖繩島，很可能是美軍利用它們作為先遣基地，準備大規模登陸進攻日本本土。」

山姆說：「因此，日本的防禦計劃是在美軍登陸這些島嶼後引爆原子彈。我說得對嗎？」

「是的，的確如此。防止它發生的唯一辦法，就是在鈾材料運到這些島嶼之前摧毀。少校，日本天皇命令我將這些鈾材料的儲藏地點告知美國。」

武藤將軍遞給山姆一張紙條，寫明了鈾儲存地點的經緯度座標。山姆問：「這個存儲點的位置是在哪裡？」

武藤將軍解釋得很仔細：「它在朝鮮半島。是日本最頂尖的高能物理學家荒勝文策，為大日本帝國海軍的原子能研究計劃所建立。他也曾短暫留學德國，跟隨阿伯特・愛因斯坦從事研究工作。一九二八年，荒勝文策出任台北帝國大學首任物理學講座教授。同時他領導建造直線粒子加速器，在台灣做出亞洲第一次人工撞擊原子核實驗。一九三六年，他轉任京都帝國大學教授。他為日本海軍設計了超離心機分離鈾二三五，並且將鈾濃縮工作轉移到一個用氨生產化肥的工廠，該工廠是以電解氨水來生產重水。這使得荒勝文策的團隊能夠利用重水作為緩衝劑，來完成最關鍵的，中子調控的原子核分裂技術。這座工廠是位於朝鮮半島的東北部。它的經緯度座標已經寫在那張紙上了。」

「將軍閣下，這是美軍最重要的情報。我相信我的國家會非常感謝您的。」

晴子說：「山姆，如果你願意的話，我一回到大使館就可以用無線發送這個訊息。」

山姆緊緊握著她的手。「妳這樣做，我很感激。」

武藤將軍繼續說：「少校，你可能對另一件情報也感興趣。有一組德國原子彈專家被派往日本，該小組包括了漢斯・馮・利普曼博士和他的妻子。」

晴子打斷了他們的對話：「卡納里斯上將要我們跟蹤調查這個德國原子彈專家小組，我們發現在完成官方的訪問後，德國專家都返回國了。但是漢斯・馮・利普曼博士和他的妻子失蹤了，消失在稀薄的空氣中。德國當局已經向日本安全單位提出請求，要求協助找尋他們。」

山姆變得非常擔心：「將軍閣下，日本當局有關於他們下落的信息嗎？」

武藤將軍似乎是冷嘲熱諷的承認：「很像似德國軍隊和蓋世太保之間的衝突，日本帝國軍隊和日本安全機構也是有衝突。我的信息雖然不是官方的，但是絕對八九不離十，利普曼夫婦使用不同名字和不同護照從東京到了上海，並且持有中國駐維也納大使館的有效簽證。」

「我不太明白這種衝突。不過，我接到命令，需要逮捕利普曼夫婦。」

晴子問：「你確定你的命令是逮捕他們，而不是處決他們嗎？在秘密行動中，沒有在敵方領土上逮捕人的做法。你要麼就放人走路，要麼就格殺。你逮捕了他們以後又怎麼辦？」

「如果他們拒絕逮捕，我是可以使用暴力強制執行，也許就導致他們的死亡了。」山姆決定撒謊。

武藤將軍說：「威廉．卡納里斯告訴我，利普曼夫婦的父母都已經被拘留在猶太人的集中營。很顯然，蓋世太保的特別保護令在他們父母身上已經失效了，他們對納粹的價值在減少，所以他們自然想要逃出去。」

晴子補充說：「軍情局的朋友告訴我，蓋世太保的一名警官試圖強姦馮．利普曼夫人。也許這個行動是得到了希姆勒本人的默許。他在柏林是以強姦漂亮的猶太婦女而惡名照照。」

她注意到山姆臉上的複雜表情：「對不起，山姆。我相信她現在沒事，已經安全的離開柏林了。」

武藤將軍說：「日本安全部門，包括日本帝國陸軍和海軍的憲兵部隊，內政部屬下的行政警察，司法部屬下的司法警察。他們都是擁抱法西斯思想，而不是傳統的警察部隊。他們更像是一個秘密警察，類似於納粹德國的蓋世太保。」

山姆點點頭說：「現在我明白了，雖然日本帝國軍方想要回報猶太科學家給他們的幫助，來保護利普曼夫婦。但是日本安全機構想要執行蓋世太保的要求，也就是逮捕利普曼夫婦。」

武藤將軍說：「是的，情況就是這樣。日本所有的猶太人都被送到了上海，可以想像，一對猶太夫婦相對的很容易隱藏在有成千上萬猶太人的隔都中。然而，他們也可能面臨意想不到的危險，那就是日本具有極端民族主義的秘密結社團體，如黑龍會和山口組黑幫犯罪集團。他們已經成為日本安全機構，如憲兵部隊，勾結的抓牙。聽說德國蓋世太保也在利用他們執行任務。」

山姆點了點頭，試圖改變話題：「晴子，記得嗎？我在耶魯的時候問過妳，妳是不是和我一樣，是歐亞混血。妳給我的印象是，妳父親和一位英語老師之間的一次戀愛結果。」

晴子笑著說：「但是我沒告訴你，我有兩個父親。一個是養父，另一個是生身之父，他是日本天皇。山姆，我告訴你的是事實，只是沒說，我有兩個父親。我的生母的確是位英語老師，她在我出生時，因為難產而去世了。你像其他人一樣，以為是我的將軍爸爸出軌了，有了我。」

「這是很自然的，」山姆說。「我從沒想到過，我會有一個日本公主作為同學。」

武藤將軍又開口了：「少校，我想你應該讓晴子陪你去上海。她是帝國政府的官員，在某些情況下，辦事比較方便。另外，日本皇宮警衛隊在上海也有一些重要的關係可以動用。在某種程度上，你完成了任務，就是促進美國政府和日本天皇之間的協議。」

「是的，我知道。但是我擔心她會遇到危險。」

晴子說：「不會超過你的危險。而且，我父親的飛機要比其他任何方式，都更快的把我們送到上海。」

武藤將軍說：「我後天就要走了。在到達東京之前，我們將會在上海停留。」

第二天，山姆和晴子都很忙。他們必須確保所有的情報都是通過密碼從日本大使館無線電台發送出去。紙版副本郵寄到慕尼黑的阿爾卑斯銀行。在沃夫岡‧科納斯和沃納‧斯特恩撤離了柏林之後，山姆在柏林的外勤任務就結束了。

山姆對戰略服務處成功的與沃納取得了聯繫，感到非常欣慰。並且制定了一個計劃，將他送往瑞士受訓，然後將在慕尼黑成為地下電台的操作員。但是對山姆來說，最大的訊息是：盟軍最高指揮部批准了他的要求，就是對德國的奧然寧堡集中營和朝鮮東北部的一個工廠，也是原子彈儲存地點，執行最強大的重轟炸。

按照山姆的要求，將要啟動四級密集空襲，將持續轟炸數天，五百多架次的飛行堡壘重型轟炸機機群，向兩個目標投擲兩千多噸高爆炸彈及燃燒彈。轟炸機和各種護航戰鬥機中隊已經準備就緒，就在等待天氣轉晴。

下午晚些時候，山姆給阿德倫酒店打電話，詢問是否有任何消息等著他信息，他被告知日本大使館的法律參贊已經定好了與他的晚餐約會。當他匆匆趕回來時，晴子已經在他的房間裡等著了。山姆發現她非常漂亮，深深的吻了她。

她脫身後說：「我想我們今天會有剩下的時間，但是現在我們需要談談。」

山姆說：「當然。我有很多問題要問妳。妳先說吧！」

「不，你先說。」晴子很堅持。

「好吧，現在看來，我指的是你生父，裕仁天皇，他對戰爭的結果與東條英機首相是有不同的看法。」

「並不完全是。現在大多數日本人都同意，就戰爭而言，我們是失敗者。真正的問題是戰後會是如何。」她補充說，「首相是一位高級陸軍將領，是他建議珍珠港的襲擊來發動第二次世界大戰。日本帝國陸軍和海軍中的大多數將領，以及高級文職官員們，都認同首相的決定。只有很少數人反對，我父親武藤將軍就是其中之一。這就是人們稱之為戰爭內閣的原因之一，他們的口號是勝利或死亡。」

「這太不可思議了。現在他們將要面對報復性的懲罰。如果歷史可有任何跡象表明，他們中的大多數人都將被審判為戰犯，送上絞刑台。」

「因此，有一個陰謀正在醞釀，就是將整個戰爭，歸咎於裕仁天皇。有一批高級官員開始偽造文件，說明是天皇下令軍事侵略，以及禁止任何和平談判。」晴子說。

「現在我明白這些人在做什麼了。他們正試圖把自己的脖子從絞刑架的套索裡救出來。所以妳的將軍父親，正試圖要拯救妳的天皇父親。」

晴子顯得非常憂慮，她說：「這並不完全正確。我的父親是正在考慮戰後的日本。日本需要很快的重建，就像古典神話中的鳳凰從灰燼中升起。但是，只有我的天皇父親，才具有被大多數日本老百姓尊敬和信賴。日本普通民眾會在他呼籲重建和重生的號召下，團結起來共同努力。所以他是要拯救天皇來拯救日本。」

山姆陷入了沉思，所以晴子繼續說：

「我父親武藤將軍不止一次告訴我，考慮到歷史，天皇是有罪的，因為他沒有強力的制止戰爭，也許他在一開始時還曾鼓勵發起戰爭。而他自己如果因沒有有力的勸告天皇，而被判有罪，他不會爭辯，他會和他的同事們一起走上絞刑架，受死。」

「晴子，你父親是個高尚的人。妳應該為他感到驕傲。但是在目前的情況下，將軍有沒有辦法建議天皇來結束戰爭呢？」

「我的父親建議美國在日本的二線城市，投下一顆或不超過兩顆的原子彈。破壞性的影響和人員傷亡將造成巨大的混亂。我父親會命令皇宮警衛部隊控制東京的主要廣播電台，讓天皇下令日本武裝力量，無條件停火並向盟軍投降。他希望東條英機首相，以及他的幕僚們，沒有時間阻止天皇的行動。與此同時，皇宮警衛部隊將接管幾個主要機場的控制權，我會以無線電訊號通知美國這些機場的位置。佔領部隊應當儘快接管政府。這是確保日本的重建能夠立即開始的唯一途徑。」

山姆的印象深刻：「這真是太神奇了。它會是一隻從灰燼中升起的火鳳凰。」

「這是日本作為一個國家，和一個族群，在這場毀滅性的戰爭之後，唯一的希望。山姆，只有你活著，我們才有希望。如果你死了，皇帝的存亡和我國在戰爭結束時的存亡是不可能的。」

山姆驚呆了，一聲不響。因此，晴子就繼續說：

「我父親要我和你一起去上海，最大的目的是要我以他的名義，為你提供保護。但是我想和你一起去，是因為這將是我生命中，唯一的一次能和你親近。山姆，我餓了。我們能下樓去吃飯嗎？」

山姆跟著她走到門口，門一打開，山姆就把它關了。他緊緊地從背後摟住她的腰，把頭埋在她的脖子和肩膀上。她抬起頭，讓自己回到山姆的懷抱。

他低聲對她說：「妳知道嗎？我在耶魯大學的時候就愛上妳了。」

「我知道，但是你為什麼不告訴我？」

「我太蠢了，笨得不知道如何去抗拒已經背叛了我，和已經不存在的女朋友。」

「不，你不笨。是她太聰明了。或者是我對你的誘惑不夠強烈。」

山姆把她轉過身來，一隻手摟著她的腰，另一隻手托著她的頭，開始熱情的吻她。驚訝的是，晴子並沒有抵抗。相反，她擁抱了他，張開嘴來迎接他。他的手在她身上游走，撫摸著。發現在她的衣服下面沒有內衣，只有軟玉溫香的肉體。

「山姆，如果我們不下去，我們會錯過我們的晚餐。」

「但是我想要妳。」

晴子把他推開：「我是你的，我們有的就是時間。」

阿德倫酒店的主餐廳名副其實，所以他們選擇食物而不是激情，沒有令人失望。浪漫的環境，美味的食物和葡萄酒進一步增加了他們對飯後將發生的事，有了更大的期望。

「山姆，你什麼時候知道你女朋友要嫁給另一個男人的？」

「她叫安娜，是在婚禮前一天，她給我寫了封信，除了告訴我她即將和別的男人結婚，安娜在信中還重申了她對我永恆的愛。」

晴子說：「我記得在耶魯，有教授說你很聰明，但頭腦太天真簡單。當時，我認為這說法沒有任何意義，很明顯，你沒有分裂的個性。」

「我告訴過你，我只是愚蠢，被一個小男孩初戀的興奮蒙蔽了雙眼。」

「我希望是我去了紐約或海德堡去捕捉你的初戀。那你就永遠逃不出我的手了。」

「妳為什麼沒去呢？」

帶著深深的悲傷，晴子說：「你相信命運嗎？」

晚飯後，當山姆回到他們的套房時，晴子緊握著他的手，把他帶到了臥室。房間的燈沒有打開，但是附近的林蔭大道和勃蘭登堡城門發散出的光線，透過了大窗戶灑滿了全屋，山姆讓窗簾一直開著。

又一次的激情擁抱和親吻後，晴子開始脫山姆的衣服，一件件的，慢慢的脫，一邊欣賞她面前的雄偉的男性體格，一邊很快的把自己的衣服脫下，只剩下小小的絲質三角褲。站在山姆面前的是一位赤裸但是精緻的歐亞混血女神，一對高挺而堅實的乳房，細細的蠻腰和平坦的小腹。連接著一雙性感誘人的長腿。這些都是多年前在耶魯大學和她嬉戲和玩笑時，偷窺到而深深印在他腦海裡的影像。但是活生生的真人站在他眼前，幾年過去了，她身體的曲線和皮膚更加的成熟和光滑，散發著迷人的吸引力。

山姆感到有一股火在他體內燃燒，令他膨脹。他迫不及待的接近她，兩人的嘴糾纏著，雙手摸索著，將她推在身下。當再次入侵她的小嘴時，他的心跳加快，皮膚上的體溫上升。當他的手和嘴，漫遊和接觸她的全身時，她輕聲的呻吟。最後停在她的乳頭時，她發出了最輕微但令人心動的歡呼。似乎是在呻吟或乞求，沿著她的長腿，她褪下了三角褲。上帝知道他曾經興奮過，但是在這一時刻不能完成和她的愛情行動，他將會死去。

晴子張開嘴邀請他的熱吻，同時喘著氣呼叫著他的名字，呻吟著向他推送小腹和骨盤。兩人的舌頭侵入對方的嘴裡，她的雙手移動到他的胸脯上，一切都發生得太快了，山姆在燃燒，只有晴子能夠替他降溫滅火。

他溫柔的撫摸著她的皮膚，她感到了欲望的升起，渴望他會觸摸她身體的親密深處。她緊緊的抓住他的肩膀，當他的親吻又來到時，她依附在他的身體，需求搏動了全身，她知道下一步將要發生的事，不可能有任何的錯誤，她已經是非要不可了，她需要和山姆合體。山姆將她推高，把她的兩腿放在他跪著的大腿上。兩人聚精會神的注視著，他把她的兩腿分開。

晴子用沙啞的聲音乞求說：「快穿刺吧！我已經等了這麼久了！」

在一聲呼叫和長長的侵入，山姆觸碰到她最深的地方，像是已經沒有明天了，他有韻律的震搖她，使她極度顫抖，像是世界末日的來臨。似乎是經過了長長的時間，兩個身體都浸泡在自己的汗水裡。他們意識到即將到達的高潮。晴子的雙臂和兩腿夾住了山姆的後背和下腰，張開了嘴迎接他的舌頭。他們將身體做全方位的最大接觸合體，等待著長時間後將要來臨的旖旎迷人，引人入勝的時刻。高潮把他們帶到了一個令人頭暈目眩的高度，然後把他們放在一個長長的、波動起伏的快樂中，如此之深，使他們喘不過氣來。

山姆醒過來，溫暖的嘴唇親吻著他的嘴。外面仍然很黑，但是星光照滿了房間，他能看到一雙閃亮的眼睛盯著一張漂亮的臉看著他。晴子躺在他身上，親吻和愛撫著他。

「山姆，你醒了嗎？」

「我怎麼能不醒呢？尤其是當一個美麗、性感、裸體的女人躺在我身上，我一定會醒的。」

「你知道你是女人躺著的好靠墊嗎？真舒服。」

山姆沒有回答。他正忙著親吻和愛撫在他身上的裸體女人。

她繼續說：「這真是一個非常愉快的位置。很容易撫摸你，把你包住在我的身體裡，不讓你跑了。」

「告訴我，妳有過多少男人當過妳赤裸身體的靠墊？」

「這是大日本帝國的最高機密之一，你永遠不會知道。」

「根據妳昨晚對我所做的反應，我想我可以讓妳告訴我。」

「山姆，如果你想活下去，你就不敢。現在告訴我：這間房是索雷斯先生和夫人登記的。有沒有真正的索雷斯夫人？」

「是的。她是我在美國戰略服務處的同事。為了這次任務，我們偽裝成一對來自里斯本的夫婦。」

「她是你真正的妻子，還是虛假的妻子？」

「瑪麗亞・索雷斯的真名是海蒂・斯玨勒。她是一名訓練有素的情報分析員，也是一名外勤行動員。」

「如果我沒記錯的話，我們在耶魯大學時你告訴過我，你在海德堡的朋友中有一個名叫海蒂的『小蝦米』。她是瑪麗亞・索雷斯嗎？」

「是的，她是。海蒂是柏林人，但她是半個猶太人。她逃了出來，加入了我們，現在是一個非常勇敢和聰明的外勤特工。」

「她會成為真正李太太的候選人之一嗎？」

山姆猶豫了一下，晴子換了話題。

「你什麼都不用說。我已經知道答案了。山姆，我知道你是一名情報官員，是美國戰略服務處的外勤特工，在法國和德國從事抵抗行動。實際上，你是一個二次大戰的英雄。」

「妳是怎麼知道的？」

「德國人和他們的軸心國盟友分享情報，所以我們的大使館會得到他們的簡報。」

「有什麼重要的事情我應該知道嗎？」

「親愛的少校，你剛剛登上了蓋世太保的通緝名單。你最好聽我的話，否則你會發現自己被關在一個酷刑室裡。」

當山姆的手遊走在晴子光滑的背上，她說：「這個感覺非常好。別停下來。」

「晴子，我能問妳個問題嗎？如果妳覺得不舒服，就不必回答。」

她在等，所以山姆繼續說。「首先，我要感謝你的紫色機密。這是一個巨大的驚喜，對同盟國的情報工作是一個真正的突破。妳為什麼這麼做呢？」

在長時間的沉默之後，晴子回答說：「我只是希望你不要忘記我。」

「在耶魯待了這麼多年，我永遠不會忘記妳。我只是愚蠢的以為安娜雖然結婚，但仍然愛我。我真希望有人打我的頭，讓我清醒過來。」

「這就是我問你是否相信命運的原因。我知道你有時對我很有感情，盼望能和我在一起。但你就是不能從你德國女友的手掌裡跳出來，讓我擁抱你。這不就是我的命運嗎？」

山姆補充道：「而且，由於這場該死的戰爭，一切都變得毫無意義，變得瘋狂。」

「告訴你一個秘密。有一次，你母親打電話給我，對安娜的背叛表示失望。她擔心你可能很沮喪，請我照顧你。最後，她問我對你的看法。」

「那妳是怎麼說的？」

「我告訴她我愛你。你母親說，也許你還有希望。山姆，我非常喜歡你母親。我們畢業時，她來找我，告訴我需要馬上離開美國，因為我們兩國之間的戰爭迫在眉睫，所有的日本人都將被拘留。」

「我也會告訴你一個秘密，」山姆說。「還記得我們的歷史教授喬治・梅森嗎？他現在負責分析我們收集到的日本情報。他私下告訴我，我不應該把妳看成是日本的叛徒。妳的道德原則決定了你的品格和行為。這就是妳不想當間諜的原因。」

山姆的手回到她的背上繼續遊走。過了一會兒，她說：「繼續這樣做，感覺很好。我記得你在海德堡最好的朋友之一是個叫馬修的法國人，對吧？他現在怎麼了？」

「他叫馬修・西蒙，他死了。」

在長時間的沉默之後，山姆把馬修和葛蓓蕾是如何為反納粹的抵抗運動犧牲的整個故事告訴了晴子。當她注意到山姆眼中含著淚水時，她更緊緊地抱著他。

「他們是真正的愛國者，」晴子說。「這對葛蓓蕾來說，肯定是一個非常艱難的處境，她愛上了她丈夫最好的朋友。而且，事實上，她自己最好的朋友安娜是她夢中情人的女朋友。她有沒有說服你，讓她把你征服了，在她犧牲之前，你和她做愛。」

「她帶我去了巴黎香榭麗舍附近的同一家酒店，在那裡安娜曾和我第一次做愛。事實上，這是唯一的一次，我穿刺了安娜。」

「你和葛蓓蕾在那家旅館修成正果了嗎？」

「我投降了。我情不自禁。我是個男人。」

「在做愛問題上，法國女人比美國和日本女人開放得多。葛蓓蕾嫁給了你最好的朋友，並且能夠引誘你這個非常頑固和有原則的男人上床睡覺，她一定是位非常有魅力的女士。或者她在床上的功夫特好。」山姆沉默不語，顯然是懷著激動的心情在回憶著那些日子。晴子說：

「親人的逝去，無論多麼的光耀，都是悲傷的。我們將永遠記住他們。山姆，我要你安靜的躺著，不要動任何肌肉。我要讓你忘記那些悲傷，讓我來蹂躪你。」

晴子的膝蓋緊緊地夾在山姆的腰上。她開始有節奏的騎著他奔馳，收縮著肌肉。她彎下腰，濕吻著他，她的舌頭用同樣的韻律進出他的嘴。晴子採取了積極主動，徹底把他的神智弄迷糊了。但是過了一會兒，當美妙的麻醉快感，一種麻木、昏昏欲睡、極度幸福、以及最終將要失去知覺的感覺，來臨的時候，它淹沒了晴子的整個身體。

當意識恢復時，晴子發現她自己臉朝下躺在床上，山姆在撫摸她的背部，似乎是在撫慰她的奉獻。

柏林清晨的陽光剛剛散去，雖然她視線模糊，但是她很清楚的意識到，她身邊的那個男人曾經是她夢想中共度一生的伴侶。很明顯，除了接下來的幾天之外，她是無法擁有他。她的兩個父親，一個將軍和一位天皇的命運，以及她所熱愛的日本，都掌握在這個人的手中。她必須盡最大努力讓這個人活著。同時，也為了自己，從現在起，她必須珍惜與他在一起的每一分鐘。晴子又一次用她低沉、沙啞、誘人的聲音懇求說：

「現在我要你再一次帶我走。」

晴子沒有轉過身來，把自己張開給她，而是用她剩下的力氣，抓緊了床單，把頭埋在枕頭裡。

晴子準備好迎接山姆即將到來的侵入。但是他很溫柔，慢慢的摟抱著她貼緊。然而，當她全神貫注的時候，她發出了一聲響亮，但是壓制著的嗚咽。雖然溫柔和體貼還是在他的愛情裡，但是不能否認的是，在她背上的男人把她當作勝利的戰利品，正在征服她。

晴子告訴自己，這是自古以來就不變的定律，戰敗國的女人必須承受勝利者的摧殘和蹂躪，山姆在把自己推向高潮的同時，蹂躪了她。晴子不想讓山姆看到她的眼淚，那是來自她為自己和她熱愛的日本在承受著的悲哀，還是山姆的愛情帶給她的無限歡愉，讓她感動流淚。一切都模糊了，整個世界都模糊了。

上海舊城的邊界有一堵圍牆，原先是為了防禦工事而建築的。它曾經是上海的傳統城市核心，也是上海老縣城的所在地。

隨著外國政府租界的建立，幾十年來它一直標誌著中國政府，曾經管轄過上海，而這座上海舊城曾是上海市行政中心的所在地。

在十九世紀，由於歐洲各國認識到上海及長江流域的經濟和貿易潛力，國際社會開始對上海的關注快速增加。

在一八三九至四二年的第一次鴉片戰爭中，英國軍隊曾經佔領過這座城市。戰爭是以一八四二年簽訂的《南京條約》結束，它允許英國政府在中國開闢「通商口岸」，管轄港口海關，在隨後的幾十年到百年裡，來自各大洲許多國家的人口，來到上海生活和工作。同時西方的商人勾結了英國控制的海關，開始在中國大量的販賣在印度種植的鴉片。擁有這項專利的「東印度公司」創辦人，獲得了英國國王頒發的勳章。

即使在美國的財閥也在中國販賣鴉片獲利，當時為開發美國西部所建設的太平洋鐵路，就是利用中國的鴉片資金，以及中國勞工的血汗，許多「華工」曾用他們的生命，為遠在中國的家人換取生活費。

在二十世紀的二〇年代和三〇年代，將近有兩萬名「白俄羅斯人」和俄羅斯的猶太人為了逃離布爾什維克成立的蘇聯，移居上海。這些在上海的俄羅斯人構成了第二大外國人社區。到了一九三二年，上海已成為世界第五大城市，擁有七萬外國居民。

此外，約有三萬名來自歐洲的猶太難民抵達了上海。中日戰爭與《馬關條約》的締結，使日本成為上海的另一個外國強國。

上海當時是遠東地區最重要的金融中心，帶來的國際活動讓上海有了多個綽號：中國的雅典，東方的巴黎，和冒險家的天堂。其他著名的城市中心之一是外灘，沿著黃浦江西岸延伸，它從南部的愛德華七世大道，一直到北面的花園橋，橫跨了蘇州河。

「外灘」一詞的意思是「堤岸」，它是來自波斯語詞，在巴格達的底格里斯河沿岸就是使用這個名詞。因此，在東亞的許多外灘，都可能是由巴格達迪的猶太人移民所命名的，如十九世紀在上海和東亞其他港口城市定居的著名的薩松家族，他們曾建造了大量的港口。

外灘上有兩個俯瞰河流的現代化酒店；一個是國泰酒店，原來是薩松大廈的一部分。它有十層樓高，頂層是一個閣樓。維克多・薩松爵士，這座房子的最初建造者，曾經住在這裡。

它的南邊就是皇宮飯店，它的磚頭面牆上貼著木製面板，六層樓有高達三十公尺。二十世紀初，薩松家族建立了上海商業和房地產帝國。最初，他們是來自伊拉克的英國塞法迪猶太人，有別於歐洲的阿什肯納齊猶太人，他們的祖先是定居在伊比利亞半島，也就是現今的西班牙和葡萄牙，因此也被稱是西班牙猶太人。

在十五世紀九〇年代，隨著西班牙人將穆斯林政權趕回非洲，塞法迪猶太人也被逐出西班牙及葡萄牙，移居到南歐、中東，以及拉丁美洲等地。維克托・薩松是在倫敦著名的哈羅中學和劍橋大學接受教育。他的家族在香港，上海和加爾各答經營很多大型企業。

儘管從古到今，有許多猶太人居住在中國，但是在中國的土地上，從未發生過當地人反對猶太人的活動。這就是為什麼歐洲猶太人對中國人和上海這樣的城市保持著友好的感情。一九三七年的上海戰役導致日本帝國佔領了中國管轄的上海行政區，以及國際殖民地和法租界以外的地區。但是外國租界在最終於一九四一年十二月八日珍珠港事件後全被日本帝國佔領。現在，皇宮飯店已經成為日本帝國陸軍的佔領機構了。

慕尼黑郊外達豪集中營的醫務室是在早上十點開始運作。但是在八點三十分，三名清潔工，其中兩名婦女和一名男子，都是猶太人囚犯，在一名集中營警衛護送下，開始工作。

主治醫師喬納森・斯特恩醫生和護士蘿拉・斯特恩都是猶太囚犯，由於他們是具有關鍵性技能的囚犯，他們享有一些額外的自由，例如在沒有警衛監督的情況下，被允許執行特地的任務。

幾分鐘後，一輛小貨車來到了門口，穿制服的司機拿起一個箱子，扛在肩上，走進了醫務室。看到了警衛，他就大聲喊道：

「喬納森醫生，藥房送來供應品了，請你們驗收，簽字。」

喬納森從後面的儲藏室裡衝出來，但還沒來得及開口，司機就說：

「我是彼得・海丁格，藥房的新送貨員。我需要您驗收和簽署這些醫療用品。」

「好的。你能把它們拿到儲藏室嗎？蘿拉護士和我會幫你驗收的。」

「沒問題。請帶路。」

當喬納森和一個跛腳的送貨員走進儲藏室時，蘿拉護士不得不用雙手捂住嘴，以免自己尖叫。

日本帝國航空公司的特別包機，是一架三菱製造的五七式朝雲號遠程運輸飛機，從柏林起飛後的第三天，終於抵達了目的地。這架飛機在越南河內作了最後一次的加油，現在正進入長江口和崇明島上空。

深褐色的流水與綠色棋盤圖案的稻田形成了鮮明的對比，長江把大量的泥沙排入了藍色的東海。飛機迅速下降，讓山姆從飛機視窗清晰的看到交叉錯綜的河流和陸地山的樹木和房屋。他很興奮，對身邊的晴子說：

「我小時候去過上海，但這是第一次從空中看到這座城市。我很驚訝它看起來很不一樣。你以前來過上海嗎？」

「是的，我來過好幾次。它與我去過的其他中國城市大不相同。」

飛機轉彎了，山姆現在可以看到另一條河了。他說：「我想這就是黃浦江，是長江入海前最後一條主要支流。」

「是的，我知道這是一條很長的河，超過一百公里。它把上海市分成兩部分：西岸和東岸。」

「是的，我現在想起來了，」山姆說。「當地人稱之為浦西和浦東。一個是城市地區，另一個是農村地區。」

他指著窗外說：「晴子，看看那些船。在整條河裡一定有幾百艘，也許一千多艘。你很容易在他們中間迷失了。」

「他們叫做舢板，是平底的木船。有些舢板是有人住的，是這些水道上的永久住所。」

「晴子，我記得我母親叫他們是水上人家。不但有完整的家當，甚至有寵物也會住在上面。」

「一般來說，舢板在這些河裡是用來運輸，但是在某些情況下，也用來做傳統的漁船，」晴子解釋說。「你知道，山姆，我想也許有一天，我們應該在這裡舉行一次耶魯和哈佛划艇比賽。但是，擁擠的舢板會是個問題。」

「妳是舵手，是妳需要擔心，而我就聽妳的發號司令就行了。」

「那些難忘的日子也許永遠不會回來了。但對我來說，它仍然是一個夢想。」

「晴子，答應我，妳永遠不會放棄那些夢想。」

「但是太晚了，我就只能希望我永遠不會從那些夢中醒來。」

隨著強大的引擎轟鳴聲，三菱五七式朝雲號遠程運輸機，降落在位於舊城區南岸，黃浦江西岸的上海龍華機場。這座擁有半圓形，藝術裝飾航站樓的機場，是在二十世紀三〇年代啟用，是上海市唯一的機場。

德國漢莎航空的三引擎運輸飛機，鐵安妮，曾由柏林出發前往印度支那，在緬甸仰光和越南河內停留，然後繼續飛往遠東城市，第一站就是上海的龍華機場。機場繼續擴建和改進，成為中國陸基和水陸兩用飛機的最佳機場。

一九三五年，歐亞航空公司的同樣一架德國三引擎運輸飛機首次在上海龍華機場成功的夜間著陸，儘管它的照明設施還非常簡陋原始，它成為中國第一個全天候機場。機場地面控制中心指揮山姆和晴子乘坐的日本帝國航空公司飛機，滑行前往維修區，而不是客運站。隨即地勤人員接上了油料車，開始加油過程。一輛帝國陸軍參謀部的汽車送來兩名軍官，他們爬上扶梯進入飛機。武藤將軍在機艙內等著他們。

在問候和敬禮之後，將軍將他們介紹給山姆，分別是日本皇宮警衛師的禾田一郎隊長和田中健二隊長。多年來，禾田隊長一直是武藤將軍的忠心可靠助手。他非常熟悉與歐洲猶太人有關的問題。田中隊長是一名經驗豐富的作戰軍官，他率領的一支經過專門訓練的隊伍，現在已經部署在上海。他們在飛機內舉行了緊急會議。所有人都坐在最先發言的武藤將軍身邊。他說：「少校，形勢正在迅速的發展。現在我們更關心你的自身安全。」

山姆問：「將軍，形勢的變化是什麼時候開始的？」

「我相信這只是最近幾天。我請禾田一郎說說最新的情況。」

禾田隊長打開了他的袖珍筆記本：「最近幾天，發生了以下事件。第一，在上海已經有人確切目擊了馮・利普曼夫婦。第二，李少校現在是在蓋世太保的通緝名單上，所需的行動已經從『搜查和逮捕』改為『立即格殺』。蓋世太保的一名官員，奧托・伯納，負責此事，他已抵達上海。」

山姆說：「是的，我以前在巴黎見過他。還有別的嗎？」

「是的還有。第三，蓋世太保的頭目希姆勒想抓到馮・利普曼夫人親自審問。第四，這是對我們最大的威脅，希姆勒已派遣德國黨衛軍上校約瑟夫・梅辛格前往日本，為希特勒將上海的猶太人納入納粹的猶太人最終解決方案。」

山姆問：「梅辛格什麼時候會到上海？」

他知道梅辛格有華沙屠夫的綽號，因為他在華沙貧民區屠殺了上萬猶太人的事件裡，扮演重要角色。

禾田隊長：「他是乘潛艇到東京，然後乘飛機來上海。到達時間還不能確定。」

武藤將軍補充說：「我只見過此人一次，但是聽說了很多。他是納粹黨裡最邪惡的暴徒，他選擇執行最殘酷，最卑鄙的任務。人們一看到他就害怕。他是個大塊頭，長著一張粗糙的臉，禿頭，長相很醜。儘管如此，據說他是一個精明能幹的警官。一個非常危險的人物。」

田中隊長補充說：「我們聽說帝國軍隊的憲兵部隊被派去協助梅辛格上校完成他的任務。」

武藤將軍說：「日本的安全部門，特別是憲兵，非常認同納粹法西斯主義的思想和蓋世太保的行動。」

田中隊長繼續說：「我的隊伍在這裡已經有一段時間了，我們注意到黑龍會的成員已經在這裡出現了。他們在打聽有關馮・利普曼夫婦的行蹤。」

武藤將軍補充說：「你們都應該知道，這些秘密社團的成員經常為憲兵工作。他們比任何一個安全部門的人都更殘忍。」

禾田隊長說：「謝謝將軍，我們知道這一點，我們會非常小心的。」

武藤將軍看了看他的手錶：「好的。還有其他的問題嗎？如果沒有，我將在加油和準備工作完成後立即前往東京。李少校，請仔細聽。從現在起三天內，這架運輸機就會回到此地。然後，在隨後的三天的黎明時分，這架飛機將會滑行到靠近跑道末端的停機坪，並停留三十分鐘。這是你和要帶走的人唯一離開上海的機會。我已經安排好將你飛回歐洲。明白了嗎？」

山姆回答說：「是的，我重複一遍：三天後，運輸將在天亮時到達跑道的盡頭，在接下來的三個清晨只停留三十分鐘。」

「很好。還有問題嗎？」

山姆說：「如果我們不能在三天內找到馮・利普曼夫婦，我的任務就泡湯了。他們要麼是被蓋世太保抓住了，要麼就是隱蔽得很好，沒人能找到。將軍，我希望有一個隨身武器和押解犯人的手銬。」

武藤將軍回答說：「禾田隊長，請你提供給李少校。」

山姆和晴子坐禾田隊長的車去到了公園酒店。山姆注意到隊長和他的司機，一個年輕的軍曹，都是全副武裝，各有一把衝鋒槍在身邊。公園酒店是一家有藝術裝飾的酒店，也是自一九三四年竣工以來亞洲最高的建築。有八十多公尺高，地上二十二層，地下兩層。它是座落在上海賽馬俱樂部擁有的賽馬場旁邊，是當時上海最負盛名的地點之一。

日本外交部，駐上海聯絡處就是在公園酒店的二樓，晴子需要到那報到，因此她就在公園酒店預訂了兩個房間，中間有一個連接門。他們在登記入住時，禾田隊長就在大堂裡用電話聯繫有關的人。晴子去訪問外交部聯絡處，但不久就回來了。她說情況變化很快，他們需要馬上行動。

禾田隊長帶他們去上海的猶太人貧民區。他們沿著外灘開車，黃浦江在他們的右邊向北流著，在外灘北端的花園橋，蘇州河匯入黃浦江後，江水就向東轉。在它的北岸是虹口區，這裡是上海最貧窮和最擁擠的地區。猶太人居住的難民區就是位於虹口區。

當他們抵達國際猶太聯合救濟總署時，他們注意到日本當局發佈的海報，尋求有關猶太夫妻犯罪份子，漢斯和安娜•馮•利普曼的信息。海報上印有安娜和漢斯的護照式照片。救援機構的負責人是，吉美翔子女士，一位三十歲出頭的漂亮日本婦女，正等著他們。她向客人道歉，她只有簡單的茶水招待。

「也許你們已經注意到，這裡的生活是非常艱難。」她說。

山姆回答說：「不必道歉，我們瞭解情況。我此次訪問的目的，實際上是一個私人組織提出的請求，您可能會感興趣。」山姆將名片交給吉美翔子女士後繼續說：「我是里斯本農產品出口公司的代表。但是我的上海之行，是為了葡萄牙猶太人協會。同時我們也取得了日本外交部的支持，所以武藤晴子參贊陪同一起來拜訪。」

看著名片，吉美翔子打斷了他的話：

「路易・索雷斯先生，你是葡萄牙的猶太人嗎？」

「不，我不是，但是我有很多猶太血統的朋友。他們聽說了上海的猶太人目前面臨的困境，就決定提供幫助。」

吉美翔子的臉上綻放出燦爛的笑容，使她更加美麗。

「日本外務省，也就是我們的外交部，對索雷斯先生和他的朋友們所做的努力表示讚賞。我們也鼓勵妳們積極的合作。」晴子送上她的名片，然後繼續說，「也許吉美女士可以簡要的敘述一下目前的情況，這樣索雷斯先生和他的朋友們，就可以估計他們對猶太人的援助範圍和力度。」

「是的，從一九三三年到一九四一年，上海接受了將近三萬名歐洲來的猶太人，他們是從納粹迫害和大屠殺中逃了出來。幾乎所有人都居住在這個所謂的上海貧民區，面積大約有一平方英里。最後，一萬八千多名來自德國、奧地利和波蘭的阿什肯納齊猶太人，移民到了上海，直到一九四一年十二月日本襲擊珍珠港後，移民潮才停止。」

山姆說：「在來您的辦公室之前，我們曾開車在這裡看看，我覺得這裡的面積似乎是大得多。」

「是的。當日本政府決定將居住在神戶和其他地方的猶太人轉移到上海時，一個更大的指定區域，大約有四十個街區，包括虹口區的上海猶太人區，被正式指定為無國籍難民控制區。」

「我們還注意到有一個猶太教堂。這真是太好了，猶太人的宗教被容忍了。」

「是的，從一九〇七年起，奧赫摩脅猶太教堂就一直是俄羅斯猶太社區的宗教中心，直到最近，一個現代的阿什肯納齊猶太人教堂才建成。它被稱為是新會堂。」

晴子插嘴說：「我們在這裡也看到有不少中國居民。」

吉美翔子還是看著山姆，她回答說：「大約有十萬中國人，已經住在這裡生活了好幾代。他們似乎和猶太人相處得很好。」

山姆說：「這很有趣，和我最初的想法不同。吉美女士，妳能把上海的猶太人區和歐洲的猶太人區作一個比較嗎？這樣我就可以建議給他們一個捐款的數目了。」

吉美翔子再次對山姆笑了笑說：「上海的猶太人聚居區與歐洲的猶太人聚居區大不相同。雖然這裡的居民偶爾會受到宵禁和警察巡邏，但是猶太人仍然有基本的行動自由。最顯著的區別應該是這裡沒有人性的殘酷和絕望，這應該是歐洲猶太人的集中營最常見的特點。」

晴子問說：「日本軍隊會在上海猶太人區出現嗎？」

「如果妳說的是日本帝國軍隊，答案是否定的。但是，日本當局通過其各個安全部門，越來越加強限制。但是，猶太人區還沒有被隔離。它一直是開放的，沒有鐵絲網，當地的中國居民，他們的生活條件往往更差，也選擇了不離開。」

山姆看著晴子，接著問說：「我們看到一張政府的海報，上面寫著在尋找一對猶太人夫婦，因為他們是罪犯。這是怎麼回事？」

吉美回答得很快：「這是第一次在這裡發生的事，我也不知道詳情。」

山姆又問：「還有這兩個逃犯的照片，妳在這裡見過他們嗎？或許妳認識他們是誰？」

「沒有，我沒有。」又一次，吉美很快給了她答案。

山姆還是不放棄：「任何新來的難民，妳都會知道的。是嗎？」

「是的，如果他們來這辦公室登記的話，我就會知道。如果他們需要幫助，比如食物的配給，他們就必須這樣做。因為我需要先和他們談話，採訪他們，就一定會認識他們的。但是有些人是住在朋友的地方，那我就不一定會知道。」

晴子又問：「除了分發捐款，妳們還有其他的任務嗎？例如為猶太難民找工作，以及其他出路。」

「是的，我們也會做這些事的。」

山姆問了最後一個問題：

「為了給葡萄牙猶太人協會寫一份有用的報告，說明這裡猶太人的困境，我明天可以和這裡的一些猶太人談談嗎？」

從柏林到上海的長途飛行，以及與上海猶太難民區的吉美翔子激烈對話，讓兩人非常疲勞。在公園酒店吃了一頓簡單的晚餐後，山姆和晴子決定在自己房間的浴缸裡泡熱水。晴子不請自來，倒在山姆的床上，想在他身邊小睡片刻，但是很快的，兩人都陷入了熟睡中。

他們在黎明前醒來，悠閒的做愛。當山姆撫摸著她的全身，不錯過任何的角落，晴子感覺到似乎是有一股愛情之河，流過她的身體，觸摸著每一塊岩石和每一片葉子。河水攜帶著無限的柔情，悄悄的潛入她身體的每一個角落和隱密之處，留下了讓她陶醉和迷人的溫柔。晴子喃喃的自言自語：

「這些年，我需要你的時候，你都跑到哪裡去了？」

在下樓吃早餐之前，山姆注意到門下有一個小信封，是酒店禮賓部的一張便條，通知他昨晚深夜，一位吉美女士打電話給他，並留言：「我將在下午一點來接你，去採訪我們的居民。」

晴子是在喝著一碗熱騰騰的粥，她說：「我看得出來這個吉美翔子女人是想要你。」

「妳是什麼意思？」山姆問。「妳怎麼知道她心裡想什麼？」

「我是女人，從她只對你微笑和說話的方式來看，就像我只是空氣或不存在，我可以看出來，她是餓了，就是想把你吃了。」

山姆評論道：「有些女人說話，就是這個樣子。但是我認為她知道的，比她所說的還要多。也許她對我們隱瞞，好些事情不告訴我們。不曉得是什麼理由。」

晴子說：「我同意。我覺得她知道利普曼夫婦藏在哪裡。你一提起這個話題，她就顯得非常不舒服。」

「是的，我也注意到了。妳知道吉美翔子的背景嗎？」山姆問。

「她來自一個非常富有和有影響力的商業家庭，在歐洲受過教育。這個家庭在日本和國外都有很多關係。她的丈夫是日本帝國的高級軍官，長年駐紮在與俄羅斯接壤的阿莫爾河附近。這可能是她渴望你的原因。你應該感謝我今天早上沒有侵犯你，你可以保持精力去伺候她了。但是你必需要留一點給我，今晚我也想吃你。」

「晴子，有人曾經告訴我，當兩個美麗的女人聚在一起時，不可避免的會有真實或想像的衝突。但無論如何，我們需要她說出利普曼的下落。妳今天有什麼計劃？」

「聯絡處的同事告訴我，希姆勒的蓋世太保要求日軍憲兵隊，在上海猶太人難民區進行安全掃蕩，目的是要抓捕利普曼夫婦。我要去皇宮飯店的陸軍司令部打探一下，我父親的幾個老軍官在那兒等我。此外，我還需要與兩位隊長一起完成我們的行動計劃。」

「妳一定要確保我們的運輸安排不受影響，並且保障安全。」

「別擔心。如果你找不到利普曼夫婦，所有這些都白費了。看來你就只能好好的伺候這個吉美女人，讓她開心的滿足，幫你找到你的老情人。」

「我看得出，妳就是不喜歡她。」山姆說。

「我可以看得出，你就是喜歡她。順便說一句，我父親要我聯繫一個人，來獲得一些信息，也許對你有幫助。」

「是男人嗎？妳有被吃的危險嗎？」

「不幸的是，我要去看一個女人，尾崎英子，她是一個長期的，頑固的共產主義者。她的丈夫就是尾崎秀實，聽過他嗎？」

「當然，他是妳們日本著名的蘇聯間諜。他目前還關押著嗎？」

晴子一邊吃早飯，一邊娓娓道來尾崎秀實的故事：

尾崎秀實是一九〇一年四月二十九日，出生在東京市。出生後不久，父親受台灣總督府民政長官後藤新平的邀請前往台灣。

尾崎秀實的童年是在台北長大，目睹了日本人對台灣人的歧視待遇，留下深刻和痛苦的經驗。他進入台北第一中學校，一九二二年回日本進入東京帝國大學法學部，一九二五年畢業後，留校深造。在此期間他接觸到了共產主義思想，在大森義太郎的指導下參加唯物論的研究會。

一九二六年，他加入朝日新聞社擔任記者，翌年被派往大阪朝日新聞支那部，成為特派員，前往上海。他精通英語和德語，在上海期間他經常出入內山書店，與店主內山完造以及郭沫若、魯迅、夏衍等中國左翼人士相識，並開始和中國共產黨來往。

一九三〇年，他認識了著名的蘇聯間諜，理查・佐爾格。一九三二年調回日本，五月末，代號為「南龍一」的宮城與德來訪，在宮城的介紹下與俄共佐爾格在奈良再度見面，正式成為佐爾格諜報網的成員。

尾崎秀實在近衛文麿首相執政期間，在政界和輿論界都有非常重要的地位，在軍部關係特殊。他參加了近衛文麿的親信後藤隆之助組織的昭和研究會。這是一個近衛文麿研究施政方針的私人智囊團體，因此在日本侵華戰爭以及太平洋戰爭之前，都能接觸到最高政治層的信息，對日本政府的方針和政策都可以影響。

一九三九年，他成為滿鐵調查部的合同職員，在此期間他趁機打探關東軍的動向。一九四一年，俄共佐爾格的間諜網被破獲，尾崎秀實被捕。經過審訊，尾崎秀實承認自己是蘇聯間諜。他的配偶，尾崎英子，一直留在上海，與中國共產黨來往密切。

山姆聽得很入神，晴子再度將他的注意力喚醒：

「現在他被判叛國罪入獄，隨時可能被處以絞刑。我父親很早以前在歐洲工作時就認識了這對夫婦，他們成了朋友。我認為他和尾崎英子是情人。」

「你的意思是，武藤將軍給他的朋友尾崎戴了綠帽子？」

「我想我父親愛過她。自從她丈夫被定罪後，她就搬到了上海，我父親認為她與這裡的蘇聯情報人員有聯繫。」

「這是非常可能的，因為日本和俄羅斯還保持著官方外交關係。但是妳為什麼想見她？」

「對於天皇來說，發佈結束戰爭的詔書，基本上就是越過東條英機首相，下達投降的命令。俄羅斯紅軍必須在滿洲邊境按兵不動。因此，蘇聯紅軍在西伯利亞意圖至關重要。」

山姆很懷疑：「妳認為妳父親以前的情人會知道嗎？」

「我不敢確定，但是她很可能會知道。」晴子回答說。

山姆還是不相信：「妳很確定這個女人，在這麼多年後，還是願意為了愛情而幫助妳父親嗎？」

「我父親有尾崎秀實從監獄給妻子寫信的影本。這些對她來說很重要，所以她一再要求拿到它們。我父親要我把它交給她，以交換他想要的訊息。這可能會奏效。」

禾田一郎隊長來到公園酒店，他是來接晴子與總部的軍官們會面。同時他也給山姆帶來了一把濱田式自動手槍，這是日本帝國軍官使用的標準隨身手槍。它的設計與比利時製造的勃朗寧手槍非常相似。

山姆很高興，因為他有使用過的經驗。禾田隊長還帶來了兩個手銬給山姆，以及他一個看起來很厚的官式大信封給晴子，告訴她，文件是武藤將軍堅持她在前往皇宮飯店，陸軍司令部之前，必須先閱讀這些文件。

晴子離開後，山姆去了公園酒店的大廳，酒店服務人員告訴他電報室的方向。在那裡他填寫表格，申請打國際電話。當戰爭還在進行時，非交戰國家之間的電話仍然是可能的。因此，日本和中立國葡萄牙之間的國際電話仍然是開放的。山姆花了將近三十分鐘才接通，他走進服務員指定的電話亭等待，牆上的電話響了，山姆拿起了聽筒。遠處傳來的聲音說：

「這是葡萄牙里斯本猶太人協會。需要幫忙嗎？」

山姆說：「我的名字是路易・索雷斯。我可以和約瑟夫・巴羅佐先生通話嗎？」

事實上，葡萄牙猶太協會只是美國戰略服務處的一個對外聯絡單位，山姆提到的兩個名字是「需要緊急聯繫的特工」的代號。

「請稍等，索雷斯先生。」一聲音說。

過了一會兒，同樣的聲音又回來了。「請問您的員工號碼是多少？」

「我的員工編號是五一一二四五三六二六。」

「很好，索雷斯先生。很抱歉，約瑟夫・巴羅佐先生現在不在辦公室。但是，他給您留了一個緊急的訊息。我可以讀給您聽嗎？」

在山姆的要求回應之後，聲音說道：「你的包裹已經成功地送到了你給的兩個地方。地址正確。這件事現在已經完成了。巴羅佐先生希望你儘快回家。還有，你上次在巴黎見過的老朋友，現在在上海。他可能會找到你。以上就是巴羅佐先生的信息。」

「謝謝你的巴羅佐先生留言，請告訴他我會儘早回家的。」

總部提供給山姆的訊息非常清楚：原子彈儲存地，核實後已被徹底摧毀。蓋世太保的反間諜特工奧托・伯納將來上海，企圖逮捕他。訊息很清楚的表明，他的任務已經結束，命令他返回。

然而，自從他多年前離開海德堡以來，他和安娜第一次在同一個城市，他至少要見到她，問她幾個問題，這樣他就可以結束他生命裡的一段未完成章節，他就可以安心的在他人生旅途上繼續前進。

吉美翔子女士按約定來接山姆，她將作為導遊，參觀和介紹猶太人難民區，以及居住在那的猶太人。作為葡萄牙猶太協會的代表。他此行的目的是估計，里斯本的猶太組織捐款數額應是多少。

他們從東面進入了難民區，她指出，有不少地方還保持著歐洲城鎮的外觀，吉美翔子女士還解釋說，雖然移居到難民區帶給猶太人巨大的經濟，身體和心理上的負擔，但是大多數人仍能維持一種新的生活方式，保持穩定和平衡。為了生存，每個人都經過了一場至關重要的掙扎。

儘管條件如此困難，但是整個社區表現出驚人的團結。他們重建了幾十條破碎的街道，用碎石建造了新的建築和商店。現在，虹口區正慢慢的呈現出一個類似德國或奧地利小城市的樣子。許多狹小、骯髒的、典型的中國小巷，現在看起來像維也納的街道。許多商業機構已經開業，包括雜貨店、藥店、麵包店、水管工、鎖匠、理髮師、裁縫、女帽匠和鞋匠。

大多數的顧客都是難民，但是也有例外，上海居民也會來找尋求他們的服務。吉美翔子把山姆帶到一個小巷裡，停在一家小店前。山姆注意到，門上和窗戶上的標誌顯示，店鋪名稱是：「ＫＫ珠寶」，店主的姓名是：阿洛斯・霍奇。吉美翔子推門而入，山姆跟在她後面。店裡有一男和一女向他們打招呼：

「吉美女士，你好嗎！帶著客人來啦？」

「霍奇先生和夫人。你們好嗎？請見見我們從里斯本來的客人，路易・索雷斯先生。」

店裡男人個子很高，但是女人很矮。他們帶著笑容，似乎很高興見到吉美。男人說：

「索雷斯先生，你好，吉美女士曾告訴我們，說是有一位來自歐洲的遊客。」

山姆和他們握手回答說：「是的，我是葡萄牙猶太人協會的代表，我們計劃向上海的猶太人難民區捐款，我是來實地考察。」

吉美翔子告訴他們；「索雷斯先生需要寫一份這裡的情況報告，以便他的組織估計他們的捐款額度。」

「很高興聽到有人關心我們。」霍奇先生說。「我們的情況有些不同。但是我們的心理和情感上所受的痛苦並沒有什麼不同。」

「霍奇先生的處境有什麼不同點？」山姆問。

吉美回答說：「ＫＫ珠寶是這裡唯一一家擁有更多非難民客戶的商店。甚至上海及其周邊地區的中國人也來到這裡為自己或親人購買珠寶。」

霍奇先生解釋說：「這可能與我在上海從事這項業務的悠久歷史有關。早先，我曾在康茂洋行工作，它是以奢華品和珠寶的專業零售而聞名。我們的總部在上海已經有幾十年的歷史了，在日本橫濱的另一家商店也很有名。

康茂洋行一直是以奢侈品聞名於東亞。洋行的主人是科莫家族，他們是猶太人，最初來自奧匈帝國。」

山姆評論道：「我猜想康茂洋行是因為戰爭，才發生了變化。」

「家人們決定離開，」霍奇先生說，「但是我選擇留下來。由於我在上海有著悠久的歷史和當地的妻子，老闆要求我繼續出售剩餘的存貨。最後，當局命令我搬進猶太人貧民區，因為我是奧地利的猶太人。」

山姆問：「這真是不幸。順便問一下，霍奇先生，您是維也納人嗎？」

阿洛斯・霍奇回答說：「不，我是因斯布魯克人。」

山姆又問：「你聽說過一位奧地利猶太人，名叫漢斯・馮・利普曼醫生的嗎？」

霍奇盯著山姆看了一會兒，然後說：「我當然看過了。」

山姆突然興奮起來：「你能告訴我，是在何時何地嗎？」

「嗯，他就是那個到處張貼的通緝令上要找的人。你不會錯過的。」

吉美翔子和山姆繼續在貧民區裡參觀，她指出一些已經建立起來的小工廠，生產肥皂、蠟燭、針織品、皮革製品，尤其是香腸、糖果和無酒精飲料等歐洲式食品。難民中有相當多受過訓練的醫務人員，其中包括有兩百名醫生。當然，虹口區已經建立了一家擁有一百二十張病床的醫院和眾多的小診所。他們的大門不僅僅是對難民，而是對每個人都是開著的。

吉美很興奮的說，她最引以為傲的成就，是貧民區中的非物質生活，如報紙和雜誌、體育活動、戲劇俱樂部、音樂活動，如樂隊、管弦樂隊和一些非常成功的輕歌劇，最後是一個猶太語劇院。這些都是由難民自己組織起來的活動。

山姆花了大約三個小時在上海的猶太難民區巡查，他沒有看到安娜或她丈夫漢斯的蹤影。但是，山姆有一種來自職業的強烈感覺，他們就在附近，隨時都會出現。

吉美翔子告訴山姆，他們需要去她的辦公室，因為晴子給她發了個緊急訊息。山姆感到有點驚訝，雖然是一段很短的步行路程，他看到吉美翔子的車正等著他們，當汽車往相反方向轉彎時，他就更加驚訝了。

吉美是要帶他去一個地方，也許是去見利普曼夫婦。汽車來到一條彎彎曲曲的街道上，人行道上綠樹成蔭。很明顯，由於園丁的工作，每棟房子的前院，都修剪得非常整齊。進了前院後，面對的是一棟保存完好的兩層獨立樓房。

這個環境和宅邸發散著財富、權力和特種待遇，山姆明白了，這是軍事佔領和殖民統治定義的一部分。一個女管家深深地向他們鞠躬，吉美用日語慢條斯理地和她說話。很明顯，女管家是中國人，可能只會說有限的日語，但是她很嚴肅的點頭。吉美翔子帶著山姆去到二樓的書房，在坐下之前，她把門鎖上了。裡面有一張大紅木書桌，一張長沙發和一張咖啡桌，還有幾把椅子。她在書桌前坐下，指著長沙發，讓山姆也坐下。

「我的工作人員剛剛給我發了一個信息，法律參贊，武藤晴子女士，請你給她打電話，似乎是很緊急。索雷斯先生，你可以用邊桌上的電話。」她遞給山姆電話號碼的紙條，然後把手放在書桌抽屜裡。

鈴聲只響了一次，電話就被接起來：「武藤晴子，請問是誰？」

考慮到眼前這種情況，山姆正式回答說：「我是里斯本的索雷斯。」

「山姆，什麼都不要說，只回答是還是不是。你現在是和吉美在一起嗎？」

「是的，我去過一些地方，和一些人交談過了。」

「現在，仔細聽。今晚午夜後在難民區將有一個安全掃蕩行動。這項行動將由德國蓋世太保特工，奧托・伯納指揮。」

「明白了。還有別的嗎？」

晴子在電話裡說：「我們將設下埋伏，來攻擊他們。」

「還會有別人嗎？」山姆問。

「中國共產黨遊擊隊，一個武裝隊伍。」

「妳是怎麼請到他們的？」

「透過俄羅斯間諜，尾崎秀實的夫人尾崎英子，來安排的。」

然後，晴子就詳細的描述了，最終行動計劃的細節。

「太好了，真不愧是頂呱呱的外交人員。」山姆非常感激。

「現在，重要的是你要讓這個吉美翔子女人一直忙到午夜。」

「為什麼？怎麼了？」

「這名伯納蓋世太保特工對吉美翔子有好感，他想抓住她，還要享受她。她的出現可能會把我們的行動打亂了，怕會破壞了我們的埋伏行動。」

「但我該怎麼辦？」

「帶她去睡覺，讓她待在那兒。順便問一下，你找到利普曼夫婦了嗎？」

「沒有，但是我很確定，他們在那裡，誰在隱藏他們。」

「你應該讓吉美去找他們。」

「我想她現在手裡是拿著槍，對著我。」

吉美翔子把手從抽屜裡拿出來。

山姆對著電話說話：「現在她用槍指著我，要我掛斷電話了。」

他聽到晴子的最後一句話：「蹂躪她，不要停下來，直到她無條件投降為止。」

吉美翔子說：「你不是在葡萄牙的猶太協會工作。根本沒有這個組織。你到底是誰？」

「我是美國政府的情報軍官。」

「你來上海猶太難民區的目的是什麼？」

「我的政府命令我，逮捕漢斯・馮・利普曼博士和他的妻子。」

「為什麼？他們犯了什麼罪？漢斯．利普曼不就是個科學家嗎？」

「沒錯，但是他為納粹製造原子彈，將會對盟軍造成極大的傷害。盟國宣佈這些科學家是敵國戰鬥人員。同時，利普曼博士還擁有對戰爭結果有至關重要的信息。」

「你認為利普曼的人隱藏在難民區，是嗎？」

「如果我沒弄錯的話，他們就隱藏在阿洛斯．霍奇先生的ＫＫ珠寶店裡。」

「很好！告訴我你怎麼猜他們是在ＫＫ珠寶店。你只去過那裡一次。」

山姆嚴肅的說：「我是一名訓練有素、經驗豐富的外勤特工。霍奇先生對我問題的回答，以及他的肢體語言，告訴了我真相。我需要知道的，是妳在這一切事件中，所扮演的角色。」

「當安娜．布門撒和我還是孩子的時候，我們在紐約曼哈頓林肯中心的茱莉亞學校相識，學習音樂，從那時起，我們就成了親密的朋友。我還記得那天她很興奮，告訴我她愛上了一個叫山姆的小男孩。那就是你，對嗎？」

山姆回答說：「是的，我是一個不幸的小男孩，他愚蠢的認為，他會有一個漂亮的德國女朋友。你現在一定知道了故事的其餘部分。」

「這對你來說是一件傷心的故事，但是對他們來說，卻是一個悲劇。現在他們在為自己的生命而逃亡。一旦納粹認為他們沒有了剩餘價值，他們就會像其他猶太人一樣被送進集中營。」

「他們是屬於那些最有辦法逃走的猶太人。但是他們不僅選擇留下來，而且還幫助納粹推行他們的戰爭和殺戮事業。他們只能怪自己。」

「幸運的是，他們發覺情況不對了。首先，他們的父母被轉移到集中營，然後有個醜惡的蓋世太保軍官，格雷戈．法布什，試圖強姦安娜。他們去舉報，但什麼也沒發生。所以他們決定在納粹對他們動手之前，逃來上海。」

山姆堅持不懈：「我問妳，妳在他們的逃跑計劃中，扮演什麼角色？妳能告訴我嗎？」

「漢斯和安娜認為德國人和日本人將無法贏得戰爭。遲早會有和平談判。他們需要一個地方來躲避戰爭，直到結束。」

「所以他們想躲在上海的猶太難民營裡，他們只是成千上萬猶太人中的兩個人。但是妳能保護他們嗎？他們在蓋世太保的通緝名單上。」山姆繼續說，「從更高的角度來看，尤其是從妳的組織來看，妳認為猶太人能逃脫希特勒的最終解決方案嗎？還是他們會死在毒氣室裡？」

吉美翔子解釋說：「日本人民作為一個整體，是同情猶太人的，並對納粹的反猶行動感到厭惡。在上海，中下層的傀儡官員發現很難遵守納粹的政策。他們在上海的副領事被捕，就是因為他秘密的支持猶太人。」

「吉美女士，所以你認為上海難民區會很安全，儘管他們的日常生活很艱難，是嗎？」

「那是以前，現在情況變了。」吉美翔子說。

她接著向山姆解釋了目前的情況：「自從軍方開始向太平洋島嶼的戰爭，派遣更多的人力和資源以來，日本安全部門開始更多的參與當地事務，包括了管理難民營。這些人是完全不同，他們信奉並主張法西斯的日本，尋求以歐洲法西斯主義為榜樣的日本重生。但是，所有的政府人員，無論是軍人還是平民，都必須遵守政府的政策。他們自己的信仰是無關緊要的。」

吉美翔子繼續解釋日本法西斯主義的信徒，如何在擴大他們的影響：

在日本，當安全部門制定間諜計劃時，他們與具有極端民族主義目標的秘密社團聯合，比如黑龍社會和黑幫犯罪集團。在他們的領導層中，中野精進是一位右翼法西斯政治家，他在一九三七年與墨索里尼有過私人會面，隨後又會見了希特勒和他的外交部長，里賓特洛普。

黑龍會的領袖，頭山滿，向希特勒和墨索里尼各贈送了一把巨大的黃金製造的寶劍。當納粹決定將希特勒的「最終解決方案」推行到日本統治下的猶太人時，只被安全部門的法西斯成員接受了，而被日本政府的其他人拒絕。於是他們求助於日本的秘密社團。

太平洋戰爭爆發八個月後，納粹蓋世太保駐日本的首席代表，黨衛軍的約瑟夫・梅辛格上校抵達上海，並向日本當局提出了「上海最終解決方案」的計劃。這項計劃要求日本人在上海附近長江最大的島嶼，崇明島上建立一個集中營，配備齊全的殺戮設施，在那裡，猶太人將受到與歐洲猶太人集中營相同的命運。

吉美翔子的情緒突然變得很低落，她進一步指出：

既然營地及其殺戮設施的建設已經完成，一批生產氰化物有毒氣體的致命化學品也運到了。東京下令其上海陸軍司令部，執行梅辛格的計劃。事實上，柏林派來了蓋世太保的一名官員，奧托・伯納，擔任梅辛格的副手，負責詳細的日常工作。

由於梅辛格酗酒嚴重，經常酒醉，奧托・伯納已成為事實上的負責人。他加快了這個計劃，現在上海聚居的猶太人，面臨著被圍捕並被送到殺戮營殺害的危險。突然，吉美哭了起來，眼淚從臉上滾落下來。她走到長沙發上，坐在他旁邊，嗚咽著說：

「山姆，我可以叫你山姆嗎？我有麻煩了。你必須幫助我。」

「吉美小姐，請冷靜下來。你得先告訴我是什麼問題，然後我才能幫妳。」

「首先，叫我翔子。我是你情人安娜最好的朋友，我正在努力的保護她。」

「好的。告訴我問題是什麼，我能做些什麼事來幫助妳。」

「這個可怕的伯納，想要我做他的情婦。他給了我一份猶太難民名單，告訴我，如果我和他睡在一起，他會把名單上的第一個人救出來。」

「名單上的第一個人是誰？」

「你的愛人，安娜・布門撒。」

「妳想讓我做什麼？」

「我要你殺了蓋世太保警官奧托・伯納。他告訴我如果我拒絕他，他會在槍殺他們之前，在她丈夫面前強姦了安娜。我想他也會強姦我的。」

山姆被德國軍官殘忍和卑鄙的威脅嚇了一跳。吉美翔子把他短暫的沉默誤認為是猶豫。

她靠近山姆，觸摸他。「山姆，我想念我的丈夫。我相信他會幫助我的。」

他握著她的手說：「妳不用擔心。我會幫助你的。我認識伯納，他是一個十惡不赦的壞人。不管如何，我是要殺了他。」

「真的嗎？所以你會為我殺了他。非常感謝，你要我如何的謝你？」

翔子擁抱他表示感謝，然後吻了他的嘴唇。放開後，她說：「晴子是你的情人嗎？」

「我們是耶魯大學同學。戰爭開始後，她回到日本為外交部工作，而我去當兵了。」

「所以你們兩個是敵人。但是山姆，她看著你的樣子，我確信這女人愛上了你。」

山姆一聲不響，吉美繼續的抱著他。過了一會兒，她說：

「山姆，你騙了我。昨晚我打電話到你的房間，酒店說你已經睡了。我打電話到晴子的房間，也一樣是說她睡了。我問你，她是不是在你的床上？」

他的回答改變了話題：「有時候，交戰國家之間會有一些互利的事情。翔子，追求這些事會是好事。歷史上充滿了類似的案例。」

「但是我想念我丈夫是真實的，並沒有對你撒謊，我想報答你的幫助。你明白嗎？山姆，我喜歡你。我已經有很長的時間沒被男人碰過了。」

她深深地吻了他，張開嘴來邀請他的侵入。顯然，眼前的女人是想要主宰和控制他，但是山姆很快就採取主動，親吻了她。激情正在迅速聚集，體溫上升得更快。翔子的聲音沙啞，充滿了渴望：「山姆，我現在就要你！」

在長長的沙發上，兩個赤裸的身體糾纏了很久。一浪接一浪持久的快感瀰漫了兩個過熱的肉體。就在昏迷的邊緣，翔子聽到了在她耳邊的聲音：

「妳的身體太熱了，把我包得太緊了，我停不下來。妳需要求我憐憫妳。」

她開始乞求，但是他似乎勢不可擋，直到熱情的浪濤達到了頂峰，兩個身體在崩潰前無法控制的顫抖。

當翔子醒來的時候，天已經黑了。她發現自己臉朝下躺在沙發上，山姆正愛撫著她赤裸的後背。

「好舒服，在你的撫摸下被喚醒了。求你不要停下來。」

「除非是妳要，我永遠不會停止。翔子，妳累了嗎？」

「我只是想讓你和我做愛，但是你沒完沒了的蹂躪了我。你也是這樣對待那個武藤女人嗎？」

「男人面對著漂亮的女人，是無法停止和她們做愛的。」

「山姆，你又在騙我，但是我喜歡。我只希望，你不會忘記，你曾在這沙發上愛過我。」

「我已經不可能把妳忘記。說真的，翔子，我們需要談談。」

她看著自己的裸體說：「把我的睡袍遞給我，讓我坐起來。」

她坐下後，山姆握著她的手：「我要告訴妳一些事情，也要妳做一些事情。這些都關係到上海難民區，作為國際猶太人難民營的完整和安全。但我需要妳向我保證，在戰爭結束前妳會保守秘密。妳同意這樣做嗎？」

翔子說：「雖然你和我都無法預料我們是否能再次相逢，但是你剛剛給我的愛，不僅難忘，還救了我。」

吉美翔子完全同意後，山姆對她說：

「妳和我將在午夜前去ＫＫ珠寶店。妳的出現將是一個信號，告訴利普曼夫婦，情況已經安全，他們可以出現了。但是實際上，在奧托・伯納的指揮下，珠寶店已經是在日本秘密會社的嚴密監視中。他將和全副武裝的安全部隊一起開進來。」

翔子說：「所以他會抓住利普曼夫婦，是嗎？」

山姆說：「他的目的是來威脅妳，使妳屈服於他對妳身體的渴望。」

「但是你會保護我，對嗎？」

「當然。在他傷害妳之前我會格殺他。然而，還有更嚴重的事情，需要妳去瞭解和採取行動。正如我之前所說，這些都與猶太難民有關。」

山姆沉默了一會兒，引起了她的注意，就接著說。「翔子，妳知道晴子的家庭背景嗎？」

「我知道她父親是武藤元一郎將軍，在天皇面前是很有影響力的人，但是在首相面前卻不一定。」

「事實上，天皇是她的親生父親，而她的母親是天皇的英語老師，在生下晴子後去世了。是武藤將軍和他的妻子收養了晴子，並撫養了她。」

翔子說：「這就解釋了武藤晴子長得像歐亞混血兒的原因了。」

山姆進一步解釋說：「晴子是在為天皇執行任務的，而我也是為我的政府執行同樣的任務。雖然我不能透露任務的細節，但是妳可以想像，正如我之前提到的，這是互惠互利的。」

吉美翔子帶著淘氣的微笑說：

「從同學到敵人，再到同志，這是一條複雜的道路。你們在床上的時候，是誰勾引誰？但是你居然敢睡我們大日本帝國的公主，該當何罪？你不怕日本男人會剝了你的皮嗎？說老實話，告訴我，晴子的床上功夫好嗎？」

「翔子，請嚴肅點，」山姆說。「晴子從軍方獲得信息，逮捕利普曼夫婦將是啟動梅辛格計劃的信號。所以我們需要做兩件事：一是徹底摧毀崇明島的集中營及殺戮營的設施。沒有這些設施，猶太難民們也只能待在上海貧民區裡。但是，我們仍然需要擺脫伯納和他秘密社團的武裝隊伍，這是第二件事。」

翔子問：「請告訴我，那我應該做些什麼事來脅助你呢？」

「就在午夜之前，」山姆說，「我們要去ＫＫ珠寶店去等候利普曼夫婦。當伯納來抓他們的時候，我就會格殺他。然後我們埋伏的人，會發起攻擊。」

「山姆，這是第二件事。你是怎麼打算摧毀崇明島的設施？」

山姆遞給她兩張紙：「在貧民區的埋伏攻擊時，妳需要到公園酒店，在大廳角落的電報室裡，告訴值班職員：一〇四一號房間的索雷斯先生需要發兩封電報到里斯本，一封給他的雇主，另一封給他的母親。所有必要的訊息都寫在這兩張紙上了。」

翔子注意到第一封電報是寫給葡萄牙猶太協會的何塞・巴羅梭先生，內容已經轉換為數位代碼。第二封電報是給伊莎貝拉・索雷斯夫人，電報上說：「請告訴海蒂，我很快就要回里斯本。」

翔子問：「給葡萄牙猶太協會的訊息是說什麼？」

「那是要求立即對崇明島的設施，進行全方位的空中密集轟炸襲擊。」

吉美被嚇得目瞪口呆：「你是說，葡萄牙的猶太人協會只是你們的一個虛設門面，是嗎？你又騙我了。你欠我一筆捐款。」

「你應該問一問那些猶太難民，他們是否願意接受捐款，而不願意看到轟炸機的襲擊。是嗎？」

「你是個撒謊的壞蛋，現在我餓了，山姆。」

「妳餓了是因為需要食物，還是為了需要我的身體？」

她輕輕的打了一下山姆：「你真是太壞了。」她裝得像是很惱火，但是聲音卻很柔和，還帶著女性的魅力風情。

「如果我可以有選擇的話，我想先洗個澡。」

「好的。我準備了兩份美味的盒飯。我們先吃飯，然後洗澡。我們可以互相清洗。」

吃了好東西，又互相為對方清洗赤裸的身體，激情的親密讓他們又回到床上，不像上次的蹂躪，他們的做愛很悠閒。先前的緊迫和蹂躪已經消失，取而代之的是溫柔的愛情。然而，吉美翔子又一次迷失在山姆迷人的世界裡。在恢復了她的全部認知能力後，翔子對山姆說：「這回好多了，你很溫柔體貼。我是害怕你又會來蹂躪我了。」

山姆正集中精力愛撫她裸露的後背，翔子繼續說：「你知道，山姆，安娜仍然深愛著你。」

「妳怎麼知道的？」

「是她自己告訴我的。事實上，就在幾天前，她在回憶你們第一次的做愛，你記得在哪裡嗎？」

「這是巴黎的莫拉加酒店，在一條死胡同裡，後面就是凱旋門和協和廣場之間的香榭麗舍大街。」

「所以你記得。安娜告訴我，當你穿刺了她，取走她的貞操時，你非常的溫柔體貼。那次的做愛把她定義為一個女人，她無法忘記。」

「可是她還是嫁給了別人。」

「把一切都怪在安娜身上是不公平的。那是這場戰爭和希特勒的法西斯主義。我們的難民中也有許多類似的悲劇。山姆，我想要求你一件事，你必須答應。」

「妳說吧！我能做到的，一定答應。」

「你絕對不能告訴安娜，剛剛發生的事，她會不理我了。」

當山姆和吉美翔子來到珠寶店時，晴子和她的手下正在等著。她向上指了指：「他們在樓上，小心一點，他們很緊張。」

山姆衝上樓，心情非常衝動，喘了一口氣，大喊了一聲：「安娜！」

但是他立刻恢復了正常，他聲明自己是美國政府的情報軍官，山姆・李少校。他問了一系列的問題，來確定漢斯・馮・利普曼博士的身分。然後他說，他是來執行美國政府的命令，需要將他們逮捕和拘留，阻止他們繼續支援德國和日本，對抗盟國。

山姆很冷靜的說，現在他是在敵人佔領的領土執行任務，是軍事行動的一部分。他希望他們能充分合作。但是，如果必要的話，他會毫不猶豫的使用武力來完成他的使命。漢斯・馮・利普曼表示，這是不必要的，因為現在他們被列入了蓋世太保的通緝名單。他們會很高興的離開上海猶太人難民區。

突然，安娜脫口說出了秘密的原子彈存儲地點。山姆，自從他們多年前分手以來，第一次直接和她說話：

「我們已經掌握了正確的情報。奧然寧堡集中營已被盟軍重型轟炸機的空襲摧毀。超過兩千噸的高爆炸彈和燃燒炸彈被投擲在目標上。」

利普曼似乎很驚訝，但還是關心的問：「李少校，你要帶我們去什麼地方嗎？你能告訴我們嗎？」

「形勢仍在迅速發展。但是任何時候，德國蓋世太保和日本的安全人員，就要開始圍捕這裡的猶太難民。送他們去一個島上的殺戮營。我們需要見機行事。」

很明顯，山姆不相信利普曼夫婦，他沒有透露任何信息。

安娜說：「就像在柏林午夜圍捕猶太人，讓他們消失一樣。我可以假設你會帶我們離開這裡嗎？」

「當然，妳可以假設任何妳想要的東西。」安娜的心一下就被山姆明顯的敵意和冷漠打破了。

山姆繼續說：「我需要先格殺一個從柏林來的人。然後我們再想辦法離開這裡。」

安娜一生中的兩個男人，終於會面了。這對三個人有不同的影響。馮・利普曼知道他的妻子和山姆曾是情侶，他懷疑這是導致他們婚姻不正常的原因。但是山姆的職業精神給他留下了深刻的印象。

對山姆來說，這麼多年來再看到安娜站在他面前，仍然美豔動人，真令他震驚。他腦海中閃現出他們戀愛時的種種畫面。她丈夫的出現再次活生生的證明了安娜的背叛。鐵證如山，他再也不能說他仍有青梅竹馬的愛情，以前的愛情終於結束了。

儘管山姆又一次的心碎，但他腦子裡仍在想著如何把他們轉移到安全的地方。

安娜情緒激動，無法理清自己的思維。除了山姆大口喘氣高呼的第一刻，他很得體，稱呼她為馮・利普曼夫人，好像他們從未認識過對方。除了表明自己是一名美國官員之外，他什麼也沒說，已婚了嗎？有孩子嗎？他們的愛情完全被遺忘了嗎？

這是他們第一次重逢，但是他沒有問她的情況如何，似乎對她為了逃命而躲到上海難民營漠不關心，而只是想到如何完成他的任務。要麼他有一個非常令人滿意的愛情生活，要麼他恨她的背叛如此之深，他不再關心她了。她清楚的記得他們最後一次，也是唯一的一次在巴黎做愛。當年的火熱感覺，現在是過眼雲煙，永遠消失了。

他們聽到樓下電話鈴響了。過了一會兒，珠寶店的老闆，阿洛斯．霍奇，大喊說有一個大車隊進入了猶太難民區。

吉美翔子上樓來祝福安娜好運。山姆告訴她，必須即刻前往公園酒店，否則就太遲了。但是她說：

「山姆，你不能死，戰後我會去找你。」

山姆把利普曼夫婦帶到樓下，打開了所有的燈，同時請阿洛斯．霍奇把大門虛掩，然後就開始靜靜的等著。

安娜的思潮洶湧，她知道未來的命運就將決定在即將發生的事，吉美翔子的一舉一動，眼神和話語都沒有逃過安娜的直覺，她知道兒時的好友已經和山姆有了魚水之歡，山姆已經從她未來的人生中完全消失了。除了自己，她還能怨恨任何人嗎？砰的一聲巨響，奧托·伯納和兩個全副武裝的日本軍人衝進來，後面跟著一個猶太人。伯納很驚訝的發現，山姆站在利普曼夫婦旁邊。

猶太人指著利普曼夫婦，對伯納說：「你看，正如我告訴你的，你想逮捕的人就在這裡。」

伯納說：「閉嘴，你這個骯髒的猶太人叛徒。」

山姆開口了：「你好！希特勒萬歲！奧托·伯納先生，你還記得我嗎？好久不見了。」

「哈，我當然記得了。你是我在巴黎差一點就抓到的美國間諜。看來我們終究是找到你了。」

「我以為你來這裡是為了尋找漂亮的吉美小姐，而不是找我。」

「是的沒錯，我沒想到你是個從天上掉下來的驚喜禮物，只要我逮捕你之後，我就會去找到她的。」

「吉美小姐是個好女人，非常善良，非常美麗，我們在一起度過了愉快的時光。她說，你有一種無法實現，但是很強烈的願望，想要擁有她。你甚至威脅說，如果她不同意，你就會強姦她的朋友，然後再向她施暴。但是我告訴你，你不能擁有她。因為我馬上就要格殺你。」

伯納爾冷笑道：「也許所有的美國間諜都是瞎子。你一個人和兩個沒用的猶太罪犯在這裡，而我有全副武裝的日本軍人保護和支持我。」

山姆笑著說：「我認為是蓋世太保的特工失明了，你應該再看看身邊全副武裝的人。」

德國納粹的蓋世太保特工，奧托・伯納，嚇得驚叫了一聲，尿水就失禁。因為他突然發現在場的日本軍人槍口是對著他，同時他也看到山姆閃身拔出手槍，他說：

「我幫你射殺一個猶太叛徒。」山姆開了一槍，擊中猶太叛徒的兩眼之間。

然後他轉過身來，向伯納的腹部連續開了三槍。他說：「他將在三小時內痛苦的死去。」

珠寶店的門又一次打開，是武藤晴子、禾田一郎，以及田中健二帶著一個全副武裝的中國人走進來，晴子介紹他是「顧先生」，是中國共產黨潛伏在上海市的遊擊隊隊長。禾田報告說：

「支援奧托・伯納的人馬分為兩組；第一組是日軍正規部隊。我會以天皇的名義阻止他們。但第二組是由日本憲兵隊和秘密會社的武裝份子組成。田中隊長，在顧先生遊擊隊戰士的協助下，將發動攻擊阻止他們。」

山姆說：「好主意！同時，我將帶一支三人小隊去引誘第二組人向北移動，遠離我們的目的地。」

他握著顧先生的手說：「感謝在這關鍵時刻的幫助。我將把你們的努力報告給我的上級。你的隊伍有足夠的人力和火力嗎？」

「李少校，不客氣，我們是同舟共濟。但是我們是一支遊擊隊，人力和裝備永遠不夠。這次行動，我們共有五十個人，除了步槍，手槍和中國大砍刀外，我們還有兩支美式輕機槍和十隻衝鋒槍。當然，每個戰士配有手榴彈。別擔心，少校，我的人是非常有經驗的遊擊戰士。」

晴子拿了一把德國陸軍制式施梅瑟手提機槍給山姆，那是非常有效的近戰武器。安娜看見晴子很細心的幫助山姆配戴好裝備帶，把彈夾和手榴彈掛緊了。

在出發之前，山姆吻了晴子：「晴子，別走得太遠了。等戰爭結束後，妳和我要去耶魯大學，準備和哈佛大學在黃浦江比賽划艇。」

武藤晴子的眼睛含著淚水：「山姆，記住，你答應了，不管發生什麼事，你要活著回來。」

山姆不僅一聲不響的離開了安娜，他甚至都沒有看她一眼。

當日本帝國軍隊接近珠寶店時，他們發現附近街道和十字路口的所有路燈都亮了。他們可以清楚的看到一隊有幾十名日軍士兵整齊的排列在前面。

他們都穿著皇宮衛隊，官式慶典時穿著的深藍色制服，白色的綁腿，紅色的帶子，戴著尖頂的軍帽。士官們穿著一件深藍色滾邊的束腰外衣，上有五排黑色馬海毛鑲邊的排扣，深藍色的馬褲，每條褲縫都有一條紅色條紋帶。

他們看起來非常正式，很有尊嚴。每名士兵都攜帶著海軍陸戰隊和陸軍傘兵使用的四〇型衝鋒槍，槍上配有名古屋軍火廠製造的閃亮刺刀，他們看起來很威武。皇宮衛隊的隊長用擴音器宣佈說：

「大日本帝國士兵，請注意。這是皇宮護衛隊禾田一郎宣佈，日本帝國裕仁天皇帝的詔書。所有大日本帝國的軍隊成員，你們要立即退後，回到你們的營房。違抗天皇的命令將被指控叛國罪，懲罰是送上絞刑台處死，以及家人的永世恥辱。」

另一邊的一個響亮的聲音命令道：「士兵們，站住。不要移動。準備開火。」

禾田隊長沒有退縮，而是向前邁了一步，他的部下，以整齊的步伐跟著他，向前邁進了一步。他們穿著佩戴著閃閃發光徽章的軍裝，一絲不動的挺立著，似乎在挑戰日軍士兵。長久的僵持之後，一個士兵收起了對著前方的步槍，幾秒鐘後，第二個士兵也放下了舉起的步槍。然後，士兵們一個接一個的放下手中的武器，指揮官發佈了撤退命令。

第二組人馬的前面是支援奧托・伯納日本憲兵隊，剛剛進入難民區時，田中隊長下令開火，阻止了他們的前進。此時，共產黨游擊隊已經包抄到他們的後方，向日本黑社會的秘密武裝份子同時開火。山姆帶著他的三人小隊，開始接近日本法西斯暴徒，並展開了一場激烈的運動戰，他們大聲的喊：「我們快跑去北方吧！」

目的是要把秘密社團的武裝份子向北方轉移，為晴子及禾田隊長保護利普曼夫婦向在南方的龍華機場方向移動。

上海難民區在南邊的一角就是黃浦江的水邊，那裡有三艘舢板在等著他們。但是在他們到達江邊之前，敵人狙擊手開火，殺死了一名皇宮警衛士兵，並阻止了晴子及禾田的撤離行動。

當禾田隊長的手下開始還擊時，利普曼拿起宮殿衛隊的四〇型衝鋒槍，衝向狙擊手開火。在狙擊手被殺之前，安娜的丈夫被擊中，受了重傷。

他被抬上一艘等候的舢板。以長長的竹竿推撐河底，以及以長槳在船後搖櫓作為推進，舢板緩慢的離開了難民區的江邊，加大了力度，舢板的速度也加快了。安娜和晴子的急救減緩了流血，但是利普曼的生命正在逐漸的消逝。

安娜握著他的手，鼓勵她的丈夫堅持下去。漢斯失去了正常的話語能力，他虛弱的說：「安娜，我終於走到了結局，但是妳必須繼續下去。」

「沒有你，我就沒有未來，」她說。「我不想一個人待在這個世界上。」

漢斯問：「妳的朋友山姆在哪裡？」

「他全副武裝帶人走了，沒能趕上我們的舢板。也許他會在下一條舢板上。」

「安娜，請找到他。我需要和他談談。」

黃埔江中有成百上千的舢板在緩慢的逆流而上，或是輕快的順流而下，雖然岸上有憲兵隊和他們指揮的黑社會份子巡邏，試圖逮捕逃犯，晴子和安娜的舢板很容易的溜了過去。他們的目的地是上海龍華機場。在到達時，山姆的舢板趕上了他們。

晴子說：「你來很快，我們還在擔心你呢。」

「記得嗎，我曾經是個有經驗的划槳手。」山姆看了一下利普曼的傷口，對安娜說，「我們需要送你丈夫去醫院。很快就要天亮了，有人會來接我們，他們能找到救護車送利普曼博士去醫院。」

突然，漢斯開口了：「少校，我還剩下幾分鐘的時間，請聽我說。你必須帶安娜走。當我們離開柏林時，失去了一切，安娜只保留了她的郵票和你的舊情書。她仍然深愛著你。她認為我們的婚姻可以挽救她的父母，但是我讓她失望了。看在上帝的份上，請把她帶走吧！」

安娜握著他的手懇求道：「漢斯，我求你了，你安靜休息，我們很快會送你去醫院。我愛你。」

「不，太晚了。帶我回上海的猶太難民區。安娜，我們犯了錯誤，一切都太晚了。妳必須再開始新的生活。我也愛你。」

安娜的丈夫，漢斯・馮・利普曼博士在黎明前去世。

天亮時，一架印有日本帝國航空公司標誌的三菱五七式朝雲號遠程運輸機，開始滑行至上海龍華機場跑道的盡頭。兩名身穿地勤人員工作服的男子正接近機場的鐵絲網，禾田隊長提著衝鋒槍站起來迎接他們。在登機前，晴子說：

「山姆，我不陪你去歐洲了，但是禾田隊長會的。我需要回東京，幫助我的兩個父親在戰爭中倖存下來。你要照顧好自己。」

「晴子，」山姆說，「你這輩子就別想再能離開我，記住，戰後我們有個約會要一起去耶魯大學。所以妳要好好的活著。」

「我會記住的。但是索雷斯太太，或是李少校夫人，她們不會提出反對意見嗎？」

「沒問題，在我的婚姻協議中會有一條，為一位特別的女士安排一個特別的空間。」

「現在有證人在這裡，你不能賴帳。再見了，山姆，我愛你。」

晴子走到安娜跟前說再見，並向她保證，她和吉美翔子會照顧好她丈夫的遺體。

從上海飛往歐洲花了三天多的時間。在長途旅行中，安娜很安靜，幾乎一句話也沒說。

山姆坐在她旁邊，想到安娜目睹自己的丈夫死在她眼前，明白了她的內心是有多混亂和困惑。也許她最大的擔心是未來的不確定性。當他們到達目的地時，會是什麼在等待她呢？山姆還是決定先開口：

「安娜，我很抱歉妳丈夫沒有逃過這場災難。但他是個非常勇敢的人，禾田隊長告訴我，他衝向狙擊手射擊，他是企圖救大家而犧牲了自己，非常高尚的人格。我相信他們會為他安排一個體面的葬禮。」

「謝謝。」很長的一段時間，她沒說話，但是她打破了沉默。「我會被捕入獄嗎？」

「我不知道。我只是個負責送貨的人。」

又是長時間的沉默，然後她才問：「你知道葛蓓蕾的情況嗎？」

「她已經在巴黎去世了。她在試圖保護她的無線電台時，被納粹包圍了，她和電台自我毀滅。」

「你是說她加入了抵抗運動？」安娜問。

「是的，她和馬修兩人都是法國抵抗運動的活躍人物。」

「他怎麼了？」

「馬修也死了。他是我最好的朋友。」山姆的聲音有些破碎，安娜注意到他的眼裡出現了淚水。

「他們終究是在一起了。」

「馬修是死在里昂，」山姆解釋說。「他們有些問題，當時他們已經分居了。」

在又一次長時間的沉默之後，安娜問：「葛蓓蕾愛上了你，你曾經愛過她嗎？」

山姆沉默了一會兒才回答說：「在最後我們在一起過了幾天。妳知道她是個很美麗的女人，也非常的勇敢。」

「葛蓓蕾是我最好的朋友，但是愛上了我的男朋友。當我決定嫁給我的丈夫，而不是我的男朋友時，我們大吵了一架。」

山姆注意到安娜很難說出口，他是她的男朋友。安娜問：

「如果可以的話，你能告訴我葛蓓蕾和馬修的整個故事嗎？」

山姆花了一個多小時才說完他們的故事。雖然兩人都很傷心，但是讓安娜回憶起他們夫婦複雜的愛情過程。

「你知道葛蓓蕾嫁給馬修是因為你和我，」她說。「馬修不介意他的妻子是否也愛著他最好的朋友。他是更擔心一些德國人會帶她去睡覺。他們是典型的法國人，追求浪漫和愛情，但是很愛國。」

「的確是這樣，馬修分居後有個女朋友也是如此。她和葛蓓蕾一起死在電台裡。」

安娜的心情變得放鬆：「你是命好的男人，帶著一個德國女人和一個法國女人去巴黎的同一家酒店。」

山姆決定把海蒂的訊息告訴安娜：「你還記得海德堡的小蝦米嗎？」

「是的，小女孩海蒂・斯玨勒。實際上，我們認識斯玨勒家族。有一天他們就不見了。」

「如果我們兩人都能在戰爭中倖存下來，海蒂和我就要結婚了。」

安娜沉默了很長一段時間。然後她回答說：「哦！很好。祝賀你！那時我就知道她愛上了你。」

「海蒂離開海德堡後，參加了柏林的一些抵抗活動。蓋世太保要逮捕她，因為她父親拒絕和她母親離婚。於是她逃走了，她的父母躲藏起來。最後，她的母親自殺了，她的父親後來成為我們的臥底，是一個非常成功的情報員。」

「海蒂現在哪裡？你知道我們的另一對海德堡夫婦沃夫岡和莎莉嗎？他們不久前也消失了。」

「海蒂和我一樣，也是美國戰略服務處的外勤行動員。她最近在柏林將她父親和另一名臥底特工撤離到英國。沃夫岡和莎莉也是我們的同事，他們現在也是在英國。」

在又一次長時間的停頓之後，安娜發出了一聲絕望的長歎：「除了我，每個人都是戰爭英雄。只有我是個敗類和罪惡的人渣。也許絞刑對我是公平的選擇。」

他摸著安娜的手說：「別怪自己，這是得怪納粹和希特勒。我們會處置他們的。」

很明顯，安娜非常沮喪，自責的心情非常顯然。山姆需要注意，他害怕安娜會突然起身，打開飛機艙門，從兩萬英尺的高空跳下去。

山姆提醒她：「妳丈夫說，妳在讀我寫給你的舊情書時很高興。」

安娜說：「你很驚訝嗎？」

「我以為妳一定把它們扔掉了。」山姆而回答。

「這就是你如何處理我寫給妳的信嗎？」安娜的心情仍然惡劣。

「嗯，妳可能不相信，我在當律師的業餘時間時，寫了一本書。是一本令人難忘和刻骨銘心的愛情故事，是從十歲的童年，一直到成年，故事歷時有十多年。」

「你完成它了嗎？這本書的書名是什麼？」

「在我去當兵之前就寫完了。書名叫《山姆和安娜》。在這本書的末尾，附有幾百封妳和我交換的情書。」

安娜開始表現出興趣來：「你出版它了嗎？」

「沒有必要，因為我是唯一的讀者。」山姆說。

安娜笑終於笑了：「那很好。我們彼此說的很多話都是秘密，只能保存在你和我之間。」

「是的，安娜，我也是這麼想的。每次，在我執行危險任務之前，我都會讀一些我們的信。它會給我勇氣和智慧，在惡劣的環境裡，讓我能夠忍受和堅持。有很多次，當我認為我的生命即將結束時，我就會想到那些信，我還有很多事情還沒有跟妳說，我還不能死去。這些都是我能再次生存的主要動機。安娜，妳一直是我掙扎著，繼續留在這個世界的原因。請不要讓我失望了。」

「不，山姆，你說的不可能是真的。當我犯了一個錯誤，認為我們可以通過取悅納粹來生存，我的一生就崩潰了，而其他的人選擇了戰鬥。從那以後我就失去了你。剩下的只是你關心我的幸福。這是你個性的一部分，也是讓你對別人如此有吸引力。當這架飛機降落後，我會被帶去我將延續我餘生的地方，而你也就會從此消失了。」

山姆打斷了她的話：「不，妳說的不對。我們的友誼會繼續下去。」

「別打斷我，山姆，我不是因為會失去你而難過。我很高興，因為你把我們的故事寫下來了。因為如果我能活到失去記憶的年紀，那是我可以用閱讀激起刻骨銘心的記憶。那我的生命就值得了。」

「告訴我，你現在還記得什麼。」山姆很嚴肅的問。

「起初，一個十五歲和十二歲的男孩和女孩，在歐洲集郵會上相遇。他們交換了一張中國郵票和一張巴伐利亞郵票。從此開始了一生的愛情。接著是他們共同愛好的交流，如閱讀著名的古典文學書籍。他們在紐約相遇，女孩被告知那裡的人，說著八百種不同的語言。他們參觀了曼哈頓島、斯塔頓島和長島，布魯克林市中心的天際線和布魯克林大橋。他們在長島待了很多天，從拿索縣，鮑德溫灣的弗里波特村到薩福克縣，漢普頓海灘的蒙塔克燈塔。他們去游泳，於是女孩讓男孩看到了她的身體。他們在成長。」

「太棒了！你還沒有忘記所有的這些細節，我以為妳結婚以後就把這些全丟棄了。」山姆評論道。

安娜的臉色有點不對，但是很快就恢復表情。她說：「我不應該怪罪你，把我想成是個一點都不念舊的無情女人，只有自私自利，沒有愛情和感情。因為我的行為就是如此，連我都恨我自己。但是我還記得交響樂咖啡館，在那裡我們練習激情的熱吻和全身愛撫。這個男孩變得更強壯，更難以抵抗。」

「安娜，我從來沒有把妳看成是壞人，只是妳的遭遇讓妳陷入困境。說到交響樂咖啡館，我記得，妳並沒有很激烈的抵抗我，我還以為妳很喜歡呢。」

「你應該從一個男孩成長為一個紳士。當我告訴你母親我愛你的時候，你母親羅薩里奧夫人就是這樣告訴我的。」安娜接著說，「然後我們在海德堡待了四年，那是我人生走下坡的開始。當時我不是很快樂，除了我們最後去了巴黎，我把自己的童貞獻給你，我的快樂是因為你說想和我一起度過餘生。」

山姆說：「真沒想到，妳還都記得這些事。那是我一生中最難忘的事，妳讓我穿刺了妳，妳成為我的人。」

「然後你就離開我了，」安娜說。「我一個人很害怕。一件事導致了另一件事，我寫了那封可怕的信給你，就嫁給了我的丈夫。但是，我是真誠的相信，你和我會在以後的某個時候重新聚在一起。然後我們變成了納粹的幫兇，失去了我們的父母，被當作罪犯追捕，最後落在你的手中。山姆，有人會相信我們的愛情故事嗎？」

山姆沉默了很久，然後說：「安娜，和其他人一樣，我誤解了你。我很抱歉。現在我需要和禾田隊長談談。」

當山姆回來的時候，他告訴安娜：「現在，妳仔細聽。當我們著陸時，你留在飛機內。飛機將被移到機庫過夜。天黑以後，一個白頭髮，白鬍子的老人，他的名字叫安東尼奧•索雷斯，會帶你去一間別墅。你需要留在那裡等待新的身分證件和新的生活。現在，妳應該累了，快睡一會吧！」

她的丈夫漢斯受傷去世時，安娜沒有哭過。現在，她禁不住哭了起來，眼淚從臉上滾滾的落下。但是山姆抱著她，安慰她。他心裡明白，臉上有著微笑。他從小就知道，這是安娜的幸福眼淚。

日本帝國航空的運輸機降落在里斯本國際機場，海蒂手裡拿著一束鮮花，在兩名美國戰略服務處，里斯本辦公室的工作人員陪同下，來接山姆。他很快就被帶走，推上了另一架發動機已經在運轉的飛機，然後飛機立即起飛。

當他們在座位上安頓下來後，海蒂告訴山姆從晴子那兒傳來的最新情報：轟炸摧毀了崇明島的集中營和殺戮營設施，日本當局決定讓猶太難民繼續留在難民區裡。一支中國共產黨游擊隊在上海虹口區附近埋伏襲擊一支日本車隊。

在隨後的交火中，附近的上海難民區受到了損失和人員傷亡。一位來自奧地利的著名猶太原子科學家，和他的妻子不幸遭流彈射中而遇害。隨後，日本和上海國際猶太聯合救濟總署，也發佈了一份同樣的公告。山姆非常感激，他在上海所愛的兩個女人幫助了他。

後語

山姆家族世世代代擁有一棟古老的海濱別墅。一對老夫婦，安東尼奧・索雷斯和他的妻子，是長年被雇來照顧別墅和提供服務，安娜是在深夜被帶到這裡。

儘管如世外桃源般的寧靜環境，她卻變得非常沉默和哀傷。有時，她一天裡一句話也不說，日子就如此的一天天過去了。

這對老夫婦被告知了安娜過去的一些細節，他們認為安娜的憂鬱和哀傷歸因於她最近失去了丈夫，成為寡婦，以及在上海難民區經歷的驚天動地，生死攸關的日子。但是安娜自己也感到驚訝，她最難受的時刻是，當山姆全副武裝，離開珠寶店時，她不知道這輩子是否還會再見到他。

多年來，期待和青梅竹馬戀人的重逢，是使她繼續掙扎的原動力。現在她有了自卑自憐的心情，她認為自己背叛了山姆，嫁給另一個男人。安娜確信她從此再也見不到他了。

當一個包裹從紐約運來時，安娜大吃一驚。那是一本書，書名是《山姆和安娜》。

她讀了一遍又一遍，有時哭，有時笑。但是完全改變了她。

一場大西洋吹來的風暴掃過了伊比利亞半島，在西方燦爛的落日下，海浪拍打著海灘，它光彩的餘輝像畫家的畫筆，穿越了別墅的窗戶裡瀉下，照亮了一切。海浪的韻律節奏似乎與房間裡播放的音樂配合著。

安娜喜歡不斷變化的天氣。她開始回憶那些與山姆熱情洋溢的日子。她開心的笑著，像一朵美麗的花，在秋高氣爽的天氣裡，走進了客廳，突然發現一個女人正看著她，安娜很自然的問：

「山姆還是會裸睡嗎？」

她是別墅的女主人，也就是山姆的母親。她住了兩個星期，安娜終於明白了山姆對她的愛是無條件的，即使她嫁給了另一個男人，也是永遠堅持的。她明白了，在那最黑暗的時刻，正是山姆的愛，或是他們愛情的記憶，使她得以繼續。

她和山姆一樣，是他們濃情蜜意的情書，一次又一次的拯救了她。也許這是他們的愛情，培養了兩人彼此的渴望，成為生命的泉水，灌溉出對生命的勇氣。就像在巴黎一樣，安娜再次感覺到山姆的愛就像一條河流，觸及了她內心的每一個地方，使她從頭到腳都感到無限的酥麻和喜悅。

加利力和瑪律金，是從英國託管的巴勒斯坦地區來的猶太人，帶著山姆的介紹信求見安娜。他們是猶太復國主義組織，「哈幹那」的重要成員。來訪的目的是希望安娜為他們識別某些納粹德國的科學家，目前被埃及招聘到開羅，協助阿拉伯人發展原子彈和火箭技術。他們具體目標是製造大殺傷武器，用來對付巴勒斯坦的猶太人。

事後，這兩個人又和安娜談論了猶太復國主義，以及在巴勒斯坦建立獨立自主的以色列共和國的理念。安娜邀請他們第二天來繼續談話。

三個月後，山姆接到一張明信片，是從一個巴勒斯坦的農民合作社，「基布茲」，寄出的。

上面寫著：「我在這裡很快樂，找到了我的救贖，安娜。」

一九四四年六月六日，盟軍部隊以壓倒性的優勢，在法國諾曼地海岸登陸。經過激烈的戰鬥，大西洋長城被攻破，盟軍長驅直入歐洲大陸。

與此同時，蘇聯紅軍開始從北方發起軍隊進攻，一路進逼德國。戴高樂指揮的自由法國武裝力量，第二十三獨立旅，配合盟軍，由南方向巴黎挺進。

一九四四年八月二十五日，德國駐法國首都巴黎的部隊，向法軍投降，埃菲爾鐵塔上的納粹旗幟被取下，洛林十字架旗幟再度飄揚。

到了一九四五年春天，納粹德國的領土已經大大縮小。

同年四月二十日，也就是希特勒五十六歲生日的一天，他從德國總理府的地下庇護所走出來，最後一次呼吸柏林的空氣。他把鐵十字勳章頒給了希特勒青年同盟的少年士兵，他們現在是柏林近郊前線抵抗蘇聯紅軍的殘餘部隊。

第二天，紅軍接近柏林郊區，許多納粹高層領導者，如戈林和希姆勒開始失蹤。希姆勒在四月二十日希特勒走出地下庇護所的同時，離開了柏林，企圖通過談判向西方盟國投降。但是在希特勒知悉後，他下令逮捕希姆勒，並且槍決了他指派在希特勒總部的黨衛軍代表。

戈林於四月二十二日回到他的奧伯薩爾茨堡別墅。

同一天，希特勒首次宣佈「戰爭失敗」，但是他要留在柏林直到最後一天。

四月二十三日，紅軍已經包圍了柏林。

四月二十九日午夜之後，希特勒在總理府地下的元首地道內舉行了他和長期女友伊娃的小型結婚儀式。

第二天，當蘇聯軍隊逼進到帝國總理府一兩個街區內時，希特勒舉槍自殺，頭部中彈而亡。新婚妻子伊娃・布勞恩咬破氰化物毒藥膠囊。

在他最後的遺囑中，希特勒開除了戈林的納粹黨黨籍，並正式廢除了戈林是他繼任者的法令，同時將他軟禁起來。

戈林是在五月五日被路過的德國空軍部隊釋放，他去到了美軍前線陣地投降，五月六日他被美軍拘留。

一九四五年五月八日，德國簽署了投降書。在整個歐戰中，歐洲戰場都沒有引爆過原子武器。

使用一本偽造的證件，納粹黨衛軍元首，在五月十一日逃到了靠近北海海岸附近的易北河河口。

五月二十一日，希姆勒和兩名助手被拘留在一個檢查站，然後移交給英國軍隊。

三天後，一名美國陸軍中校在兩輛滿載全副武裝士兵的吉普車護送下，出現在檢查站。這位軍官出示了盟軍最高司令部的有效文件，要求英軍檢查站將一名德國戰俘移交給美國陸軍情報官，希姆勒被戴上手銬帶走了。

犯人發現自己是被銬在一個偏遠農舍的金屬椅子上，農舍裡空無一人。希姆勒一個人待了很長一段時間，直到天黑後，一個穿便服的人才走進來。他們開始用德語交談。

第二天，美軍巡邏隊發現一名德國士兵在空屋內死亡，屍體上有一張紙，上面寫著：「這是希姆勒，他因報應而死。」

後來，證實屍體確實是納粹黨衛軍的軍頭，海因里希・希姆勒。但是死亡的原因是非常不尋常的：他所有的消化系統都被強烈腐蝕性液體酸破壞，是一個非常痛苦的死亡過程。他臨終前臉上現出十分恐怖的可怕表情，應該與其有關。

戈林是在紐倫堡受審最高級別的納粹官員，他被判決四項罪名成立。一九四六年九月三十日紐倫堡戰犯法庭宣判他死刑。

戈林提出上訴，要求以軍人身分執行槍斃，但是被法庭拒絕了，而是以戰爭罪犯在絞刑架上被絞死。

在行刑的前一天晚上，戈林被允許會見他的兄弟阿伯特，他在一位教堂牧師的陪同下，在戈林的囚室裡停留了四十五分鐘，在獄警的允許下，留下了一本聖經給戈林，讓他在生命的最後一晚讀一讀。

天剛亮，戈林被發現死亡在床上。他留下了一張遺書：

「我終於見到了卡洛琳的丈夫，但是我會在他之前見到她。」

後來，鑒定死因是攝入氰化鉀劇毒。很久以後，又發現那本聖經缺了第一百頁。

戰爭結束後，「非官方的第三帝國第一夫人」艾美・索尼曼，她是戈林的第二任妻子，也是希特勒情婦伊娃的死敵。德國法庭判決她一年監禁，此外，她被禁止「舞台表演」五年，剝奪了她的正常生活能力。

一九四五年七月二十六日，盟國宣佈《波茨坦宣言》，要求日軍無條件投降。日本無視最後通牒，戰爭繼續。

在第二次世界大戰的最後階段，美國分別於八月六日和九日向日本的廣島和長崎投下原子彈。

八月十五日，預先錄音的裕仁天皇投降聲明廣播了。日軍在亞洲戰場向盟軍全面無條件投降。

同年十一月初，遠東盟軍最高指揮官，麥克亞瑟將軍證實，裕仁天皇不必遜位下台。

一九四六年四月二十九日，遠東國際軍事法庭，也被稱為東京戰爭罪犯法庭，在東京召開。以共同陰謀發動傳統戰爭，以及發起危害人類戰爭的罪名起訴，審判日本帝國的領導者，包括二十八名日本軍事和政治領導人。全體被告均被判有罪，其中七人被判處死刑。

一九四八年十二月二十三日，他們被絞死在池袋縣的鴨巢監獄。

儘管歷史上有很多先例，還有審判過程中的大量書面證據和證人證詞，但是裕仁天皇並未受到牽連，甚至連對他的指控都沒有出現。

第一號戰犯，內閣總理大臣，東條英機承擔了所有的責任。他早先在日本投降後不久，一九四五年九月十一日，自殺未遂，養傷治癒後，同被起訴。最後也是在絞刑架上結束了生命。

浩劫雙城記：
從海德堡到上海（下）
From Heidelberg To Shanghai

作者：陳介中
譯者：陳介中
發行人：陳曉林
出版所：風雲時代出版股份有限公司
地址：10576台北市民生東路五段178號7樓之3
電話：(02) 2756-0949
傳真：(02) 2765-3799
執行主編：劉依慈
美術設計：MOMOCO
行銷企劃：林安莉
業務總監：張瑋鳳
初版日期：2020年11月
版權授權：陳介中
ISBN ：978-986-352-897-5
風雲書網：http://www.eastbooks.com.tw
官方部落格：http://eastbooks.pixnet.net/blog
Facebook：http://www.facebook.com/h7560949
E-mail：h7560949@ms15.hinet.net
劃撥帳號：12043291
戶名：風雲時代出版股份有限公司
風雲發行所：33373桃園市龜山區公西村2鄰復興街304巷96號
電話：(03) 318-1378
傳真：(03) 318-1378
法律顧問：永然法律事務所 李永然律師
北辰著作權事務所 蕭雄淋律師

行政院新聞局局版台業字第3595號 營利事業統一編號22759935

定價：380元

國家圖書館出版品預行編目資料

浩劫雙城記：從海德堡到上海（下） ／陳介中 著. --
臺北市：風雲時代，2020.10- 面；公分

ISBN 978-986-352-897-5（下冊：平裝）

863.57 109013427